海外小説 永遠の本棚

ドーキー古文書

フラン・オブライエン

大澤正佳＝訳

THE DALKEY ARCHIVE

by

Flann O'Brien

1964

ドーキー古文書

本書を
わが守護天使に捧げる、
これはただの冗談にすぎないと
彼に印象づけ
わが往生の時に際して
如何(いか)なる誤解も生じぬよう
然るべき配慮を給わらんことを
予(あらかじ)め彼に申し入れおくためである。

1

ドーキーはダブリンの南およそ十二マイルの海岸にある小さな町である。町とは言っても、町らしくない町で、家々は身を寄せ合い、ひっそりと、まるで眠りこんでいるかのようだ。通りは狭い。狭いうえに、はたして通りと言い切れるかどうか自明ではなく、通りと通りの交差もどうやらほんの偶然にばったり出会ったという趣がある。一見したところ閉店中のようにみえる小さな店はその実どれも営業中。通りすがりの旅人は思うだろう――このみすぼらしい町並は枢要にして卓越した第一級の場所に接するお隣さんというところか、と。そのとおり――たしかにドーキーは聖なる景観に通ずる玄関先なのである。

景観を観望せんとする者はほの暗くひとけなき上り坂の小径(こみち)を辿(たど)るがよい。暗闇に包まれし道(ペル・イテル・テネブリ)に沿い(スコム)て歩を進めるならば、やがて不可思議にもカーテンが一挙に取り払われたかのように、かの景観が目のあたりに現出する。そう、ここがヴィーコ・ロード。

おお、主(ロード)よ！

道そのものはゆったりとした上り勾配で、左手、歩道沿いの低い塀越しに、魅惑的な眺望が拡がっている——岩の多い牧草地は急斜面をなして滑り落ち、その裾(すそ)は遥か下方の玩具に似た鉄道線路にまで伸びており、その先に目をやればキリニィ湾が果てしもない拡がりを見せ、広大無辺の海は穏やかにゆったりとたゆとうている。遥か彼方、定かならぬあたりで水平線に接する空には、一連の明るい雲が隊商を組み、音もなくじりじりと東を目指す。

そして右手は？　怪異傲岸(ごうがん)。花崗岩(かこうがん)はがっしりした肩をあくまでもいからす。その肩を覆うはりえにしだとわらびの外套。地紋を織り出しているのは鬱蒼(うっそう)として連なる松、樅(もみ)、そして栃(とち)。さらにその彼方のあちらこちらでは、気弱そうなユーカリ樹がほっそりした肩を寄せ合う——見渡すかぎり、ひっそりと風にそよぐ葉のまばゆいばかりの緑。光と色、霞(かすみ)と大気のごった煮。翠緑(すいりょく)がくりひろげる驚異をみよ。碧葉(へきよう)、勁葉(けいよう)、輪生葉(りんせいよう)、抱茎葉(ほうけいよう)、そして、夕咲きの花は葉隠れにのぞく。いやはや、フォトレル巡査部長の語林から言の葉たちが遁走をはかったか。

それにしてもヴィーコ・ロードという名前の由来は？　この壮大な景観を前にするとき、かの哲学者（ナポリ出身の歴史哲学者ジャンバッティスタ・ヴィーコ）が唱道する人類史のパターン——定立、反定立、総合、混沌というあのパターンがおのずから想起されるというのであろうか。まさか。それともこのあたりはナポリ湾の風光を思わせるというのか。これも無理なこじつけだ。なにしろナポリでは苛酷な暑熱がひからびたイタリア人をいためつけているに相違ないのだから——あそこの風土はアイルランドほどしっとりしていないはずだし、このあたりのまるで色に染まったような微風が吹くこともないであろう。前方、遥か彼方、遠目に小さなオベリスクがうつる。そこにきざまれた足場をのぼりつめれば、この景観のすべてをほしいままにすることができる。大海原、湾をはさんだ彼方にはホウス岬、そして右手、遥かなあたりに青くかすむウィクローの山々は灰色にくすんだ輪郭を連ねている。あのオベリスクはこの壮麗の創造主に敬意を表して建立されたものなのか。いや。かつて創造主がこの世に送ったアイルランドの名士を記念する塔なのかもしれぬ——おそらくは、ヨハンネス・スコートゥス・エリウゲナ（九世紀最大の学者。スコラ哲学の先駆者。アイルランドの人）か、もしかするとパーネル（十九世紀末アイルランド自治党首領）のためか。ヴィクトリア女王。まさか。

メアリはしょっちゅうマイケル・ショーネシィの気を引こうとしていた。触れなば落ちなん彼女の風情がいつも彼の心のへりにひっかかっている。深々とした褐色の眼、淡い色合の髪、おとなしくはあるがそのくせ妙に落着きはらって。実際のところうっとうしい女だが振りはらうこともままならない。彼は眉を寄せ拳（こぶし）を握りしめた。あいにくなことに、耳のすぐうしろから聞こえてくるとぎれがちの呟（つぶや）きはハケットがそこにいることを示している。

——どうしてるね、彼女は？　肩を並べて彼は訊ねた、あの信心深いメアリは？

整った目鼻立ちをしているくせに変に厚かましいこの田舎者ときたら、毎度のことながら人の気持を読む点では隅に置けない。いやな才能だ。

——いらぬお世話だ、苦々しげにショーネシィは言った。あんたがアステリスク・アグネスとか呼んでいる御婦人の様子をこちらから聞き出そうとしたこともないのに。

——遠慮はいらんさ。あれは元気にやってるよ、おかげさんでね。

二人とも手に濡れた水着をだらりとぶらさげている。

海に向かって連なる低い塀に狭い割れ目がある。そこをすりぬけて細く険しい下り坂を辿れば足下はるかの鉄道に達する。おりきったところで歩道橋を渡るとそこはホワイト・ロックという水泳場である。この割れ目に一人の男が立っていた。塀に片手をついてどうにか身を支えている。近づいてみると、痩せぎすで長身の男の髭はきれいに当ってあり、淡い金髪がけたはずれに大きな頭を横分けにかろうじておおっている。

――こちらさん怪我してるぜ。ハケットが目ざとく気づいた。

その男のすっきりとあかぬけのした顔はそれでもかすかな歪みにひきつっていた。サンダルをはいた右足の親指のあたりが鮮血に染まっている。二人は立ちどまった。

――怪我なすってるんで？　ハケットが訊ねた。

男は慇懃な、しかし吟味するような眼差しで一人ずつじっくり眺めまわした。

――そのようですな、と彼は応じた。あのあたりには海の危険を告げる掲示が出ている。概して言うならば陸上のほうが危険ははるかに多いものなのです。わたしはあの忌々しい小径で傷を負った。それと気づかぬほどに小さく、しかも短剣のように鋭い花崗岩のかけらに右足をぶちあててしまったのです。

――なんとかお力になれそうです、とショーネシィが言った。あなたをドーキーのコルザ・ホテルまでお連れしましょう。いえ、なんでもないことです。あそこでしたら薬剤師か、うまくいけば医者を呼んでこられます。

男はかすかにほほえんだ。

——それはご親切なことで、と彼は言った。しかし手当は自分で致します。でも折角のお言葉に甘えて、家まで手をかして頂きましょうか。

——それはもうもちろん、とショーネシィが言った。

——お住いは遠いんで？　ハケットは訊ねた。

——そこをほんの少しのぼったところなのですが、と言って男は鬱蒼たる林を指さした。足をいためたとなると、あれでかなりきついのぼりになります。

男が指さした険阻なあたりに人の住む家があるなんてショーネシィには初耳だった。しかし言われてみて気づいたのだが、目の前の粗末な道路柵にちっぽけな門があるではないか。

——あそこには間違いなく家がある、あなたは確信をもってそうおっしゃる。ハケットが明るい声で言った。そうしますとあたしどもは光栄にも価値ある救助者ということになりますな。

——あの家の価値は郵便配達夫以外のほとんど誰もその存在を知らないという点にあります、と応じて男は調子を合わせた。

彼らは道路を横切った。付き添う二人はそれぞれに男の肘を軽く支える。門を入ると、細いながらも歩きやすい上り坂の小径が丹念に道筋を選んで林と茂みのなかを通りぬけていた。

——ひとつ自己紹介させて頂きましょうか、と傷ついた男が言った。わたしはド・セルビィといいます。

ショーネシィもその例にならい、仲間うちではミックと呼ばれていると言い添えた。ハケットがおつに気取ってミスタ・ハケットとのみ名乗ったのをミックは聞きのがさなかった。あんなふうに名乗ったほうがすっきりと洗練されているみたいだし、おまけに丁重な響きもあるようだな。

――このあたりには鋳掛(いか)け屋とか浮浪者といったたぐいが驚くべきほどたくさんいます、とド・セルビィが言った。アイルランド語には通じておられるかな？

この論理的飛躍にショーネシィはいささか度胆(どぎも)をぬかれたが、ハケットは動ずる気配もみせなかった。

――かなりの心得があるつもりです。美しい言葉ですよねえ。

――さて、モールという単語は広大なという意味です。わが家の前に――もうすぐそこですが――このあたりの地形からすると驚くべきほどに広々とした芝生(ローン)があります。そこでわたしは思いついたものです、モールとローンを組み合わせて拙宅を表す名称にしようとね。混成語ということになりますが、まあいいじゃないですか。そんなときこのドーキーにティーグ・マクゲティガンという名の器用な男がいるのを知りました。土地の辻馬車の馭者(ぎょしゃ)ですが、いわゆる何でも屋で、空模様まで言い当てます。とにかく文字通り何でもこなす便利屋なのです。わたしは例の名称を木戸にペンキ塗りにしたいと思い立ち、その仕事を彼に依嘱しました。出来映えのほどはじかに見て頂きましょうか。

木の間がくれに家が見えてきた。木材と煉瓦(れんが)を使った棟の低い別荘風の作りである。さらに近づいてみると、ド・セルビィ宅の芝生とやらはたしかに広さだけはかなりのものなのだが、その実、芝生とは名ばかりで、だだっぴろい斜面には見栄えのしない芝草がへばりついているだけだし、その周辺は名も知れぬ雑草に縁どられている。そして、問題の木戸には黒ペンキの跡もあざやかに――ローンモーア（芝刈機）。ショーネシィとハケットは忍び笑いをもらし、ド・セルビィは思い入れたっぷりに嘆息した。

――いやまったく、前から思っていたんだが、われらがティーグはまさにダ・ヴィンチばりの才人ですな、ハケットがくつくつ笑いながら言った。あの頓狂（とんきょう）な男とはあたしも長い付き合いがありまして。

彼らはゆっくりと木戸のなかに歩み入った。ド・セルビィの足は今や泥にまみれ血にまみれていた。

2

われらが手負いの友はひとかどの人物と見受けられるな。肘掛け椅子に席を占めたハケットが言った。「足部第一指薬物治療」に意を用いる間暫時の猶予を願いたい、と言ってド・セルビィが席をはずしていたので、二人の訪問客は彼の居間をきょろきょろと眺めまわしているのである。長方形の部屋はたっぷりゆとりがあるけれど、天井は低い。高さ十八インチほどのワニス仕上げの腰板がめぐらされており、壁紙は色褪せた緑である。壁には一幅の絵もない。暖炉の両側の隅切りにはそれぞれずっしりしたマホガニー製本箱が控えており、書物が一杯に詰まっている。そして暖炉と向き合った壁面には大きな戸棚が一つ。中央の小さなテーブルを囲んで椅子がずらりと配置され、向うの壁際に据えられた大きめのテーブルには顕微鏡をはじめとする様々な科学器具が載っている。そのあたりの天井からは強力な照明具らしいものが吊ってある。そして左手にはリール製竪形ピアノ。楽譜が開いたまま立てかけてある。どうみても独り者の部屋だが、ほこり一つなく片づいている。何者なのだろうか、あの男は？　音楽家、医者、神知学者、測地学系化学者……つまるところ大学者なのか？

——とにかく此処なら快適だ、とミック・ショーネシィが言った。それに人目につくおそれもないし。

――言ってみればあの男は、とハケットが応じた。此処を秘密の根城にしているかぎり、その気になればどんな策略だってやってのけられるわけだ。やつは危険人物かもしれんぞ。

間もなく、ド・セルビィは晴れやかな微笑を湛え(たた)て再び姿を現わし、部屋の中央に進み出ると、火の気のない暖炉を背にして立った。

――表層的血管傷害。かろやかな声で彼は所見を述べた。すでに清浄、消毒、ならびに塗油の処置を終り、しかも、御覧のように水すら浸透不可能な包帯をもって保護されております。

――というと、水泳のほうは続けるおつもりで？　ハケットが訊ねた。

――しかり。

――ブラボー！　それでこそ。

――いや、それほどのことでは――泳ぎはわたしの仕事の一部なのです。ところで、あなたがたのお仕事を伺っては失礼に当りますかな。

――あたしはしがない役人でして、とミックが答えた。この仕事には厭気(いやけ)がさしているんです。職場の空気は沈滞しきっているし、同僚ときたらなんともいじましい連中でしてねえ。

――あたしのほうがもっとみじめなんだなあ、とハケットはわざとらしい悲歎をこめて言った。父のところで働いてるんですよ。おやじは宝石商なんだけど、鍵にかけてはとてつもなく用心深い男でしてね。隙(すき)をみて勝手に増給をきめこむ機会なんぞにありつけるもんじゃない。そうは言っても、あたしを宝石商と呼んで頂いて結構ですよ。まあ、まがい宝石商というところでしょうか。人造宝石も扱ってますから。

——まことに興味深いお仕事です。その方面に関してはわたしもいささか心得があるのです。宝石のカットはなさる？

——ときおりは。

——なるほど。ところでわたしは神学者であり自然科学の徒でもあります。終末論ならびに天体進化論など多様な分野を包含する諸科学に関心があるのです。このあたりの静寂さは真の思考を可能にします。わたしの思考によれば、積年の調査研究もほぼ決着がつきかけている。ともあれまず暫(しばら)くはおもてなしが先ですな。

彼はピアノに向かい、緩徐調の楽句で小手調べをしたのち、だしぬけに曲調を変えた。口にこそ出さなかったが、ミックにしてみれば急転直下型半音階的赤痢と呼びたいところだった。よかれあしかれ、たしかに「はなばなしい」演奏ではあった。未完成なうえに、少なくともミックの耳には、支離滅裂な轟音(ごうおん)としか響かなかったのである。大気を震わす和音がこの混沌に終末をもたらした。

——さて、と言って奏者は立ちあがった。御感想は？

ハケットは訳知り顔に口を切った。

——リストを思わせるところがあったようですな、それも、ちょっと寛(くつろ)いだリストというところかな。

――いや、とド・セルビィは応じた。これはセザール・フランクの有名なソナタ、ヴァイオリンとピアノのためのソナタ冒頭部のカノンに拠っているのです。あとはぜんぶ即興です。わたしの。

――演奏の腕前はたいしたもんだ、とミックが当てこすりをこめて口をはさんだ。

――ほんの気晴らしというところです。でもピアノというのは道具としてもけっこう調法なものでしてね。まあ、見て頂きましょうか。

彼はピアノのところに戻り、蝶番で留めてある上蓋を揚げると黄色っぽい液体が詰まっている罎をとりだし、それをテーブルに置いた。それから書棚の下扉をあけ、みごとな脚つきグラス二個と一見したところ水みたいなものが入っているデカンターを出してきた。

――これはアイルランドで手に入れられる最良のウィスキーです。仕込みに手落ちなく、熟成は完璧。一献いかがですか。まさか辞退される気づかいはないと思いますが。

――楽しみはこいつにつきるというもんでしてね、とハケットが言った。罎におきまりのレッテルがないようですな。

――これはどうも。たっぷり注がれたグラスをド・セルビィから受けとりながらミックは言った。ウィスキーは好物ではなかった、いや、実のところアルコール類はどっちみち彼の好みに合わなかったのだ。しかし好みよりも付き合いが肝要。ハケットもグラスを手にした。

――水はそこです。ド・セルビィは身振りで示した。人妻に手を出すなかれ、しこうして、そのウィスキーに水を割るなかれ。罎にレッテルがない？　そのとおり。このウィスキーは自家製です。

ハケットはひとくち利(き)き酒といく。

――ウィスキーは壜のなかで熟成しないわけですが、当然ながらそれくらいは御存知でしょうな。もっともこいつは結構いけますけれど。

ミックとド・セルビィはともにしかるべき量を呷(あお)った。

――いいですかあなた、とド・セルビィは答える。シェリー樽、適温、地下の酒倉、そういったたぐいの趣向の数々はすっかり心得ています。しかしその種の配慮はここでは問題にならないのです。このウィスキーを仕込んだのは先週のことでした。

愕然としてハケットは身を乗りだす。

――何ですって、と彼は叫んだ。一週間ものですって！　そんなのはウィスキーとは言えない。いやはや、われわれに心不全をおこさせようってつもりなんですか、それとも肝臓を溶かしちまおうって魂胆かな？

ド・セルビィの態度には揶揄(やゆ)の趣が認められた。

――ごらんの如く、ミスタ・ハケット、わたし自身も百薬の長たるこの飲み物に口をつけております。それにこれは一週間ものとは言いませんでした。先週仕込んだと申しあげたはずです。

――今日は土曜日なんだから、一日や二日の数え違いはまあ仕方のないところでしょうな。

――ミスタ・ド・セルビィ、とミックが穏やかな口調で言葉を挿(さしはさ)んだ。あなたは言葉を使い分けていらっしゃる。それははっきりしています。つまりあなたの用語には微妙な変化がある。どう違うのか、そこのところが判然としないのですが。

ここでド・セルビィはグラスを口に運んだ。深遠とも言える飲みっぷりだった。すると、にわかに、黙示録的荘重を思わせる表情が彼の柔和な顔一面にひろがった。

――諸君、と彼は言った。無表情な声だった。諸君、わたしは時間を支配するにいたった。これまでのところ、時間は一つの事件、貯蔵所、連続体、宇宙の構成要素と看做（みな）されてきた。わたしは時間を停止させることができる。その通常の推移を否定することができるのだ。

ミックはあとで思い出し笑いをしたものだが、このときハケットは自分の腕時計にちらりと目を走らせた。おそらく何気なくそうしたのだろうが。

――あたしに関するかぎり、時間は相変らず推移しておりますがね、と彼はしわがれ声で言った。

――時間の推移、とド・セルビィが言葉を続ける。それは天体の運行との関連で算定される。時間の本質を決定づけるに当って、この種の見解は根拠薄弱と看做さざるをえない。時は概して謹直な多くの人々の考察と意見開陳の対象にされてきた――たとえば、ニュートン、スピノザ、ベルクソン、さらにはデカルトといった人たちである。アインシュタインのたわごとめいた相対性原理は、いんちきとは言えないまでも虚妄であることに変りはない。彼の言わんとしたことは次のとおりである。すなわち、時間と空間はいずれも個別的には固有の存在たりえず、この両者を把（とら）えるには統合的認識をもってしなければならない。天文学および測地学のごとき研究は人を惑わすのみなのである。おわかりかな？

彼の視線はミックに向けられていたので、後者は断乎として頭を横に振り、とっくり考えたあげく厳しい表情でウィスキーをもう一杯あおった。ハケットは眉間に皺を寄せている。ド・セルビィはテーブルわきに腰をおろした。

——知的、哲学的、さらには数学的規準からする時間の考察、と彼は言った。それはもっぱら愚者が事とする愚挙にほかならない。かかるぶざまな論争においては、必ずといっていいほど牧師づらをした洒落者がしゃしゃりでて、無限やら永遠やらをあげつらい、一種の脳性強硬症を誘発するものなのだ。

この際ひとこと、たとえどんなばかげたことにしろ、ひとことあって然るべきだ、とミックは考えた。

——あなたのお考えでは、ミスタ・ド・セルビィ、どうやら時間とは錯覚なりということのようですが、そうなるとこれはどういうことでしょうか、つまりですな、赤ん坊が生まれ、時とともに成長して少年となり、やがて成人、次に老人、あげくのはてはよれよれの足萎えになるというのは。

ド・セルビィがかすかな笑みを浮かべたところをみると、またもとの穏やかな気分が戻ってきたらしい。

——ほらまたあなたは考えの手順を間違えていらっしゃる。あなたは時と有機体形成とを混同しておられるのです。あなたのお子さんが成育して二十一歳の一人前の男になったと考えてみましょう。彼の寿命は七十年だとします。彼は一頭の馬を持っていて、その寿命は二十年。この馬で遠乗りに出かける。時の異なる様相にある彼と馬とはある時点においてそれぞれにそれ自体の存在性を保持しているのでしょうか。馬にとっての時の速度は人間にとってのそれの三倍半に当るのでしょうか。

こんどはハケットがすばやく応じた。

——待てよ、と彼は言う。あの貪欲(どんよく)なかわかますってやつは二百歳までも生きのびるって話だ。あのてのやつが十五の若僧に釣りあげられ殺されたとなると、あんたの言う時間比率はどういうことになるのかな。

——それくらいはご自分で計算したらどうです、とド・セルビィは楽しげに答えた。逸脱、相反、予盾のたぐいは到るところに認められるのです。デカルトもご苦労なことですな。彼はすべての自然現象を一連の力学的法則に還元しようと試みたのです。運動学的かもしれないが動力学的とは申しかねる法則にです。事物の運動はすべて循環的である。彼は真空の可能性を否定し、地球引力とは無関係に存在する重さなるものを肯定しました。ワレ思ウ、ユエニワレ在リ、ですか？　むしろワレ書キタリ、ユエニワレ在リ、とでも書き記して、同じ論点を証明してもよかったのです。

——あの人の著作は幾つかの結論の点で誤解を招いてきたかもしれない、とミックがだしぬけに言葉をはさんだ。しかしその筆は全能なる神への絶対的信仰によって導かれていた。

——まさにそのとおり。わたし個人としては、超現世的な至高の力の存在を割引いて考えるつもりはありません。ただしそれが恵み深いものであるかどうかについては、時に疑わしく思えることがあります。デカルトの方法論と聖書の神話化とをごたまぜにしたところでどうなるものやら。イヴ、蛇、そして林檎(りんご)。やれやれ！

――よろしければもう一杯頂きたい、とハケットが申し出た。ウィスキーと神学とは両立し難いものではない。とりわけて、そのウィスキーの仕込みは一週間前でしかも極めつきの年代物という不思議なしろものときているのだから。

――よろしいですとも、と言いながらド・セルビィは立ちあがり、三個のグラスになみなみと注ぐ。再び席についた彼は吐息をつく。

――諸君はデカルトの全著作を読破しなければなりません、と彼は言った。もちろんまずラテン語の完全な習得が必要ですが、彼は盲信によって腐蝕された知性の好個の一例です。彼はガリレオの存在を知っており、地球は太陽をめぐって運行するというコペルニクス説を支持する後者の主張を是認していました。そして実のところこの点を確言する論文に鋭意とりくんでいたのです。ところが宗教裁判所がガリレオを異端として断罪したと聞くや、彼はあわててその草稿を始末したものです。俗っぽく言えば、彼は腰抜けだったわけです。それに彼の死にざまときたらまことにばかばかしいものでした。生計の資を確保するため、彼はスウェーデンのクリスチナ女王に哲学を講ずることとなりました。週三回、早朝五時に伺候するとりきめです。あの寒冷の地で朝の五時ですぞ！　そのせいで彼は死にました。当然の結果です。当時彼は何歳であったか御存知かな？

　ここでハケットは取り出した煙草(タバコ)を誰にすすめるでもなく、一服つけた。

――わたしの感じではデカルトの頭はいささか締(しま)りがなくなっておったようですな、と彼は重々しく所感を述べる。かの人が諸々の錯誤にみちた観念を抱懐したゆえにではなく、八十二歳にしてかくもおどろおどろしい時刻に起きいだすという愚行のゆえに、かくは断定するのです。しかも北極近くの土地でねえ。

——五十四歳でした。ド・セルビィは妙に落着きはらった声で言った。

——要するにだな、とミックがだし抜けに口をはさむ。科学についてどんなにばかげた考えをもっていたにしても、彼がすぐれた人物であることに違いはないんだ。

——あの人を言い当てて妙と思えるフランス語を耳にしたことがある、とハケットが言った。愚賢(イディオ・サヴァン)の人。

ド・セルビィは自分の煙草を一本だけ取り出し、それに火をつけた。彼は如何なる根拠によって、ミックは喫(す)わないと推定したのであろうか?

——最悪の場合、と彼は神託でも下すような調子で断定する。デカルトは唯我論者でした。彼のもう一つの弱味はイエズス会士に好意を抱いていたという点にあります。彼は空間をプリーナムと看做し、そのために嘲笑の的となりましたが、この嘲笑は妥当至極なものです。偶然の一致と申すべきでしょうか、わたしはこの説と対応する発見をしましたけれど、こちらは疑問の余地もない発見です。すなわち、時間こそプリーナムなのです。

——おっしゃる意味がわかりませんが、とハケットが言った。

——プリーナムとは、言ってみれば、それ自身によって充満してはいるが自動力のない存在あるいは現象ということになりましょうか。空間がこのような条件を満たさないことは明らかです。しかるに時間はプリーナムです。不動、不変、不易、不可避にして絶対的な静止状態なのですから。時が経過することはありません。変化と運動が生起しうるのは時の内部においてなのです。

　これを聞いてミックは思いに沈んだ。論評は無意味のように思われた。つかむべき一筋の藁すらない。問いただそうにもまるっきりひっかかりがないのだ。

――ミスタ・ド・セルビィ。彼はとうとう口を切った。御高説は純粋抽象的命題と拝聴しました。あたしごときものがそれを批判したり、あるいは所感を述べたりするのは、お門違いというものでしょう。なにしろ時について抱懐する概念ならびに経験において、あたしは伝統的立場に立っているのですから。たとえば、お許しをえてあたしがこのウィスキーをたっぷり飲ませて頂けるとするならば――たっぷり飲むとはつまりどっぷりアルコール漬けになるというほどの意味ですが――その際あたしがまぎれもない時の処罰を受けるのは必定なのです。一夜あければ、あたしの胃、肝臓、ならびに神経組織はみじめにも壊滅的状態に陥っているでありましょう。

――酒を独り占めされて馬鹿をみる素面の仲間のみじめさもお忘れなく、とハケットが言葉をおぎなった。

ド・セルビィは優雅に笑う。

――その種の変化について時間はその本質上まったく関知しないと申せましょう。

――そうかもしれませんな、とハケットが応じた。それにしてもそのての学究的考察を拝聴したところで身にしみる苦痛はいささかも和らぎはしない。

——もう一献。ド・セルビィは酒壜を手に再び立ちあがり、三個のグラスにまたもなみなみと注ぎ足した。一、二分の御猶予を。

彼が部屋を出てしまうと、期せずしてハケットとミックはいささか訝し気に互いの顔を見合わせたのである。

——この酒はどうやら最高級品らしい、とハケットが意見を述べる。でも麻薬か何かが仕込まれてるんじゃなかろうか？

——まさか、そんなことと。彼自身にしてもたっぷりきこしめしてるんだぜ。

——奴が席をはずしたのはちょいと解毒剤を飲みに行ったのかもしれんぞ。それとも催吐剤で吐き出しちまおうって魂胆か。

ミックは首を横に振る。いささかの疑念ももっていないようであった。

——たしかに妙な男だ、と彼は言った。しかし気がふれてるわけでも危険人物でもないようだ。

——確信をもって言い切れるか？

——ああ。変人というところかな。

ハケットは立ちあがり、自分のグラスにあわただしく注ぎ足す。ついでにミックにも注ごうとしたが、きっぱりと断わられた。ハケットはまた煙草に火をつける。

——さて、と彼は言った。無用の長居は好意に甘えすぎというものだろう。失礼したほうがいいんじゃないかな。どう思う?

ミックはうなずいた。この日の経験は彼の好奇心をそそりもしたし、満足のいくものだった。それにこれがきっかけとなって、また別の興味ある事件あるいは人物にめぐりあうことになるかもしれない。考えてみれば、これまでの知り合いは何と陳腐な連中ばかりだったことか。今さらながらそう思い当るのであった。

ド・セルビィが戻ってきた。手にした盆には皿、ナイフ、バター、それに金色のパンらしいものを山盛りにした凝ったつくりのパン籠(かご)が載っている。

——テーブルにつきたまえ、諸君——さあ、椅子を引き寄せて。教会ではこの種の軽食をコレイションと称しているようですな。このほれぼれするような小麦粉薄焼ケーキは、ウィスキーと同じく自家製です。だからといってわたしが古代ローマの皇帝のように毒殺におびえて日々を送っているなどと思ってもらっては困ります。わたしは独り暮しですし、商店に辿りつくには長く苦しい道のりを行かねばならないのですから。

感謝の呟きとともに客たちはこの質素ではあるが楽しい食事にとりかかった。ド・セルビィ自身はほとんど手をつけず、何やら思いに耽(ふけ)っている模様である。

——わたしを神学者と呼ぶか、あるいは自然科学者と看做すかは御随意です。彼はやや間を置いてから生真面目(きまじめ)な調子で切り出した。わたしは真摯な男ですし、真理への忠実を旨としております。時の本質に関わるわたしの諸発見は実のところ偶然の所産でした。わたしの研究目標はまったく別なところにあったのです。狙いは時の本質とは完全に無縁のものでした。

――なるほどねえ。いぎたなく頬(ほお)ばりながらハケットはがさつな口調で応じた。で、その肝心な狙いってのは？

――全世界破壊。

二人は彼を凝視した。ハケットがかすかな声を発した。ド・セルビィは顔の筋一つ動かさず、冷徹、苛酷そのものの表情を崩さなかった。

――これは、これは。ミックがどもりながら言った。

――世界は破壊に値する。その歴史ならびに先史、さらにはその現在――すべては悪疫、飢饉(ききん)、戦争、荒廃、そして悲惨のおぞましい記録にほかならない。あまりにもすさまじく、あまりにも多岐にわたるものであるがゆえに、その底知れぬ忌まわしさのほどは一個人の認識の域を超えている。腐敗はあまねく瀰漫(びまん)し、疾病は猛威をふるう。人類は窮極的な汚辱にまみれつつ流産の時を迎える。

――ミスタ・ド・セルビィ、とハケットが口をはさんだが、その声は重々しさに欠けていた。お訊ねしても失礼に当るまいと存じますが、いったいどうやって世界を破壊するおつもりなんで？　あんたがそれを創ったわけじゃあるまいし。

――ミスタ・ハケット、あなたにしたって自分が作ったのでもないものをこわしたおぼえがあるはずです。誰が世界を創ったか、その壮大な意図は何であったのか。称揚すべきにせよ唾棄(だき)すべきにしろ、どっちみちわたしにとってはどうでもいいことなのです。とにかくこの世界は厭(いと)わしくも忌まわしいものであり、せめてものことに絶滅させたほうがすっきりするのです。

ミックのみるところでは、ハケットのように挑発的態度をもってしてはそっけない答えが返ってくるばかりなのだ。この際、もっとはっきりした説明を聞く必要がある。ド・セルビィからいわば傍註めいたものを引き出すだけでも、重要な問題点が明らかになるだろう、つまり、彼はほんものの科学者なのか、それとも単なる狂人にすぎないのか、という問題点が。

——てまえどもにはよく分らないのですが、とミックはしたてに出た。何か他の巨大な天体と衝突させるというところまでいかないかぎり、この世界を破壊するめどはつくまい、とまあこんなふうに考えるわけです。それにしても天体の運行に人間が介入するという段になると——これは解決不能の難問というほかございません。

ド・セルビィの冷笑的な表情はいくぶんかのゆるみをみせた。

——食事も済んだことですから、もう一杯いかがです。彼は酒壜を前に押しやりながら言った。全世界の破壊を話題にしたとき、わたしが考えていたのは地球という惑星そのものの破壊ではなく、そこに認められるあらゆる種類の生命のあらわれを破壊するということだったのです。わたしの研究が完成した暁には——その日は遠くないと思っておりますが——如何なる生物も、一葉の草、一匹の蚤にいたるまで生命あるものはすべて、この地上から消滅することになります。言うまでもなく、わたし自身も例外ではありません。

——となると、あたしたちはどうなるんで？　ハケットが訊ねた。

――あなたがたも全人類と運命をともにするのです。すなわち、絶滅。

――臆測は益なきことと承知しておりますが、ミスタ・ド・セルビィ、とミックは呟くように言った。もしかしてあなたの計画とやらは南北両極をはじめとする各地の氷をすべて溶解し、ノアの洪水よろしくすべてを水浸しにしてしまおうっていうのじゃありませんか？

――いや。かの大洪水の話はまさに笑止のきわみです。あれは四十日間昼も夜も降り続いた豪雨によって惹きおこされたとされています。つまり雨が降りはじめる前にこの分だけの水が地球に存在していたということになります。なぜなら蒸発分よりも多い水量が雨となって降り注ぐことはありえないからです。常識からみても、例の話は子供じみた妄言にすぎません。

――あいつはまったく理屈もへったくれもないこじつけですよ、とハケットが横合いから割り込む。彼はいっぱしに目端がきくところを見せつけたかったのだ。

――そうなりますと、問題の鍵はどうなるのでしょうか。ミックは控え目な態度を辛うじて保ちながら訊ねた。究極的にして決定的な秘密というのは？

ド・セルビィはわずかに顔をしかめた。

――お見受けするところあなたがたは科学的素養に欠けていらっしゃるようだが、と彼は説き聞かせるように言った。気体化学の分野におけるわたしの研究ならびに業績のほんの一端にしろ、そのような初心者に垣間(かいま)見させるのは、どうやら至難のことのように思われます。わたしは生涯の大半をこの研究に費しました。海外の学者たちもわが研究への助力と協力をおしみませんでしたが、その彼らでさえわたしがたてた根本原理に精通しえなかった——すなわち、大気絶滅の原理です。

——というと、空気をなくしちまうってことで？　ぽかんとしてハケットは訊ねた。

——絶滅の対象はその生物発生的実質的要素のみ、とド・セルビィは答えた。それすなわち酸素にほかならない。

——つまりですね、とミックが言葉をはさむ、大気中からすべての酸素を抜き取るなりこわすなりしてしまえば、あらゆる生き物は死に絶えるというわけですか？

——おおざっぱに言えばそんなところでしょうな。科学者は温和な調子をとりもどしてうなずいた。一応はまあ勘所をおさえていらっしゃる。もっともまだ幾つかの問題点が残っていますが、この際それにかかずらうには及びますまい。

こっそりと手酌でもう一杯きこしめしていたハケットは活気づいて身を乗り出した。

——なあるほどそういうわけですか、と彼は調子よく言った。酸素には四の五の言わせずに御退場を願う。そうするてえとわれわれは残り物で何とかやってかなくちゃならん。でもその滓てえのが毒ときてる。これじゃまるっきり殺人ですな。

ド・セルビィは黙殺した。

——地表の空気、ということはつまりわれわれが実際に呼吸している空気を意味しているのであって、大気圏の高層にある稀薄な大気と明確に区別しなければならないのであるが、この地表の空気は概略のところ次の要素から構成されている。すなわち、窒素七十八パーセント、酸素二十一パーセント、アルゴンおよび二酸化炭素微量、さらに超微量のヘリウムならびにオゾンに類するもろもろの気体。以上である。われわれがまずもって心すべきは窒素である。その原子量一四・〇〇八、原子番号七。

——窒素ってのは臭うもんですかね？

——いや。高度の研究ならびに実験を重ねたあげく、わたしはある化合物の合成に成功しました。この物質は所与の空気から酸素をあますところなく排除するという働きをもっています。この固形物質をもってすれば——それも肉眼ではそれと認め難いほどの微量でいいのですが——地上最大の大広間でさえもその内部は一瞬のうちに死の世界と化します。もっともその大広間が密閉されていればの話ですけれど。ともあれ、お見せしましょうか。

彼は低めの戸棚の一つに向かって静かに跪き、その扉を開けた。旧式の小型金庫がみえる。鍵を使ってこれを開ける。そこには液体にしたら四ガロンほども入ろうかと思われるずっしりした金属製円筒容器が収まっている。表面に刻まれた文字はＤ・Ｍ・Ｐ。

——驚いたな、これは。ハケットが声をあげた。Ｄ・Ｍ・Ｐとは！　懐かしのＤ・Ｍ・Ｐ！　祖父はあそこの一員だった。

ド・セルビィはふりかえり、ひっそりとほほえんだ。

——そう——Ｄ・Ｍ・Ｐ——ダブリン・メトロポリタン・ポリース。わたしの父もその一員でした。改組されてからもう大分になりますな。

——ところで、化学薬品入りの容器にその文字を記すというのはどういう狙いなんでしょう？

ド・セルビィは金庫を閉め、戸棚の扉を閉じ、自分の席に戻った。

——ほんの気まぐれ、それだけのこと。あの文字は化学式でもなし、心覚えでさえありません。しかしあの容器にはこの世で最も貴重な物質が入っているのです。

——ミスタ・ド・セルビィ。問いかけるミックは先程来の意外な事の成行きに度肝をぬかれていた。あなたの金庫が上等品だとしても、それほどの危険物をここに置いておくのは思慮に欠けてはおりませんか？　空巣（あきす）かなんかにやられるかもしれないし。

——たとえば、あたしか？　とハケットが割って入る。

——いえ、みなさん、まったく危険はないのです。この物質の素姓を知る人はおりませんし、その特性あるいは活性は誰にも分らないでしょうから。

——あたしたちってものがいるじゃありませんか、とハケットは食い下がる。

——あなたがたは実のところ何も御存知ないのです。ド・セルビィは動ずる色もなく応じた。もっともわたしとしてはあなたがたを啓発するにやぶさかではないのですが。

——請け合ってもよろしいのですけれど、とミックはとっくり考えてから切り出した。如何なる情報を打ち明けて頂きましょうとも、われわれは固く秘密を守る所存ですので、その点の御懸念は無用に願います。

——ああ、そのことでしたら御心遣いはいりません、とド・セルビィは丁重に言葉を返した。啓発すると申しましたのは情報の点ではなく、経験に関してなのですから。わたしは次の事実を発見しました——われながらまったく予期しなかった発見です。すなわち、酸素を除去した大気は一見したところ時間の本質を成すかのように思われる連続性を抹消し、われわれに真の時間をつきつけるのです。しかも同時に、われわれがそれを欲するならば、脱酸化した大気はこれまでに時が包含し、あるいはこれから先に包含するであろうすべての事物および生物をわれわれに提示するのです。おわかり頂けるかな？　冗談事と思われては心外です。これは容易ならぬ状況ですし、それもいわゆる現世的とは申しかねるものなのですから。

彼は知り合ったばかりの二人の友のそれぞれにたいそう厳粛な視線を当てた。

——思うに、と彼は声を改めて切り出す。あなたがたがわたし個人に関してもう少しくわしく知りたいと思われるのは当然でしょう。まず第一にわたしをキリスト嫌いと看做すのはまったくの見当違いと心得て頂きたい。

——あたしも右に同じ。したり顔のハケットが甲高い声をあげる。

——わたしは聖書のはじめの部分を神話として受けとっていました。人類の紛れもない指標たるべく構想された永続的な神話だと考えていたのです。またわたしは神と反逆天使ルシファーとの怖るべき葛藤（かっとう）の物語を事実として認めていました。しかしその葛藤の結果については長年の間、心を決めかねておりました。つまり、神が勝利をおさめルシファーは地獄へ永遠に追放されたとされておりますけれど、わたしはこの事実についての確証をほとんどつかんでいなかったのです。というのは、もしもし――繰返して言いますが、もしもの話です――勝敗の結果が逆転していて敗北したのが神であったとしたら、その際ほかならぬルシファーがこれまでのとは裏腹の別口の話を流布させることは必定でありましょう。

――でも何だって彼はそんなことを？　ミックは疑わしげに訊ねた。

――それこそまさに人間を陥穽に導き破滅させる万全の策、とド・セルビィは応じた。

――なるほど。ハケットはもったいぶって言う。こいつはとっくり考えてみる必要がありますな。

――しかしながら、とド・セルビィは考えあぐんだ様子で言葉を続けた。その点に関する推論においてわたしはまったく間違っていたのです。その後わたしは知りました、事態は聖書に述べられているとおりだと。少なくとも天国は無傷のままなのだし、そのかぎりにおいて聖書の叙述は正しいのです。

ハケットは低く口笛を吹いた。からかうような響きがこもっている。

――ひどく確信ありげなおっしゃりようですな。まさかあなたは束の間にもせよこの世を離れていたというわけじゃありますまいに。どうです、ミスタ・ド・セルビィ？

――そうは言い切れません。しかしわたしは洗礼者ヨハネを相手にしてとっくり話しこんだことがあるのです。まことに物分りのよいお方でしてね。まさにイエズス会士そのものというところでしょうか。

――驚いたな、これは！　ミックが叫んだ。舌打ちしながらハケットは手にしたグラスを荒々しくテーブルに置く。

――ああ、まったく物分りがよくて。物腰に一分の隙もないことは言うまでもありません。それにわたし自身の個人的限界についてはねんごろな理解を示してくれましたし。まことに興味津々たる人物です、あの洗礼者は。

――会ったってのはいったいどこで？　ハケットが訊ねた。

――このドーキー、とド・セルビィは答える。海のなかです。

短い、しかし、完全な沈黙。

――時が静止している間に？　ハケットは執拗に問いつめる。

――明日になったらお二人をその現場にお連れしましょう。ただしあなたがたがそれを望まれるならの話ですが。もちろん泳ぎの心得が必要ですし、それにわずかな深さですけれど潜りをすることになります。

――あたしたちはどちらも水泳にかけてはちょっとしたもんでしてね、とハケットは浮き浮きした調子で言う。もっとも二人のなかじゃあたしのほうが腕はぐっと上ですがね。

――よろこんでお伴いたしましょう。弱々しい微笑を浮かべたミックが割り込むようにして言った。ただし、無事に戻れるという保証があると心強いのですけれど。

――危険はまったくありません。ヴィーコ水泳クラブは御存知ですね。あのあたりの水際の岩にかくれて奇妙な洞穴があります。引き潮どきに海側からその入口に近づけます、潮が満ちてくるとそれは海中に没し、内部の空気は封じ込められてしまいます。海水によって出口を完全にふさがれるのです。

——タッソー夫人の戦慄の間(ま)というところですかな、とハケットが合の手を入れる。

——わたし自身の考案になるマスクが幾つかありまして、圧搾空気入りタンクならびに自動調節弁がついています。マスクと空気タンクはまことに軽く出来ていましてね。なにしろアルミ製ですから。

——おおよその見当はつきました。眉を寄せ神妙に聞き入っていたミックが口を開く。その呼吸装置を身につけて海中に潜り、岩の間を縫(ぬ)って洞穴の内部にもぐりこむ。そこで洗礼者ヨハネに会うという手順ですね？

ド・セルビィはひっそりと含み笑いをした。

——必ずしもそうとばかりは。おっしゃるようにわれわれはがらんとした洞穴に入ります。それからわたしが微量のD・M・Pをとりだすわけです。その結果われわれは無時間的な窒素に包まれることになりますが、それでも背中のタンクから呼吸出来るという仕組みです。

——あたしたちの体重なんかも変るもんですかね？　とハケットが訊ねた。

——ええ、多少は。

——それからどういうことに？

——どうなるかは明朝八時この水浴場で落ち合ってからのお楽しみとしましょう。お帰りの途中コルザ・ホテルのそばを通りますね？

――ええ。

――ではティーグ・マクゲティガンへの伝言をお願いします。七時半に馬車で迎えに来るよう伝えて下さい。例のマスク一式をかついで行くとなると、なかなか厄介でしてね。

こうして手筈が整った。ド・セルビィは愛想よく客たちを戸口に導き、別れの挨拶をかわした。

3

二人はドーキーに向かってヴィーコ・ロードをぶらぶらとおりていった。ハケットはかすかに眉をひそめ、むっつり黙りこくっている。ミックは心ここにあらずという風情である。考えがうまくまとまらないのだ。晴れわたっていた夕景の残照がまだほのかにあたりを明るくしていた。

——このての珍事はめったにお目にかかれるものじゃないよな、ハケット。

——不可思議なウィスキーを振舞われるってのはたしかに日常茶飯事とは言いかねる。ハケットは陰気な声で応じた。しかも同時に死刑の宣告を申し渡されたってわけだからな。ほかの連中にも警告しといたほうがいいんじゃなかろうか。せめて付き合ってる女たちなんかには。

——そんなことをしたって結局のところ失意と不満の瀰漫をもたらすくらいがおちというものさ、とミックは尊大な訓戒調。いったい何の役に立つというのだ。

——女たちだって懺悔(ざんげ)する気になろうってもんじゃないか。

——もちろんあんたもね。どっちみち物笑いの種(たね)になるばかりさ。少なくともあんたに関するかぎり、また酔っぱらって管(くだ)を巻いてると言われるだけだろうよ。

――あの一週間もののおみきはこたえられない逸品だった、まったく。暫くの間を置いてからハケットは思い入れよろしく呟いた。気分は上乗なんだ。でも、あれに何か麻薬めいたものが仕込んでなかったかどうか、その点がいささか心許(もと)なくてね。作用が緩慢(かんまん)な催眠薬とか、それよりもたちが悪い何か頭に直接くるやつとか。コルザへ着くころにはすっかりいかれちゃってるかもしれないぞ。フォトレル巡査部長に逮捕される羽目になるかもな。

――そんな心配なんかくそくらえだ。

――法廷に引っぱり出されて、今日のことをありていに申し述べよってなことになったら、こいつは御免蒙(こうむ)りたいな。

――例の約束は明日の早朝ということになっているのだから、とミックは注意を促す。今日のことは他言無用としようじゃないか。

――明日の約束を守るつもりなのか、きみは？

――そうとも。でもその時刻にブーターズタウンからここへ来るには自転車を使う必要があるな。

二人は歩き続けた。口もきかず、それぞれの思いに耽(ふけ)って。

コルザ・ホテル、その所有者ミセス・ラヴァティー、ならびにそこ独特の雰囲気について語るのは容易ではない。ここは先頃までは――文字どおりの先頃であって近頃の話ではない――ごくあたりまえの居酒屋で、「コンスタンティン・カー、官許酒処」なる看板を掲げていた。伝えられるところによれば、夫に先立たれたミセス・ラヴァティーはこの酒場を改造し、居酒屋というおぞましいイメージを払拭したうえで、コルザ・ホテルと称したのである。

聞きなれぬこの名称の由来は？

ミセス・ラヴァティーはまことに信仰心の篤い女である。かつて隣人と話をかわしていたとき、たまたま話題が教会の祭壇に吊された紅灯に及んだ。それに用いられるのはコルザ油（なたね油の別称）であると聞かされた篤信の彼女は、これこそ殉教の聖処女コルザが奇跡を行うために用いた聖なる油にほかならぬと思いこみ、それをもってわが表象とするにしくはなしと思い定めたのである。

次に掲げるのはこの酒場の見取り図で、ハケットとショーネシィはここの常連である。

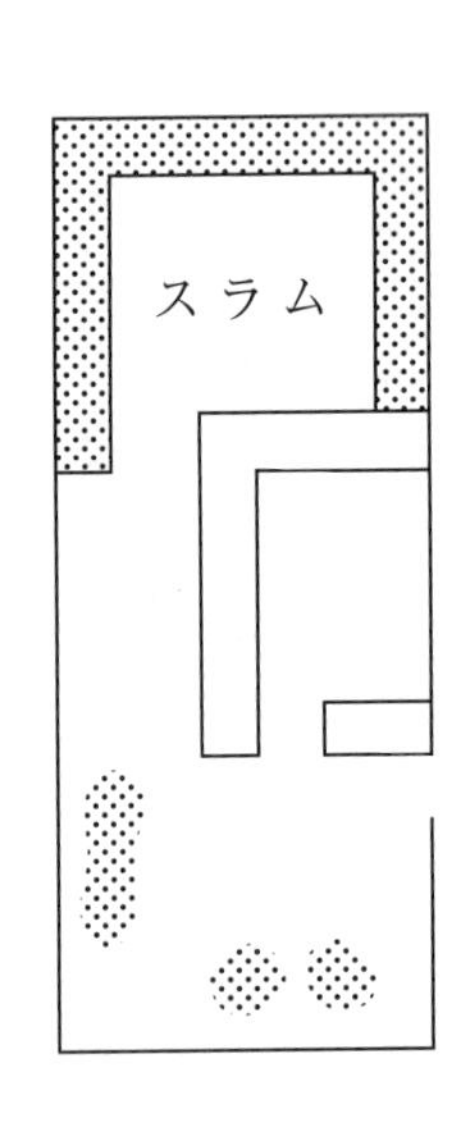

スラムと呼びならわされているのは広々とした一郭で、壁沿いに柔らかな革張りの長椅子がしつらえられ、さらに幾つかの椅子と小卓が並べてある。階上には「上等のベッドがたくさん」あるとミセス・ラヴァティーは頑強に主張しているのだが、ホテルという名称をまともに受けとる者は一人とし

ていない。知らないというのはこわいもので、この土地に不案内な客は食事の注文をしたりする。すると裏手のがらんとした台所に案内されてベーコン・エッグをあてがわれるのが関の山ということになる。だいぶ以前からミセス・ラヴァティーはルルド（ピレネー山脈のふもとにある町。この地の洞穴にあるマリアの聖堂への巡礼は難病治癒に霊験あらたかだとされている）巡礼をめざして貯金にはげんでいる。彼女は耳が悪いのか？　本当のところは誰にも分らない。耳が遠いのではないかという噂は何年か前の出来事に端を発している。ハケットが人前にもかかわらず彼女にこう声をかけたのである——ミセス・ラヴァトリィー（便所）。彼女はそれにまったく気づかないようだった。おそらくは耳が悪いのでもあろう。しかし同時に、彼女はハケットというのはまともな口のきき方もしつけられていない男だとして取り合わなかったと思えるふしもある。

　ド・セルビィ訪問の帰途、ハケットとショーネシィが入って行くと、「スラム」すなわち常連の巣には、すでにドクター・クリュエットが陣取っていた。彼は皺と思慮に富んだ高齢の医師で、英国陸軍の軍医として大いに御用を務めてきた人物だが、軍医という肩書きを誇示することは潔しとしないのである。彼のそばには見なれぬ青年が座っており、ミセス・ラヴァティーはカウンターの向うに腰をおろしている。

　——諸君にはごきげんようの挨拶を、神には文明の域に戻れた感謝を、とハケットが声をあげた。ミセス・L、ご自慢のアイリッシュ・ウィスキーを二杯頂きたいもんですな。

　彼女は大きいだけで見栄えのしない顔におざなりの微笑を浮かべ、注文に応じた。ハケットにはあまり好意を抱いていないのである。

——どこへ行ってこられたのかな？　ドクター・クリュエットが訊ねた。

——ちょっと外気に触れてきただけで、とミックが言う。

——その外気とやらは多分に酒気をはらんでいたとみえる、とドクターは所見を述べた。ご両人ともみごとな顔の色つやに輝くばかりですからな。

——まことに結構なお日和でした、ドクター。ミックは丁重に言葉を添える。

——あたしたちは散歩しながら酸素のほかに神学と天体物理学なども吸い込んできたところです。ハケットはミセス・ラヴァティーからグラスを二つ受けとりながら言った。

——ああ、物理学をですか？　なるほど。新顔の青年は愛想よく相槌を打つ。髪の黒い、ほっそりした若者は分厚い眼鏡をかけているがまだ幼顔が残っていて、年の頃は十九歳ぐらいか。

——散歩と言えばキネーシス（運動）なんていうギリシャ語もありましたな。物知りぶって言うハケットの口調にはひやかしの気配もまじっていた。

——ハケット、とミックはたしなめるように言葉をはさむ。めったなことは言わないほうがいいと思うがね。

——ぼくはこれでもトリニティ大学で医学を修めておりまして、と青年が言う。こちらへは下宿をさがしに来たのです。

——何を好んでこの辺境の地に宿を求めようとなさるのかな、とハケットが反問する。日毎の行き来も並大抵ではあるまいに。

――こちらはわれらが新しき友、とドクター・クリュエットが仲に入る。ミスタ・ニーモウ・クラップ。

会釈がかわされ、ハケットはグラスを掲げて挨拶する。

――トリニティの寮に入ったらどうかとおっしゃるのでしたら、とクラップは釈明する、それは御免蒙ります。なにしろ今にも崩れ落ちそうなひどい建物ですし、そのうえあそこの寮生は自分のおまるは自分で空けろということになっているものですから。

――わがエジプトにおける日々において、わが軍はその種のものすら備えておらなかった。しかしながら果てしなき砂漠とわずかな下生えをとどめる荒野にあっては用はおのずから足りたものだ。

――それに、とクラップが言い足す。ぼくは海が好きなのです。

――なるほど、ごもっとも。ハケットが唸るように言う。そういうことならここに泊りゃあいいのに。これでもホテルなんだ。

ミセス・ラヴァティーが顔をあげる。むっとした表情である。

――こちらにはもう申しあげてあるんですよ、ハケットさん。彼女はぴしゃりと言う。うちはぎっしり詰まっておりますって。

――なあるほど、でも何が詰まってるのかねえ?

ドクター・クリュエットがとりなし顔で間にはいる。

――ミセス・ラヴァティー、お手数で恐縮なんじゃが、わたしからみなさんに一杯ずつ差しあげたいと思っておりましてな。

ちょっと気分を直した彼女はうなずき、立ちあがった。

——物理学に化学というやつがぼくにとっては悩みの種なんです、とクラッブは一同に打ち明けた。でも、うちの親父ときたら医者になれと言ってきかないんですよ。肝心のぼくはそんなものにまったく関心がないときているのに。その点ドクター・クリュエットはぼくの態度に同情的でいらっしゃる。

——そのとおり、とドクターはうなずく。

——それにドクターのお考えによりますと、現代の医者はおおむね製薬会社のお先棒をかついでいるにすぎない、ということになります。

——へえ、ヤクの手先ときたね。ハケットが呟く。

——しかもその多くはまことに危険かつ無責任きわまるしろものなのだ、とドクター・クリュエットは補足した。

——誰にしたってドクター・グラウバーの功績の偉大さは値引き出来ないところでしょうな（ヨハン・ルドルフ・グラウバーは十七世紀ドイツの医師・錬金術師）。ハケットは出されたばかりの酒に手をのばしながら見解を述べる。あたしはよくこんな具合に考えたもんです。つまり、グラウベンは「考える」という意味なんだから、グラウバーとなると考える人ってことになるんじゃなかろうかとね。べったり座りこんで瞑想に耽る男の図ってのを思い出して頂きたいな（グラウバーの発明になるグラウバー塩は下剤として用いられる。ロダンの彫像「ル・パンスール」と用便のイメージがからみあう）。

——そうはならないね。ミックがぶっきらぼうに断定した。暫くの間にもせよ彼はドイツ語を学んだおぼえがあるのだ。

——実のところぼくのほんとの関心事は詩なんです、とクラッブが言った。シェリー、バイロンと相通ずる点がこのぼくにもいくらかは備わっていると自負しております。つまり、海と詩。海はすなわち詩そのものなのです。

——打ち寄せる波のリズム、海には韻律も備わっていることだし、とハケットの冷笑的な声。吹きわたる快適な海風をうけて沖合を行くヨット、これほどすばらしいものはないって寸法だ。

ハケットには顔も向けずにミセス・ラヴァティーはそれでもしっとりとした声で言う。

——あたしも詩は大好き。「天の猟犬」（フランシス・トムソンの宗教的な詩）というあれ。あれなんかすばらしいわ。娘の頃にはおおかた空(そら)で言えたものよ。

——ありゃあへぼ詩だっていう説もありますがね。

——みなさん良い方ばかりなのですけれど、とクラッブが切り出した。でもぼくの洗礼名を風変りだと思ってらっしゃるでしょう。ニーモウときてはね。

——たしかに変ってますな。せいぜい良い方らしい口調でミックは同意した。失礼ながら、まあ、言わせて頂ければ、父上はちょっとした変人というところですかな。

——母の考えだったそうです。

——クラッブ、きみにその気さえあればいつでも変えることが出来るのだ、とドクター・クリュエットが助言する。普通法によれば、当人が選ぶ如何なる名前を名乗り、なおかつそれを世間に通用させるも可なりとされているのだから。

——そういえばピス（小便）という名の男がいましたっけ、とハケットがしゃしゃり出る。それに我慢がならなくて、思い切って改名したあげくが何とヴォミット（へど）。

——お願いです、どうぞ悪ふざけはやめてください。にこりともしないでクラップが応じた。妙なことにぼくはニーモウという名前が気に入っているのです。ためしに逆に読んでごらんなさい（NEMOの逆綴りは「前兆」の意となる）。

——なるほど、何やらおかしな気配が感じられますな、とハケットも認めた。

——詩的ってところじゃないですか？

短い沈黙。やがてドクター・クリュエットが口を開く。

——とにかくこれは一考に値する。思考の人らしい口振りで彼は言った。アラビア風にエスラなんていう名前だったらしまらんことになるでしょうな（ESRAを逆綴りすると「尻」の意になる）。

——一同にもうひとわたり頂けませんか、スセミ・L、とミックがおどけて言う。わが麗（うるわ）しのブーターズタウンへの帰途につくまえに。

彼女は微笑する。この男には彼女なりの好意を抱いているのだ。しかし彼がどさくさまぎれに口にした呼び掛けに彼女は気づいただろうか。ハケットは何やら走り書きをしている。

——ミセス・L、と彼は声を張りあげた。今夜のうちにこれがティーグ・マクゲティガンの手に届くよう取りはからってもらえますか？　ある男からの急を要する依頼なんです。明朝会いたいということなんで。

——まかしといて、ミスタ・ハケット。

間もなく二人は店を出て、鉄道で家路についた。程なくハケットが降りる。モンクスタウン。彼の家はそこにある。

ミックは上乗の気分だった。明日のことについて思いめぐらす。とにかく、これまでのところド・セルビィがやったことといえば、すべて口先だけのこと。たしかに驚くべき話ではあった。夜が明ければすぐさま実行に移してみせると言ってたっけ。彼が例の道具を持ってやってくるとして、危険はないものだろうか。ハケットは姿を現わすだろうか。なにしろ頼りにならん奴だからな。

彼は溜息(ためいき)をついた。時がすべてを明らかにするだろう。もっとも、そもそも時なんてものが存在するか否かさえ問題だということだけれど。

4

ミックの自転車がヴィーコ・ロードに通ずる小径を折れて水浴場のある岩場へ向かったとき、聞こえよがしに私語をかわす潮騒(しおさい)が微風に乗って彼の顔をかすめて行った。穏やかに晴れ渡った朝である。すべては夏の終りの気配を漂わせていた。

ティーグ・マクゲティガンの馬車が水浴場の入口に停っていた。馬は鼻面をかいば袋につっこんで朝飯にありついている。ミックは石段を降り、手をあげて一同に挨拶した。ド・セルビィは脱いだばかりのセーターをむっつりとにらみつけている。きちんとした服装のハケットはどっかり腰をおろして巻煙草をふかしている。そして汚いレインコートをはおったマクゲティガンはパイプを吸い付けるのに余念がない。ド・セルビィはうなずいた。ハケットはやあと呟いた。そしてマクゲティガンは唾(つば)を吐いた。

――旦那がたよ。痩せこけた髭面(ひげづら)のマクゲティガン老人は低い声で言った。今日はびしょ濡れになること請け合いだな。ずぶ濡れもいいとこ、どっぷり水浸しって寸法だ。

――これから水に潜ろうってわけなんだからね、ティーグ、この際あんたの予言に文句をつけてもはじまらないってことさ、とハケットが応じた。

――それは心得違いちゅうもんだ。わしが言ってるのはあの空のこった。

――雲一つなし、とミックが言った。

――まだわかんねえのか。ウィクローあたりに目をこらしてみなせえ。

その見当には靄のようなものが立ちこめて、海際に迫る山の姿はおぼろにかすんでいる。ミックは肩をすくめ、何ということもないじゃないかという仕草をしてみせた。

――われわれは三十分ほど海のなかに入るってことになってるんでね、とハケットが言った。いや、少なくともミスタ・ド・セルビィのお話ではそういう手筈になってるらしいんだ。人魚か何かと落ち合う約束があるってわけさ。

――装置を着けたまえ、ハケット。ド・セルビィは苛立たしげに命じた。それにきみもだ、ミック。

――まあいずれわしの言い分に間違いはねえと肝に銘じるってことよ、とティーグが呟いた。あがってくる頃にゃあんたがたの飛切り上等の服もどしゃぶり雨にぶちのめされて、形無しもいいところになってるだろうて。

――服を馬車に取り込んでおくくらいあんたにだって出来るだろう、とド・セルビィは声を荒げた。彼がいささか平静を失っているのは明らかであった。

すべての準備が整った。岩棚に哲人よろしく腰をおろして煙草をくゆらすティーグには遊びたわむれる子供たちを優しく見守る古老といった趣があった。考えてみればそれも無理からぬところではあったのだ。さてこれからというときになって、ド・セルビィは二人を呼び寄せ最後の打ち合せにとりかかった。例の用具はやや平らな岩の上にひろげてある。

——いいかね、注意して聞いてくれたまえ、と彼は言った。これからきみたちに着用してもらうこの装置があれば、水中であろうとなかろうと自由に呼吸が出来る。調節弁は自動的に作動するから操作の必要はないし、また勝手に操作出来るものでもない。空気は圧縮されており、三十分間はもつことになっている。もっともそれは時の流れを測る慣習的規準によってのことだが。

——もっけの幸いというところですかね、あなたの時間理論が空気補給に関しては適用されないってのは。ハケットが感想を述べた。

——この装置をつけても音は聞こえる。わたしのは少し違っていて、聞くだけでなく話すことも出来る仕掛けになっている。わかるかね?

——疑問の余地はないようです、とミックはうなずいた。

——このマスクをきちんと装着すれば呼吸装置は作動する、と彼は語気を強めた。水中であろうと陸上であろうと息が出来るわけだ。

——まことに結構です。ハケットが丁重に応じた。

——次に肝要なのは、とド・セルビィは話を続ける。わたしが先頭になってあそこを左へ行く。水中に潜って問題の洞穴の入口に接近するのだ。潜水するのはほんの数ヤードの間で、それもたいして深くは潜らない。今は満潮に近い。わたしのうしろにぴったりついてきたまえ。洞穴の内部に着いたら、しかるべきところに席を占め、ただひたすら待つのだ。はじめのうちは暗いだろうが、寒いことはない。やがてわたしはD・M・P粒子を活性化する。かくして大気ならびに時間錯誤は払拭されることになる。納得がいったでしょうな。これだけ話したのだから今さら手順について愚かな質問があろうとは思えないが。

ハケットとミックは無言のまま質問なしの意をあらわした。

——おそらくあそこでは天国からの人に会うこととなろう。聡明このうえなく、すべての国語と方言を語り、すべてを知り、あるいは知ることが出来るお方だ。これまでわたしはこのような機会に同行者を伴ったためしがない。今回は面倒がおきなければよいのだが。

ミックは激しい興奮を覚えていた。

——お訊ねしてもよろしいでしょうか、と彼は唐突に切り出した。その方というのは例の洗礼者ヨハネなんですか。

——いや、そうではあるまい。わたしとしては要請は出来るのだが、要求はしえない立場なのだ。

——というと、会えるかもしれないんですね……どんな人にでも？　ハケットが訊ねた。

——ただし死者のみ。

——これはどうも！

——そう言い切るのはまずいかな。地上の人ではなかった方が姿を現わすこともあるのだから。

さりげない話し振りだけに不気味なすごみがあった。あたかも見上げるばかりの処刑台上で死刑囚と丁重に言葉をかわす絞首刑執行人を思わせるものがあったのである。

——天使のことをおっしゃってるんですか、ミスタ・ド・セルビィ？　ミックが聞きただす。

——自然神論的存在だ、と彼はつっけんどんに言った。さあ、じっとしていたまえ、これを着けるのだから。

彼はすでに呼吸マスクを手にしていた。その締め紐と空気タンクは背中にまわしてある。

——おあとに続きます、とミックは呟くように言った。ハケットにはしんがりについてもらいましょう。

あっけないほどの短時間のうちに、彼らは来るべき世界、というよりはむしろ過ぎ去りし世界への海中訪問のための身仕度を完了した。潜水眼鏡ごしにミックは日曜新聞の早朝版に読み耽っているティーグ・マクゲティガンの姿を認めた。あれはどうやら競馬欄らしい。ゆったりと寛いでいて、こちらの異様な振舞にはこれっぱかりの関心も示さない。あれでいいんだ、むしろ羨ましいくらい。ハケットはアポロ計画宇宙要員よろしくぼさっと立ちつくしている。ド・セルビィは締め紐の最終点検を行っていたが、やがて身振りで合図すると、先に立って低いほうの飛込み板に向かった。

朝も早いのに頭から冷水に飛込むのは熟練の士でさえ衝撃をおぼえるものである。しかしミックの場合、ただでさえ疑惑と妄想に近い思いが頭のなかで霧となって渦巻いているのに、空気補給装置がしゅーというかすかな音を響かせているせいもあって、飛込みに戸惑いはしたものの、それは束の間のことにすぎなかった。水のなかはそれでも充分に明るかった。彼は足を蹴って進むド・セルビィのうしろにぴったりとついた。背後の水が激しく乱れている気配から察するに、ハケットもたいした遅れはとっていないらしい。例によって悪態をついているのだろうが、ここでは聞こえるはずもない。

　彼らは洞穴に入りこんだ。器用とは言えないまでも、初心者としては上乗の運びであった。ド・セルビィは難なく入口を見つけだし、そのあとに続く二人はかつはよじのぼり、かつは水をかきながら、一人ずつ洞穴の内部にはいあがったのである。水からあがったミックはがらんとした岩場にうずくまった。ごつごつした足許には石と貝殻が散らばっている。暗い。遠くかすかに聞こえる囁きは先程あとにしたばかりの海の潮騒か。海面下のこの洞穴に取り残された空気はおそらく呼吸可能であろう。もっともそれほど長い時間はもたないだろうが。時間？　そう、時間というものが存在するならば。

　ド・セルビィはミックの腕を引っぱって前へ進めと促した。ミックはハケットの腕を引っぱってあとに続けと促す。やがて彼らは立ちどまった。ミックはまたもやうずくまり、ついにはやや丸みを帯びた岩の上にしゃがみこむ。ド・セルビィは彼の左手に佇んでいる。こうして三人はそれぞれに一息入れた。ハケットがミックを肘で小突いた。憐みか、それとも励ましか、あるいは嘲りか、どういうつもりなのかミックには見当もつかなかった。

　暗くはあったがその様子から察するに、ド・セルビィは何やら技術的操作に没頭しているようだった。実際に彼が何をやっているのかミックのところからは見届けられなかったけれども、どうやら微量のＤ・Ｍ・Ｐの起爆（これが適切な用語かどうかは別として）にとりかかっているらしい。

　ずぶ濡れになってはいたが、寒さは感じなかった。ただひたすらに気がもめて、戸惑いながらも好奇心だけはそそられる。身近にいるハケットもひっそりと黙りこくっている。

かすかにきらめくものが近づいてきた。青白い微光。それはおもむろに明るさを増し、薄闇に包まれた洞穴の輪郭を浮きあがらせる。思いのほか大きく、奇妙なほど乾いた場所である。

やがてミックは遥か彼方に人影を認めた。人影、いや、幻影か。腰をおろしている模様で、ほのかに冷たい光を発している。次第にその姿かたちはくっきりしてくるのだけれども、依然として言語に絶した遠方に腰を据えたまま動かない。その横顔からしてひどく長い顎と見えたものは、実のところどうやら顎鬚らしい。何やら黒っぽい布地のガウンが幻影じみた姿を包んでいる。奇妙な話だが、彼はこの突然の出現に怯(おび)えはしなかった。しかし彼の耳許でド・セルビィが聞き慣れた声を張りあげたときには、文字通り度胆を抜かれてしまったのである。

――御光来感謝のいたりです。ここに学究の徒二名を伴っております。

遥か彼方から戻ってきた声は、低くはあったがいささかの曇りもなかった。正真正銘のダブリン訛(なまり)である。ここでその独特の発声を伝えるには印刷の体裁に頼らざるをえない。

――御挨拶痛み入る。

――いつもながら御機嫌うるわしいようにお見受けしますが。

――有難いことに別に不満はない。あなたのほうの調子は如何かな、自分ではどんな調子だと思っておられるのかな?

――まあまあというところで。しかし老齢が忍び寄りつつあります。

——あはは！　そいつはお笑い草じゃ。

——それはまたなにゆえに？

——あなた方のいう時間とは解体還元の表示を旨とする当てにもならぬ指標にすぎない。あなたは自分の青年時代をおぼえておられるかな？

——いかにも。しかしここで話題にしたいのはあなた自身のことなのです。青年時代のあなたと老いたる聖人としてのあなたとでは天と地の懸隔があったに相違ない。痛ましいとさえ思えるほど唐突に信仰の途（みち）をのぼりつめられたあなたなのですから。違いますか？

——おそらくあなたは酸欠的無酸素血症（アノクシック・アノクシーミア）のことを言っておられるのだな。

——若かりし頃のあなたは放蕩無頼（ぶらい）の徒であった。それはお認めになりますね？

——異教の徒としてはこのわたしも最低の人間ではなかったんだが。それに、アイルランド人の血のせいもあったろうな。

——アイルランド人の血が？　あなたに？

——そのとおり。わが父の名はパトリック。名うての遊び人であった。

——当面の事態が性交渉にかかわる場合、女性の年齢あるいは肌色なるものはあなたにとって問題にならなかった。これもお認めになりますね？

——わたしにはなにごともよう認められんのじゃ。わたしがひどい弱視だったことを忘れんでくれたまえ。

——あなたの好色儀式次第はすべて異性愛的だったのでしょうか？

——ナンセンス！　やけに威勢のいいことを言うね、あんたって人は。わたしが自ら筆をとったもの以外はわたしへの反証としてもらいたくないもんだ。根拠薄弱。そのての悪い冗談にはくれぐれも御要心。すべては黒白ないまぜ、曖昧模糊たる灰色。

——わたしはもっぱら探究と行動の男でして、文学趣味はございません。

——それにしてはあなたの経験不足たるや慨嘆にたえぬ。わたしが生きていた時代ならびにその慣習はあなたの理解を絶するほどのものなのだ。それにあなたはかのアフリカの太陽をあげつらうことも出来まい。

——あの暑熱ってことですか、え？　これでもエスキモーについては多くの文献を渉猟したものです。つららに囲まれ霜焼けだらけのあの連中は、気の毒なことに生涯を通じて縮みあがっているのです。しかし、あざらしをつかまえたときには——ああ、彼らに幸運を！　連中はその獣皮から温かい衣裳をつくり、その肉をたらふく腹に詰め込んで、そのあげく油脂を氷の家に持ち帰るのです。ランプとストーヴの燃料というわけです。こうして団欒の時が始まります。北極の男たちの楽しみといえば——

——偶発的たると作為的たるとを問わず、情欲はわたしの是認しがたいところ。

——たしかに今のあなたとしてはそうでしょうな。教父に祭り上げられた今となってみれば、若気のいたりの御乱行の数々を思いおこすだけで、あなたの顔は赤らむに違いない。

――くだらん！　わたしは世間知らずだとか臆病者だとか思われないように、いわば勢いあまって、猥雑な行為に走っただけなのだ。欲情の炎に汗しながら、卑しき者たちと連れだって、バビロンの町を徘徊したこともある。カルタゴにありしときは、実らぬ放蕩の湯にたぎる大鍋を持ち歩いていたようなものであった。かのサタンがわたしに誘惑の手をのばしていたのじゃ。しかしわが『告白』第二巻は途方もない誇張にみちておる。わたしが生きていたのはまことに荒々しい時代であったし、わたしもまた時代の子にほかならなかったのだ。それでもわたしの信仰は変らなかった。その点がアルジェリアに住むわが同胞の多くと違っているところなのだ。今や彼らはアラブの腑抜けにしてイスラムの下僕になりはてている。

――あなたが性的妄想の奈落でべんべんと徒費した日々を思いおこしてごらんなさい。その気さえあれば、聖書研究に専念することも出来たでしょうに。のらりくらりの、のろわしい、のら犬め！

――たしかにあの頃のわたしはだらけきっておった。それにしてもあなたのおっしゃりようには棘がありますな。あなたは教父に言及された。ニケア宗教会議以前の神学者、アレクサンドリアのオーリゲネースについてはどうお考えかな。女性をめぐる煩悩は聖書注解への専念を妨げると悟ったとき、彼は何をなしたか？　いいですか。彼は席を立ち、あわただしく調理場に赴き、肉切りナイフを摑むとみるや――プチュン！――一撃のもとにみずからの男性たる根源を断ち切ってしまった。どうです？

――なるほど。それこそまさに勇猛果敢な英雄的行為。

——教父にしろ何にしろ、オーリゲネースが何ものかの父たりえたのは如何なる次第か？　実の一つだになきかの人なるに。その点についての考えを聞かせて頂こうか。

——彼の精神的睾丸（こうがん）は無傷のままであったと臆断するほかありませんね。その人を御存知で？

——われらが領域でかの人に会ったとは申しかねる。

——でも、彼だってあそこにいるんでしょう？　あんたはすべてを知ってるんじゃないんですか？

——しからず。もちろん知ることは出来る。しかし時には知らぬことこそ最高の英知というわけだ。かの人の消息についてはポリアークに訊けばわかるだろうな。

——大地にかけて、ポリアークとはいったい何者なんで？

——大地にかけるのは勝手だけれど、彼はそもそも地上の人ではないのだ。といってもわたしにはこれまたはっきりしないのだが。彼は天上におけるキリストの代理者あたりだと思う。

——得体の知れぬ住人はほかにもいるのでしょうか？

——そういうことであれば枚挙にいとまなしというところじゃ。たとえば、フランシスコ・ザビエルとかいう男。ねずみにしらみ、ごますりにかさっかきがうようよしているパリの貧民窟を根城にしてカルヴィンやイグナティウス・ロヨラを相手に酒くみかわし、女遊びにうつつをぬかす。ザビエルはたいへんな旅行家で、エチオピアから日本あたりまでのこのこ出かけて行き、エテ公みたいな仏教徒と交わり、中国改宗を一手に引きうけようともくろんだりもしたものだ。それから、ロヨラねえ。あなたがたはわたしのことを何かとあげつらっておるが、あの男の若かりし頃の聖人ぶりとはその実おおかたはむしろ性人ぶりと称すべきものだったのですぞ。彼はみずから托鉢修道会士の総帥を以て任じておったが、あれはどちらかと言えば商人の寄り合いめいた趣があるな。修道会が商業に食指を動かし、政界の黒幕たらんとする傾向は、教皇クレメント十四世の厳禁するところではなかったか？人のいいキリスト教徒を引っかけようと待ち伏せている悪党どものなかでも、陰険、狡猾、二枚舌にかけてイエズス会士の右に出る者はいない。宗教裁判所はイグナティウスをくさいとにらんでその跡を追っていた。それは御存知でしたかな。連中が彼をおさえられなかったのは残念なことです。ところで例の教皇が出した禁令教書に耳を傾けようとしなかった一味にはロシアの女帝もおりましたな。興味津々というところじゃありませんか。

――津々たる興味といえば、お父上の名前はパトリックでしたね。聖人でいらっしゃる？

――それで思い出したが、ダブリンの大学にビンチーとかいう教授がいるそうじゃないですか。その男には若年の頃からの持論があって、物にも書き人にも説いているそうな。聖パトリックをめぐる伝承はすべて間違っており、実際には二人の聖パトリックがいたというのがその持論だと聞き及ぶ。わたしに言わせれば、ビンチー説は半可通の焼直しにすぎない。

――というと？

――聖パトリックが二人ですと？　われらが領域にはそんな手合が四人もいて、シャムロック（聖パトリックが三位一体を説明するために用いたというツメクサ）なんぞを振りかざし、ごまかしやらたわごとやらをまくしたてるので、まったくうんざりするくらいなのだ。

――ほかにはどんな人が？　聖ペテロあたりはどうです？

――ああ、彼なら無事息災だ。正直いってちょっとばかり抜けたところのある男だが。彼はしばしばケニクしている。

――なんですかそれは？

――化肉。つまり、現し身（うつしみ）の姿をとること。あなた方の便宜を思って今わたしがしてるようにね。こうでもしなければ、はかりしれぬガスがひろがっているばかりだから、あなた方のような者にとっては五里霧中もいいところで、つかみどころがないというわけだ。ところでペテロときたら例の鍵（「われ天国の鍵を汝に与えん」『マタイ伝』一六章一九）をこれみよがしにちらつかせてはごたいそうなことを吹きまくるので、すっかり鼻つまみものになっている。彼についての苦情が幾つかポリアークのところまできているほどなのだ。

――次の質問に答えて頂きたい。救世主は言われた、「汝はペテロなり、我この岩の上に我が教会を建てん」（『マタイ伝』一六章一八）と。ペトロスは岩の意であるがゆえに主はその教会を地口の上に築いた、と揶揄するむきがありますが、はたしてこの種の嘲笑は正当でしょうか？

――曰（いわ）く言い難し。かの使徒、ならびにその後継者、およびその名にちなんだ後の世の同名者たちを別とすれば、ペトロスなる名はギリシャ語による古典、神話、あるいは聖書には見当らないのだ――ただし例外として、ヘロッド・アグリッパの母ベレニスの自由民がいる。その名が言及されているのは、フラーウィス・ヨーセーポスの『ユダヤ古事記』第一八巻第六章第三節、ティベリウスの治世後期すなわち紀元後三十年代にかかわる叙述においてである。ローマ人の姓名としてのペトロはスエートーニウスの『皇帝伝』第八巻ウェスパシアーヌス帝伝にあらわれており、女性の名前としてのペトラはタキトゥス『年代記』第一〇巻第四章にみえている。

――彼個人についてはあまり関心がないとお見受けしますが？

――化肉したあの人がしゃしゃりでて例の鍵をひけらかしてまわるのを見かけると、わが領域の血の気の多い連中はどうしてもちょっかいを出したくなる。そのあげく逆上した彼をおんどりみたいな甲高い声ではやしたてるのだ――こっこっこけっこう。

――なるほど。ほかにどんな人が？　ユダなんかはどうです？

――これもまたポリアークにとっては頭の痛いところだ。いつぞやペテロがわたしを呼びとめたことがある。ユダ来たりて天国の門を叩くとかいう眉唾もののでっちあげをわたしに吹きこもうとしたのだ。ふざけた話じゃないか、え？

――まったく。母上モニカはそちらにいらっしゃいますか？

――まあ、待ってくれたまえ！　そんなふうに妙な当てこすりを言われてはかなわんな。筋違いというものだ。彼女はわたしより以前にここにいたのだ（アウグスティーヌスの母モニカは彼の回心以前から熱心なキリスト教徒であった）。

――煩悩と背徳にたぎりたつあなたのシチュー鍋の温度を下げるために、あなたはまともなアフリカ娘と結婚した。いや、彼女を囲ったと言うべきか。彼女にうませた息子をあなたはアデオダトゥス（神から授った子という意味）と名づけた。それなのにあなたの妻の名は今もなお誰一人として知らない。

——今もなおその秘密はわが胸のうち。

——あなた自身がまだ放蕩無頼の異教の徒であり洗礼さえも受けていない頃なのに、よくもまあこんな立派な名前を息子につけられたものですな。

——かの日のことどもはすべてモニカ、わがオフクロの才覚。

——後に、あなたはあの幼妻を離別した。彼女は重い足を引きずりながらよろよろと荒野に向かった。おそらくは奴隷の身分に戻ったのであろうが、いついつまでもあなたへの貞節を守ろうと誓っていた。この余りにもひどい仕打ちにあなたは胸痛む思いを味わったことがないのですか？

——わたしのどこが痛もうとよけいなお世話だ。オフクロの言いつけどおりにしたまでのことさ。誰にしたって——そう、あんただって——オフクロには逆らえないもんだからね。

——そんなことがあったというのに——これは『告白』第六巻であなた自身が述べていることですけれど——あなたはしょうこりもなくすぐさま新妻を迎えた。重婚とも姦通とも言えるきわどさです。それなのにあなたは庭園で「取って読め」とかいうペテンじみた呪文を聞いたあげく彼女を追い出してしまった（三十二歳のアウグスティーヌスは或る家の庭園で悩み苦しんでいたが、隣家の子供たちの「取って読め、取って読め」と繰返す歌声にさそわれて聖書を手に取って読み、回心するにいたる——『告白』第八巻第一二章）。このような恥ずべき所行にもモニカがからんでいるというわけなのですか？

——たしかに。それに神も。

——わたしの問いに対してあなたは前例のないほどの率直さをもって語ってくださっているが、モニカはこのことを知っているだろうか？

──知ってる？　それどころか彼女は化肉しないままおそらくこのあたりにいるに違いない。

──あなたはまともな御婦人を二人までも裏切り、破滅させた。私生子にひやかし半分の名前を与えるに当って神を巻込んだ。しかもあなたはこれら無法の行為の責めをすべて母親に負わせている。あなたは心無き詐欺師と呼ばれて然るべきではなかろうか？

──然らず。それを言うならば、われは聖なる詐欺師。

──あなたがたの王国には他にどんな人が？　ユダは？

──パウロはわれらの領域にいて、しばしば化肉し、いつも彼の医師ルカと連れ立って、患者のただれた首に湿布してまわっている。へたくそなギリシャ語書簡を携えた大法螺(ぼら)吹きでとんでもない裏切り者のパウロに向かって、わたしは時たま大声で話しかける──「ここはダマスカスへの路上ではないのですぞ！」するとさすがの彼もしゅんとなるというわけだ。ところで例の「取って読め」の一件はペテンどころではなかったのですぞ。あれはまことの奇跡であった。わたしが取りあげた最初の書物はパウロの筆になるもので、まずわたしの目に入ったのは次の一節だった──「宴楽・酔酒に、淫楽・好色に、争闘(あらそい)・嫉妬(ねたみ)に歩むべきに非ず。ただ汝ら主イエス・キリストを衣(き)よ、肉の慾(よく)のために備(そな)すな」（『ロマ書』第一三章一三─一四）ところでサン・ヴィアニは御存知かな？

──聞いたこともありません。

──そんなはずはない。サン・ジャン・バティスト・ヴィアニ。「アールの主任司祭(キュレ・ダール)」と言ったほうが通りがいいかもしれぬ。

――ああ、なるほど。フランスの聖人ですね。

――聖なる怪物と言ってほしいな。若くして司祭たらんと一念発起したが、無学もいいところの田舎者なので、ラテン語にしろ算術にしろまるっきりのちんぷんかん。ナポレオンの命令一下フランスの若者たちは狩り集められロシアの死の戦線に送りこまれるという形勢になると、彼は巧みに立ち廻って徴兵をのがれ、とどのつまりは日に十六時間から十八時間もの告解室暮し――といっても告白するほうではなく、懺悔聴聞側にまわったのだ。それからというものは奇跡三昧。どこからともなく金を集め、占いなども一手引き受け。まあ黙って聞きたまえ。あれは悪魔顔負けの奇跡の人ってところか。

――おたくの仲間には奇人変人がずいぶんたくさんいるんですね。

――われらの領域でも奴はこりもせずに奇跡を行っている。偽の屍体に生命を与え、死者のなかからまがいもののミイラを目醒ませるなんぞ朝飯前とくる。

――すでにお訊ねした質問をここに繰返します。ユダはあなたがたの領域に集う者の一員なのですか？

――ユダについて多くを語るはポリアークの嘉したまわぬところと勘案する次第。

――彼にはとりわけ興味を惹かれます。福音書は愛と義を賞揚している。ペテロは自負、虚栄、そしておそらくは恐怖のゆえに彼の主を否認した。それと同様のことをユダも行ったが、その動機はわれわれにも理解しうるものであった。ペテロはそちらにおさまっている。それで、ユダのほうは？

――ユダは、死せるがゆえに、永遠なり。

――でも彼はどこに？

――死者たるものは何処なる空間的属性を持ち合わさぬ。彼らにあるのは状況のみ。

――ユダは天上の楽園をかちえたのでしょうか？

――かくも古くかくも新しき美よ、わたしがあなたを愛したのは、遅すぎた（プルクリティード・タム・アンティクァ・エト・タム・ノーヴァ・セロ・アマヴィト）（アウグスティーヌス『告白』第一〇巻第二七章）。

――あなたの言うことは当てにならないし、そのうえすぐに話をはぐらかす。こんどの質問にはイエスかノーか明快に答えて頂きたい。あなたは痔（じ）持ちでしたか？

――イエス。そのせいで化肉はわたしの苦手とするところなのだ。どうにも気が進まなくってね。

――ユダは何らかの肉体的悩みを持っていましたか？

――あなたはわたしの著作を読んでおりませんな。わたしは『神の国』の建設者ではない。せいぜいのところ一介の市会議員どまりといったところで、『神の国』の町役場書記など務まるものではないのです。物故したユダが主の御許にありやいなやにかかわる問題については前以てポリアークへの質疑書提出を要する定めになっております。

――ド・クインシーの見解に従えば、ユダは故意に裏切りを演じて彼の主を刺激したのであるという。そうすることによりユダは主なるキリストが神性を行為を通じて明示するにいたることを願ったのだ。この見解をどう評価なさいますか？

――ド・クインシーは阿片（あへん）常用者であった。

——あなたが説きかつ筆にしたことはほとんどすべてデカルトの正確さを欠いている。

——デカルトなる人物はみずからが真の知識と認めたものを——その際しばしば誤認したのだが——祖述し、体系化したにすぎないのであって、彼自身は新たなる何ものをも確定しなかったし、新知識追求の体系をすら確立しなかったのである。人は好んで彼の「われ思う、ゆえにわれ在り」を引用する。わたしの著作を読んでみるがいい。彼はそれをわたしから盗んだのだ。わが『自由意志論』をみればその事実はおのずから明らかである。デカルトはあまりにも多くの時間をベッドで過した。しかもその間、ワレ思ウという幻覚にしつこくとりつかれていたのだ。誰にしてもこの種の疾病から免疫になるのはむずかしいのだが。

——わたしはニケア宗教会議以前ならびに以後の教父たちの説くところはすべて読破しました——クリソストム、アムブロシウス、アタナシウス。

——たとえアタナシウスを読んだにしてもその完全な理解はあなたの及ぶところではない。あなたの研鑽（けんさん）の成果は教父遺書研究集成とでも称するのが妥当な線でしょうな。

——ありがたいことで。

——どういたしまして。

——存在、時間、神、死、天国と地獄——これらの枢要事はすべて抽象的概念です。これらについてのあなたの意見は意味をなさない。無意味であるうえに一貫性に欠けているのだ。

——議論はいうまでもなく言葉によるものであり、その際、人間理性の理解あるいは認識を超える

ものに名称を与えることは可能なのである。思考ならびに言語によって神に近づかんと努めるのはいかにもわれわれの務めではある。しかしながら、信ずること、信仰を抱きそれを培うこと、それすなわちわれらが窮極の務めなのである。

――わたしの見るところ、あなたの意見のいくばくかは異端にして邪なものです。罪についてあなたはこうおっしゃった。すなわち、宇宙を完璧なものたらしめ、善の輝きをそれとの対照によっていやまさんがために、罪なるものは必要である、と。さらにあなたはこうもおっしゃった、われらが悪を行う根拠は神にではなく自由意志にあるのだ、と。しかしながら、全知であり予知したまう神は人間がやがて罪を犯すであろうことを知っておられる。となると、自由意志が存在する余地はないのではあるまいか？

――神は予知することはない。神は存在し、しこうして全てを知る。

――人間の行為はすべて予定説に支配されており、その当然の帰結として人間は自由意志を持ちえないのだ。神はユダを創りたもうた。彼が育てられ、教育をうけ、商いにおいて栄えるよう取り計らわれた。神はまたユダが神の子を裏切るよう定められた。しかりとするならば、ユダが有罪とされるいわれなぞないではないか。

――神は自由意志の末路を見通しておられるが、だからといって自由意志を脆弱化し、さらにそれを根絶することはなさらなかった。

――かつてあなたが讃美してやまなかったかの光と影の人マニ（光明と暗黒の対立を説く二元教の創始者）はカインとアベル

について次の見解を抱いていた。すなわち、彼らはアダムとイヴの息子ではなく、イヴとサタンの息子なのだ、と。それはともかくとして、時間測定の現世的方式に則るかぎり、エデンの園において罪が犯されたのは、想像を絶するほど遠い過去のことである。それこそ永劫に永劫を幾百となく重ねたほどの昔なのだ。右と同じ測定方式に従えば、キリストにおける神の顕現ならびにキリストによる罪の贖いという教義は現在までのところ二千年をすら閲していない。天地創造からキリストの贖罪にいたる間に生を享けた何百万ともしれぬ人々は、それぞれ罪なき者でありながら原罪を贖われることなく死んだがゆえに、救われぬままに地獄へ堕ちたと看做さるべきなのだろうか？

――神を語るには時について知らねばならない。神は時である。神は永遠なるものの実体である。神はわれわれが歳月と目するものと別個の存在ではないのだ。人間の一時的保有期間という意味での過去、未来、現在――そのいずれとも神は無縁なのである。あなたは天地創造からキリストの贖罪にいたる時の隔たりについて言及されたが、本来その種の隔たりは存在していなかったのである。もっともそんなことはそもそも口にすべからざることなのですがねえ。

――そのての言いのがれはまさにおためごかしの詭弁ってところですな。ところで、人間の霊魂が不滅であるとすれば、魂の幾何学的軌跡は円形を描くに相違ないし、そして、神と同様に、それは発端を持ちえたはずがない。その点は同意なさいますね？

――篤信の念もてかく論ずるは可能ならん。

――となるとわれわれの魂は肉体との合体以前に存在していたわけで？

――それは言える。

――そうすると魂はもともと何処にいたんですかね?

――その件について語りうるはほかならぬポリアークのみ。

――いまだ化肉していない魂を収めるべき広大無辺の貯蔵所がいずこかに存在している、こんなふうに考えればいいのでしょうか?

――神の創造行為に時の要素が入りこむ余地はない。かつてより存在しきたったものを神は新たに創造しうるのだ。

――かつてあなたはプローティーノスおよびその弟子ポルピュリオスの著作に傾倒しておられた。その点についてのあなたの見解を問いただすことに何らかの意味があるだろうか?

――なし。しかしながらプローティーノスが説く精神と物質の二元論は光明と暗黒、善と悪の対立を唱えるマニ教二元論よりもはるかに望ましいものであった。プローティーノスの放射説はおおむね妥当である(彼の死後、弟子ポルピュリオスが編纂刊行した『エンネアデス』では、一者を光源とし、世界はそこから輝き出る光芒であるとする光の譬喩が好んで用いられている)。プローティーノスはまさに逸材であった。

――三七二年、あなたが十八歳の頃(アウレーリウス・アウグスティーヌスは三五四年の生まれ)、あなたはマニ教に傾倒し、その後十年間はこの奇妙な教えを棄てなかった。バビロン的宇宙論、仏教、さらに光明と暗黒の二元論などのごった煮であるあの教えについて、現在のあなたはどう考えておられるのか? 選民と聴者について語り、肉の食事、手仕事、および女性との交わりを断つべしと命ずるあの教えをどう思っておられるのか？　さらにはみずからを聖霊なりと称するマニ自身の主張についてのあなたの見解は？

――三九四年に著したこの異説へのわが反論（『マニ教の門弟アディマントゥス論駁』）を読めば明らかなことなのに、いまごろになって何故そのような質問を発するのか？　マニその人に関するわが態度について言うならば、二七六年のペルシァ王（バーラム一世）のそれに擬することも出来ようか。彼は生きながらにしてマニの皮を剝ぎ、しかるのち磔刑に処したのである。

――まもなくおいとましなければなりません。

――そうね。あんたがたの空気はなくなりかけてるからな。

――もう一つ質問があります。これまでいつも頭を悩ましてきた問題でして、あなたについて書かれたどんな文献に当ってみましてもその件に関してはいささかの解明もなされていないのです。あなたは黒人ですか？

――わたしはローマ人。

――あなたのローマ風の名前は一種の衒いか、さもなければ偽装なのではありますまいか。ヌミディア生まれのあなたはバーバル族の一員なのだ。この種族は白人ではない。あなたはローマよりもカルタゴと密接に結びついているのだし、あなたのラテン語にもカルタゴ訛が認められる。

――われはローマ市民なり。

――あなたの生地の人々は今日ではアラビア人と呼ばれている。アラビア人は白人ではない。

――バーバル人は金髪にして色白の種族であった。その目は美しいブルー。

――かの大陸にみられる種族的混淆（こんこう）にもかかわらず、生粋（きっすい）のアフリカ人はすべて或る程度黒人であり、ノアの息子ハムの子孫なのです。

――アフリカの太陽を考慮に入れて頂きたい。実のところわたしはすぐ日焼けするたちでしてね。

――あらんかぎりの未来永劫、天国にいるというのはどんな気分なんでしょうか？

――あらんかぎりの、ですって？　するとあなたはこまぎれ、あるいは、束の間の永遠なんてものがあるとでもお考えですかな？

――こちらからお願いすれば、明日も此処でわたしの前に姿を現わして頂けますか？

――わたしには明日というものはない。ただ、われ在るのみ。わたしにあるのは現存性のみなのだ。

――ではお待ちしましょう。どうも。では失礼。

――さらば。岩に気をつけたまえ。ごきげんよう。

ハケットを先頭に這（は）い進む彼らは間もなく水に潜りこの世への帰途についた。

5

出かける前そのままの穏やかな朝がまだそこにあった。ティーグ・マクゲティガンはパイプをもてあそびながら素知らぬ顔で新聞に読み耽っている。マスクを捨てた彼らがすぐさま激しい勢いでタオルを使いだしたとき、ちらりとこちらを一瞥しただけであった。

——さて、とド・セルビィがミックに声をかけた。あれについてどうお考えでしたかな？

どう考えるといわれてもミックの頭は混乱し痺(しび)れたような感じだった。それにあたりの様子がふだんと変らないのでかえって落着かない気分になる。

——あれはですね……まさに驚くべき超自然的現象でした、と彼は言葉につまりながら応じた。それでも言っていることはひとつのこらずわかりました。彼が何者であれ、とにかくたいそう鋭敏でそのうえひどく理屈っぽいかたでしたね。

ド・セルビィは半裸の体を凍りついたように硬くした。戸惑いのあまり口はわずかに開いている。

——これはこれは、と彼は叫んだ。あんたまさかあの人がアウグスティーヌスだということに気づかなかったわけじゃないんでしょうな。

あいかわらずぼーとした面持ちのミックはそれを聞いて目をまるくした。

――てっきりサンタクロースだとばかり思ってましたよ、とハケットが口をはさむ。しかし彼の声にはいつもの嘲笑的な響きはなかった。

――わたしのほうとしても、と思案顔のド・セルビィが服を着ながら言う、どうやら行き届かない点があったようですね。あなたがたお二人には前以て注意しておけばよかった。なにしろ天国からの人との会見は、初めての者にとってかなり勇気のいることですからな。

――そういえばあのかたが論じた問題のうち幾つかはたしかに思い当るふしのある話題でした、とミックが言う、でもあれがかの人だとは思いつかなかった。まったくの話、ヒッポの司教その人だったとはねえ！

――そういうこと。しかし考えてみれば、彼はそれほどたいした情報を流してくれたわけではない。

――あたしに言わせればですね、とハケットが割って入る、どうやらあの人は天国であまり幸せじゃないようですな。われわれすべてに約束されている栄光にみちた万人復活の時というのはどうなっちまったんでしょうかね。地下で出くわしたあのだんなにしたって、クリスマスどきの店に出張しておもちゃを手渡す仕事にさえありつけないでしょうよ。あれじゃどうにも陰気くさくっていけない。

――あたしに言えるのはですね、とミックが同調する、どうやらあの人の仲間たちの振舞はいささか奇矯にすぎるということです。といっても彼の話に従えばというわけですが。

薄い頭髪をとかしながら考えに耽っていたド・セルビィはふとその手を休めた。

――かかる顕示に関しては判断を保留しなければならない、と彼は言った。事に処するに当ってわたしは常に理論に従うのを旨としている。この際われわれが銘記しなければならないのは、あれは正真正銘のアウグスティーヌスとは全くかかわりのないものであったかもしれないという一事である。

――となると、あれは？

思慮深い師は目をあげて沖合を望む。

――魔王バアルゼブブ自身であったかもしれぬ。彼はひっそりと呟いた。

ネクタイを結んでいたハケットは手を衿元（えりもと）に当てたまましぬけに座りこんだ。

――旦那がたのうちどなたかマッチをお持ちで？　ティーグ・マクゲティガンはたいぎそうに立ちあがりながら訊ねた。ハケットが彼に一箱わたす。

――わしの見るところじゃあ、とティーグが言葉を続ける、十二時頃にゃウィクローあたりからどえらい雨風がやってきますぜ。あのあたりの山の様子からするとこいつはどうやらおおごとになりそうだ。

――にわか雨なぞ恐るるに足らん、とハケットがひややかに言った。どっちみちその正体はわかっているのだから。この世にはもっと恐ろしいものが存在するのだ。

――岩山のとがった峰がまるで指みたいに下から雲を突っつくんでさ、とティーグが解説口調で始めた。するてえと雲がはちきれちまって、そのあおりをくった風が水を運んできて地べたにうずくまる連中の頭の上にぶちまけるって寸法さ。シャンキル通りあたりをうろついてるやつらはかわいそうにずぶ濡れになるだろうし、それがいやさに飲み屋へしけこもうとすりゃ一杯分の銭もなしというおそまつ。

もともと粗末な服装ということもあって、彼らの身仕度は手早く終った。ド・セルビィとハケットは一服つけている。九時半。ド・セルビィは勢いよく両手をこすりあわせた。

——諸君、と彼はいささか調子づいて切り出した。諸君はこのわたし同様に朝食抜きでさきほどの早朝水泳にいどまれたものと推察します。つきましてはわがローンモーア荘における朝食に諸君を御招待したい所存なのですが如何なものでありましょうか。門まではミスタ・マクゲティガンに送って頂けるものと思います。

——残念ですがあたしは参れません、とハケットが言った。

——参れませんてのはわしの馬ジミィじゃあんたを引っぱりあげるのは無理だってことじゃあるまいね、とティーグは言って唾を吐く。

——まあそうおっしゃらずに、とド・セルビィ。奮励努力の朝のいっときを過したのですから、われわれ一同いまや内的強化の要ありと思うのです。わが家には極上リメリック・ベーコンがありますし、例の食前酒でしたらいくら飲んで頂いても結構なのです。

ハケットにこれから別の用事があるのかないのか明らかではなかったが、ミックは本能的に彼と行を共にすることにした。何はともあれ事態について考えるために、いや、考えまいとするためにしても、とにかくひとまずこの場を去らなくてはならない。ド・セルビィの振舞はこれまでのところいささかも礼節に欠けるところはなかったのだが、これ以上付き合っていると只事ではすまなくなるような気がする。まだはっきりと形を成していない漠然たる恐怖がミックをとらえていたのである。

――ミスタ・ド・セルビィ、とミックはねんごろな調子で切り出す、ハケットとわたくしを食事に御招待くださいました御好意はまことに有難く存じますが、実のところわたくしはすでに朝食をすましておりますので。そういう次第ですから、ここでおいとまするのがよろしかろうと存じます。

――いずれ近いうちにお会いしましょう、とハケットが調子を合わせる。そして今朝の事の成行きについて改めて語り合いたいものです。

ド・セルビィは肩をすくめ、それから例の器具を積み込むようマクゲティガンに身振りで合図した。

――それもまたよしといたしましょう。彼は丁重に応じた。わたしとしては何か軽くつまめばすむことですし、それにおそらくティーグが付き合ってくれるでしょう。彼の話ですと雲行きが険悪でまがまがしい空模様になるということでもあるし、わが家に避難して朝食かたがた話し合うのも一興と思ったのです。

――それもたしかに一興だろうが、あんたが持ってる例の壜は滋養分たっぷりの液体入りだってこともお忘れなく。声がはっきり通るようにパイプを口からはなしたティーグは顔を輝かしている。

このようにして彼らは別れ、ハケットとミックは程遠からぬドーキーへの道をぶらぶらと辿った。自転車を押すミックは仏頂面である。

――どこかへ行く約束でもあるのか？　と彼は訊ねた。

――別に。あんたさっきのことどう思った？

――何と言ったらよいものやら。あの会話はあんたの耳にも入ったと思うが。あたしたち二人は同じ会話を聞いてたんだろうな。

――信じてるのか……あれが実際に起きたんだってことを？

――それ以外に手がないじゃないか。

――まずは一杯ひっかけなくちゃ。

彼らは黙りこむ。さきほどの降神術の集い（誤解を招きやすい言葉だが、この際あえて使わせて頂くとして）について考えるのは、心が乱れるばかりで実りは少ないとわかってはいるものの、さりとてそれにまつわるさまざまな思いを頭のなかから締め出せといわれてもとうてい無理な相談であった。ともあれミックはこの件についてハケットと話し合っても得るところはないと思った。彼自身もそうなのだが、ハケットの精神にしても解きほぐすすべもなくもつれきっている。言ってみれば彼らは道なき荒野でばったり出くわした二人の浮浪者というところなのだ。絶望にうちひしがれながら、すがるような思いで互いに道を訊ねあっているのである。

――ところで、とハケットが思いあぐねたように切り出した。昨日おれが言った麻薬の件についての疑いはまだすっきり片がついてないし、催眠術ってことだって考えられないわけじゃない。しかし今朝のことは何もかも幻覚であったか否かを確かめようにもその方法がないんだからな。

――誰かの考えをきいてみたらどんなものだろう。助言を求めるんだ。

――誰に？　それに第一こんな話をひとことだって信ずる者なんかいてたまるか。

――そりゃまあそうだ。

――それはそうとして、例の水中呼吸装置はほんものだったな。以前あのてのマスクを着けたことがあるが、ド・セルビィのほど気の利いたしろものじゃなかった。

――あの空気タンクには脳味噌を凝固させるようなガスがまじってたのかもしれないぞ。

――そりゃいかにもありそうなこった。

――あたしも今になって気がついたことなんだがね。

さきほどから彼らはこの小さな町のひとけのない町角に佇んでいた。これからどうするかきめかねていたのだ。まず家に戻って朝食をとるのが上策だとミックは言い、ハケットは食事にするにはまだ早すぎると思っていたのである。ミックにしてみればとにかく自転車を何とか始末する必要があった。巡査部長フォトレルの管轄下にあるどことなくおかしげなあのこぢんまりした警察署にあずけておくわけにはいかないだろうか？　でもそんなことをしたって何になる？　いずれまたわざわざ取りに行かなくちゃなるまいに。そもそもそんなものを使う必要なんかなかったんだ、とハケットが言う、とてつもない時間に出掛けようという風変りな連中のためには早朝電車ってものがあるんだから。それは違う、とミックが言う、日曜日はだめだ、ブーターズタウンからの便はない。

――ミセス・Lのところなら入れてもらえるのはわかってるんだが、とハケットはむっとした顔で応じた。でもあの大雌豚は間違いなくまだベッドで大いびきだろうからなあ。

——いやまったく今朝は何もかも妙な具合だった、とミックは相手の気持を思いやる。聖アウグスティーヌスと別れてまだ半時間もたってないというのに、今のあんたは飲み屋のおかみと会うこともままならず、がっくりきているんだからなあ。

——いやまったく。

ハケットは苦笑した。実のところミックは午後になると用事があるのを思い出していた。このところほとんど毎日曜日のことなのだが。三時半ボールスブリッジでメアリと会う、それからよほどのことがないかぎりハーバート・パークまで足をのばし、恋人であればたいていそうするように、ぶらぶら歩きながら、お喋りをする。毎度おんなじことの繰返しなので今や惰性となり退屈な趣を呈しはじめている。このままいって結婚したら、万が一にも結婚する羽目になったら、生活の単調さはより一層ひどいものになるのではあるまいか。

——とにかくひといき入れて気持を落着けることにしよう、と彼はきっぱり言った。後刻ハーバート・パークでさらに鋭気を養うつもりなんだ、わがいとしの人、わがうるわしの人（アヴェック・マ・ファム・マ・ボナミ）とともに。

——あのおかみときたら日曜日にはお酒はだめよってんだからな、とハケットはものうげに言い、煙草に火をつけた。

しかし、だしぬけに、彼は生気をとりもどした。

——今日は朝から度胆を抜かれることばかり、と彼は叫んだ。それというのも微量のD・M・Pを放出したせいなんだ。みろよ、別口のD・M・P御本人のお出ましだ。

しかり。自転車を押しながら、D・M・P（ダブリン市警）のフォトレル巡査部長が脇道からこちらに近づいてきた。その動きはゆっくりとして重々しい。これぞまさしく法の尊厳そのもの――不可避的、遵法的にして確固たる法（のり）の鑑（かがみ）。

彼の人物像のあらましを手短に語るのは容易ではない。長身、瘦身、沈痛、無髯（むぜん）、赫顔（あからがお）、そして年齢のほどは未詳。彼の制服姿の目撃者はただの一人もいないとされているが、だからといって彼を私服刑事と思うのはとんだ見当違いである。彼が警官だということは一目瞭然なのだ。夏も冬も彼は褐色の薄手ツィード地の外套を一着におよび、首のあたりにはカラーとネクタイらしいものが辛うじてのぞいている。しかしながら彼の脚部を包むズボンの色は明らかに警官特有のブルーだし、がっしりした長靴（ちょうか）もまごうかたなき官給品である。ドクター・クリュエットはかつて巡査部長がその外套を脱いだ姿を見たことがあると言い張っている。そのとき巡査部長は立ち往生した車に力をかしていたのだが、彼の上半身をおおっているのは下着だけで如何（いか）なる種類の上衣（うわぎ）も認められなかったという。巡査部長は友人に対しては、いわば友好的である。機会があれば警官という身分にこだわることなくウイスキーをたしなむが、いくら飲んでもアルコールに影響された気配をいささかも示さない。この点に関するハケット説に従えば、ふだん酒が入っていないときの巡査部長の態度は通常の人間が酩酊（めいてい）したときに示す態度に等しいがゆえである、ということになる。そうはいうものの、巡査部長が何を信じ、何を言い、そしてそれをどんな具合に言ったかという一部始終はあますところなくダブリン州南部一帯にくまなく知れわたるのが常なのである。

さて彼は足をとめ、布製の帽子に手をあてて敬礼した。

――すばらしい朝ですな、諸君、と彼は挨拶した。

すばらしいという言葉はただわけもなく口をついて出たのであるが、一同はこもごもまことにすばらしい朝だとうなずきあった。あたかも巡査部長の働きで朝の大気がすばらしく熟成し、早朝の町並がすばらしく仕上げられたかのようだった。

――お見受けしたところあなたがたはひと泳ぎしてこられたようですな、と彼は愛想よく言った。手のこんだ海中踊りをひと踊りというところですかな?

――巡査部長、とハケットが応じた。それがどんなに手のこんだものであったか、あなたには見当もつきますまい。

――海はわたしの敬遠するところでして、と巡査部長は晴れやかにほほえんだ。もっとも足部保全策の一環として慎重な配慮のもとに些少の海中徒渉などを試みることはありますが。なにしろ魚の目で手痛い目にあっているのが実情なのでありますから。意のあるところは御賢察頂けると思いますが、とにかくわれわれは務めの関係で足を酷使するのです。

――実によく使っておられる、とミックが同意した。その自転車を押しているところをよくお見かけしますが、それに乗っておられる姿は見たことがない。

――これは警察の長たるものが手をつけるにふさわしい大事件用の緊急装置なのです。もっとも自転車には精神面に影響を及ぼす潜在的危険の数々がひそんでいるという点も勘案する必要がある。この点についての理路整然たる解明は日を改めてお聞かせするとしよう。

――はあ。

ハケットは何やら沈思黙考している。

――これはしたり、と彼は言った。あたしとしたことが、昨夜はうっかりコルザに小さな壜を置き忘れてきた。胃炎用チオ硫酸塩入りなんだ。このいまいましい胃の腑（ふ）ときたらおくびとげっぷで上を下への大騒ぎ。

――いやまったく、と巡査部長は憐憫（れんびん）の溜息をつく。いくら愚痴をこぼしたところで詮方（せんかた）もないことじゃありませんか。男にしろ女にしろ、腹腔（ふっこう）に異変ある者に対してわたしは満腔の同情の念を注ぐ点において人後に落ちないものではありますが。しかしこの時刻ですとミセス・ラヴァティーはまだベッドのなかでしょうし、あるいはせいぜいのところベッドならぬ浴槽のなかに身をたゆたわせている頃合でもありましょうか。

――胃が不調のときはブランデーがいい。しびれを切らしたミックはことさらに直截な調子を響かせて口をはさんだ。

――ブランデーだって？　ふん！　ハケットは顔をしかめる。

――ブランデーにあらず、ブラニガンにかぎる、と巡査部長は自転車のハンドルを叩きながら叫んだ。薬剤師ブラニガン、早朝ミサを欠かさぬいい男。今頃は歓びに顔を輝かせどろりとろとろのオートミールをかきまわしていることだろう。さあこっちだこっちだ。

むっつり顔のミックはハケットの丸めた背について行く。先頭に立つ巡査部長は町角の店まで来ると、その勝手口を心得顔に叩く。柔和で小柄なミスタ・ブラニガンがそっと扉を開けるとみるまに一同はするりとなかに入りこんでしまった。とっさの間のこのばかげたかけひきにミックは戸惑いをおぼえていた。こんな時刻に二台の自転車が並んでいるのを見て通りすがりの人たちは何と思うだろうか。とりわけて巡査部長の自転車はこのあたりの住人が見ればひとめでそれとわかる異色の車でもあることだし。それにしてもハケットのやつ、しらじらしくも消化不良とやらの嘘っぱちをぬけぬけとぬかしやがって。今さら引っこみがつかなくなって下剤の一服ものみこまざるをえない羽目になるかもしれない。いっそいいきみだ。

——ここに連れ立ってきたのはですな、ミスタ・ブラニガン、実は胃の腑の極度の不調をおぼえている男でして、と巡査部長はにこやかに告げた。清浄無垢の市民にして受難の人と申せましょうか。ゆえに一同、心して店のほうに赴くのが上策と思う次第です。

何やら言葉にもならぬ声を発したミスタ・ブラニガンは鍵をとりだし、狭い廊下の扉を開けた。一同は店のなかに入る。いやにぴかぴかした商品と陳列棚。天井が高いせいかミスタ・ブラニガンはひときわこぢんまりと見えた（いや、巡査部長と並んで立ったのでことさらにそう見えたのかもしれない）。丸い顔、丸い眼鏡、満足そうな顔つき。

——部長さん、と彼は静かな声で問い掛けた。不快を訴えておられるのはどちらさんで？

巡査部長はもったいぶった身のこなしで手をハケットの肩に置いた。

――ミスタ・ハケットこそまごうかたなくその訴えの当事者、と彼は言った。

――不快の所在はどのあたりで、ミスタ・ハケット？

患者は胃のあたりをかきむしる仕草をした。

――ここ、と彼は呟いた。誰にしたってまず間違いなくこいつには手を焼くもんだ。

――なるほど。あなたはそのために何か特別のものを用いていらっしゃいますか？

――用いています。しかしそれが何であるかは申しかねる。何とかいう処方薬なんだが、あいにく今は持ち合わせていないので。

――なるほどなるほど。この際、無水酢酸と炭酸とを調合したものなんか如何でしょうか。溶剤でして、その薬効は抜群です。混合の割合が秘訣というわけで。いえ、すぐ差し上げられますが。

――いや、せっかくだけれど、とハケットは真顔で相手をさえぎった。飲みなれない薬を用いるのはどうも気が進まなくて。あなたや巡査部長のお心遣いはほんとうに有難いんですがね、ミスタ・ブラニガン、でもまあこのまま様子をみることにしましょう。

――しかし当店では特許売薬のたぐいは何でも揃えてありますので、ミスタ・ハケット。一時的にしろ痛みをやわらげるのでしたら、たとえばその……

ところで巡査部長はカウンターわきの低い棚から大きな壜を一本取り出して、しきりにいじくりまわしていた。

――これはこれは、と彼は嬉しそうに声をあげた。これぞまさしく不老不死の霊薬。その至上の力を秘めて事もなげにかかるところにおさまっているとは！

彼はその壜をハケットに手渡し、さらにもう一本を棚からおろすとミックの手に渡した。ラベルにはこう記されてある――

ハーリー強壮酒

日に三度あるいは必要に応じて適宜服用するならば肝臓、胃ならびに神経組織に卓効あり。医師、看護婦ならびに老人病専門医御推奨。


――あのですね、それは胃の腑の鎮静薬としては結構いけましてね、とミスタ・ブラニガンは生真面目に言った。この町の御婦人方にはたいそう受けがよろしいようで。

――サー・トマス・ブラニガン。巡査部長は荘重な抑揚をつけて呼び掛けた。その一壜をおごらせて頂こうか――わたしの付けということで――そしてあなたにはたおやかな足つきグラスを配置して頂いたうえで、せめてこのひとときわれら一同その無類の美味を心ゆくまで楽しもうではありませんか。なにしろ今日という日が終る頃合にいかほどむかつく思いを味わうことになるものやら知るよしもないお互いなのだから。

ミスタ・ブラニガンは微笑しうなずいた。ハケットは薄明に浮かぶ彼の表情をそそくさとうかがった。

——まあ、お近づきのしるしということもあるわけだし、と彼は言う、あたしも一本もたしてもらいましょう。

日曜日だというのにこの日はたしかに多彩異彩の労苦にみちた朝を経験したのであった。ド・セルビィと聖アウグスティーヌスとの間で交された厳しくも鋭い論争を聞いたあとで、彼らはまだ店をあけてもいないこの薬屋に少なくとも一時間は腰を落着けて、ハーリー強壮酒の杯を傾けながら、フォトレル巡査部長の高説に耳を傾けることになったのである。幸福論に始まった部長の思索は健康、外国旅行の驚異、法と秩序、さらには自転車にまで及んだ。この種のものはたいていそうなのだが、例の強壮酒というのも思いきりアルコール分を強くした安物の赤葡萄酒にほかならなかった。その社会的効用は明白だ。飲み屋に入ると考えただけで嫌悪の念に身をふるわせるおつにすました御婦人方が、もっともらしく健康増進のためと称して表向きをつくろったうえで、弱いどころではないアルコール飲料を心ゆくまで嗜む（たしなむ）ことが出来るという仕組みになっているのである。

ミックも一本もった。さらにミスタ・ブラニガンも男の付き合いの筋を通して店持ちで一本振舞ってくれた。こうして四本目が半分ほどあいた頃、ミックはこのささやかなパーティもそろそろお開きにする潮時だと感じていた。ハケットは気分がぐっとよくなったと言って、同感の意を表した。その点ミックは事情を異にしていた。たとえまじりけのない酒にしてもたいして気分がよくなるたちではないので、実のところ今の彼はいささか吐き気を催していたのである。巡査部長はあくまでも平然と構えており、その多弁はとどまるところをしらなかった。やがて一同が通りに出たとき、ミックは彼に向かって言った。

——巡査部長、すでに陽(ひ)も高く、通りに人影も多くなっています。そこでいかがなものでしょう。明日までこの自転車をあなたの警察署でお預り願うわけにはいかないでしょうか？　あたしとしては電車で帰宅したほうがいいように思えますので。

——まことにごもっとも、と彼は丁重に答えた。正規の手続きこそとらないもののわたしが法の名によってその管理を命じている旨(むね)ブラック巡査におっしゃるがよい。

こうして彼は友人二人を神に推輓(すいばん)する祝福の辞を連発しながら、公務につくため別れていった。

——これはどういうことなんだろうな。残された二人が歩きはじめたとき、ハケットは思いあぐねたように切り出した。アウグスティーヌスの例のお喋りがきっかけとなって、なかば忘れていた事がいろいろとあたしの頭のなかでゆっくり泡立ちはじめてるんだ。彼はペラギウスにひどく嚙(か)みつきはしなかったろうか？（アウグスティーヌスは『ペラギウスの論題』〔四一七年〕、『キリストの恵みと原罪についてペラギウスとカエレスティウスを反駁する』〔四一八年〕を著わしている。その影響もあって四一八年カルタゴの会議でペラギウスの断罪が決議される）。

——あの異端者にか？　したよ。

——どうして異端者だなんて言うんだ？

——実際にそうだったからさ。ある教会会議で彼は糾弾され、異端の宣告を受けたのだ。

——異端宣告ができるのは教皇だけだと思ってたが。

――いや。彼は教皇に訴えたが無駄だった。

――なるほど。異端のはみだし者といえばマニ教徒やらドナティスト派の連中やらがいたな。そのへんの事情は心得ている。それにあたしはあの連中にはまったく関心がないんだ。ただあたしの記憶力がすっかりいかれてしまってないとすれば、たしかペラギウスは偉大な男で健全な神学者だったと思うが。

――この問題についてあんたはろくに知っちゃいないんだ。知ったかぶりはよせよ。

――ペラギウスの説に従えば、アダムが犯した過失の結果は彼ひとりの身の上にはねかえってきただけということになる。（あたしに言わせれば、アダムがやらかしたたぐいの愚行なんて黙殺しちまえばすむことなんだがね）罪は彼ひとりのものだった。したがって、すべての人間は生まれながらに原罪を負っているとかいう例のお話は、まったく筋の通らないふざけた作り話なんだ。

――やれやれ、せいぜいくだらん御託を並べるがいいさ。

――神を信ずる者であれば、とても信じられないことではあるまいか――キリスト降臨以前の人類全体が荒廃の地に這いつくばっていたなんて。いったい誰がそんなことを？

――たとえば、アウグスティーヌスあたり。

――生まれたばかりの幼児たちは汚れを知らない。洗礼を受ける前に死んだとしても、汚れなき彼らは天国に迎え入れられて然るべきなのだ。洗礼は儀式にすぎない。一種の神話なのだ。

――ド・セルビィの見解によると、バプテスマのヨハネは神話的人物ではない。彼はかの人に会っているのだし、個人的友人と看做していると思えるふしもある。

――そういうあんたは洗礼を受けているのか？

――そう思う。

――そう思うだって？　あんたの魂がそれにかかっている大事だというのに、そんな曖昧なことですむというのか？

――おねがいだ、いいかげんにしてくれ。昨日といい今日といい、もう充分じゃないか。

――妙な口ぶりだな、充分って何が？

――この調子だと帰りの電車でマルティーン・ルターにばったりということにもなりかねない。

ハケットは軽蔑をあらわして煙草に火をつけ、足をとめた。

――ここで別れよう。あたしはもうひと歩きして、新聞を買い、それからどこかに腰をすえて、くだらん記事に目を通しながら、コルザにもぐりこむ機会が来るのを待つとしよう。だがこのことは憶えておけよ。何を隠そうこのあたしはペラギウス説の信奉者なのだ。

巡査ブラックは瘦せて骨ばった青年で、ぶちのある顔には気はいいのだが間のびした表情を浮かべている。彼は当直室の床に自転車を仰向(あおむ)けに置き、前輪のヘルニアを手当てしていた。まずはみだしたゴムの腸に白い粉末をすりこむ。ボタンひとつはずれていないきちんとした制服姿の彼は間の抜けた微笑をミックに向けた。それが彼の敬礼なのだが、おしいことにむき出しになった歯はどれも虫食いで黒ずんでいる。

――おはよう、ミスタ・ブラック。さきほど巡査部長に会いましてね。この自転車を一日か二日のことならここに置いといても結構と言ってくれたんですよ。電車に乗るつもりなんで。

――なるほど、そう言ったんですか、あの人がね。巡査ブラックはにたりとする。ああ、思いやりのあるいい人ですよ、まったく。

――それで、かまいませんかね？

――どうぞどうぞ。その壁際に置いといてください。でも馭者のティーグの一件を知ったら、巡査部長の御機嫌もがらりと変るでしょうよ。

――ティーグが何をしたというんです？

思い出すのも恐ろしいと言わんばかりに、巡査ブラックはわずかに色青ざめた。

――昨日のことなんですが、彼は駅で救世主会の伝道師に会いましてね、司祭館まで馬車で送ったのです。さて、ティーグとその愛馬は教区司祭の聖なる領域にほんの五分そこそこしかいなかったのですが、立ち去る前にはその聖域もあたり一面糞だらけ、ところかまわぬ糞の山と化していたのです。

――ああ、まずいですな、それは。

――じゃがいもを植えつけたあぜみちでしたらたっぷり二筋分ほども覆いつくすばかりの勢いでした。

――そうはいっても、ティーグをとがめるのはいささか酷な話ですよね。

――というと、あの馬を冒瀆行為のかどで被告席に引きずりだすのが巡査部長のつとめだ、あなたはそんなふうにおっしゃりたいのですか？　それとも聖霊に対する罪に問われることになるのかな？　ひとつ顔面蒼白になること必定の報告を教えましょうか。

——なんです？

——手術用ランセットのように痛烈、鉄のように冷厳な伝道説教会が催されます。まず跪いて唱えるロザリオの祈禱が明日から始まります。それから地獄の責苦についての説教。しかしありがたいことに最初は御婦人だけの集会です。

——ありがたいこった、ミスタ・プラック、とミックは戸口のところで振り返って叫んだ。あたしはこの教区の者じゃないんでね。

今さら地獄の説教なんか聞いて何になる？　まあ言ってみれば、天国の住人に知り合いがあるおれなんだから。

6

メアリは単純素朴な女ではない。その人物像を描ききるのは容易な業ではないだろうし、少なくともミックをその適任者と看做すことは出来ない。なにしろ、一般に女というものは論議、論考の主題としては箸（はし）にも棒にもかからぬしろものだ、というのが彼の持論なのだから。それに一人の男にとって特定の一人——一個人の女（ラ・ファム・パルティキユリエール）と言ったほうが意味がすっきりするだろうか（ちなみに公衆の女ラ・ファム・ピュブリクは娼婦の意）——そのただ一人の女のことを男がいかに心をこめて語り、あるいは独り言めかして呟こうとも、それを聞かされるほうとしては把（とら）えどころなく無意味で空虚な独りよがりとしか思えないものなのだ。男女が相互に及ぼしあう強制的影響力は不可思議というほかはない。この神秘的現象は単に性格的弱点に起因するものでもなければ、生物発生説によって解明しうるものでもない。そしてこの種の神秘は、たとえ当事者両人には理解可能だとしても、その本質はあくまでも私的範疇（はんちゅう）に属するのである。

メアリは女っぽい魅力にあふれているわけではないし、可憐な美女とも言いかねる。しかし（ミックからみれば）器量よしで品位がある。目は茶色だ。人柄はその目の色にふさわしくひなびたところがあり、よほどのことがないかぎり穏やかで冷静な態度を崩さない。おれは彼女に非常な好意を抱いている、と彼は思っているし、彼女をただの女として、単なる女性の一員としてのみ遇することは決してしない。彼女はもっと特別な存在だし、そんな陳腐な連中といっしょくたになど出来るものではない。彼にとって彼女は文字通りの固定観念なのだ（と彼は思っている）。時と所をえらばず、まるっきり関係のないような折りに、彼女はいわばノックもしないで彼の頭のなかにつかつかと入りこんでくるのである。ハケットもきまった女とよろしくやっているが、その関係はかなりお手軽なもののようで、朝食のトーストにはマーマレードが一番だとか閑散とした居酒屋で黙想に耽りつつ指の爪をつむのが好きといったたぐいと一脈通じている趣なのである。

絶対的な確信を持てるものなどほとんどない、とミックは思っている。それでも、メアリはめったにいない女だということだけは確言できる、と彼は考えている。教育のある女で、一年間のフランス暮しを経験しているし、音楽もわかる。ウィットがあって、陽気に振舞うこともできる。しばらくの間であれば、何の造作もなく楽しげに会話をはずませ、はなやかな雰囲気を盛り立てもする。彼はまだ面識がないのだが、彼女の一族は資産家だ。衣裳について彼女は趣味がいいし気むずかしくもある……それも当然で、彼女はいわゆるファッション・ハウスに勤めているのだ。しかも腕利きでその店でも一目置かれているから彼女が高給をとっているのはミックにもわかっているし、仕事上の付き合いは上流階級にかぎられている。二人の間で彼女の仕事が話題になったことは一度もない。彼女の収入は彼女だけの秘密になっている。それが彼自身の所得にくらべて少ないはずがないと心得ているミックにとって、これはまことにありがたいことなのである。ふとしたことでその秘密があからさまになろうものなら、おとなげないと充分に承知しているものの、やはり彼としては面白くないにきまっているのだから。しかし洋装店で働いていてもメアリの精神の成熟はいささかもそこなわれていない。彼女は書物を読みあさり、しばしば政治について語り、一度などそのうちに本を書きたいという意向をもらしさえしたのである。作品の主題は何にするつもりなのか、ミックは訊ねもしなかった。なんとはなしに彼女の思いつきが気にくわなかったのである。知的傲慢ならびに無鉄砲な文学志望にまつわる精神的危機の数々について語られもし書かれてもいる警告のすべてを鵜呑(うの)みにするまでもなく、高度の教育と豊かな生活に恵まれた若い女性にありがちな頭でっかちの安定感のなさは、たしかにあぶなかしくて見ていられないくらいなのだ。自分ではそれと気づかぬままに背のびして、彼女は力に余ることに手を出している。彼女はおれと付き合うことによって彼女自身の安定をかろうじて保とうとしているのだろうか？　でもそれはおかしい、とミックは思わざるをえない。正直のところ、彼自身にしてもさほど安定した人間とはいえないのだから。月に一度の告解は欠かさない、これはまことに結構。だが酒を飲みすぎる。酒はやめにしよう。それにメアリにしてももっと地道な、いわば地に足のついた人間になってもらわなくては。

しかし二人の仲はほんとうのところでどうなっているのか？　不確定。彼は彼女と結婚するつもりでいる。その意志だけは確定的。交際はすでに三年の長きに及んでいるのだが、二人の間ではその件がはっきりとした形で話題にされたことはない。彼のぱっとしない職業、貧弱な収入、そして将来の見通しの暗さ、そういったものがまるで丹毒のようにおぞましく根を張っているのだ。しかし彼としては今さらほかの生き方ができるわけのものではない。それに彼女にしたって。考えたくないことだが、最悪の場合にはわびしい独り身の生涯を送ることになるかもしれない。でも誰か別の男が現われて彼女を連れ去るようなことにでもなろうものなら、間違いなく彼は思慮分別を失うだろう。何かおそるべき愚行をしでかす羽目になろう。ばかげたこととわかっていても、それをとめるすべはないのだ。

彼らはハーバート・パークにいた。

園内の池ではあひるが泳ぎ、子供たちのはやしたてる声に送られて玩具のボートが波を切る。二人は池の畔(ほとり)の、芝草に覆われた斜面に腰をおろして、とりとめのない会話を交していた。このところ新たな展開を経験した自分の精神的諸相を二人して吟味するのは、彼にしてみればいささか気が進まないことであった――それにしても、と彼はひそかに自問する、この人にも知る権利ってものがあるんじゃなかろうか？

――今朝のミサではお会いしなかったわね？　とメアリが言った。これをきっかけにして彼女に打ち明けようか？　彼女は煙草をふかしている。たとえばハケットなんかが煙草をくゆらすといやな臭いがするのだが、この人にかぎってそんなことはない。なにしろ淑女なんだから煙草をすってもさまになっている。知的洗練というところか。

――そう。起きぬけにドーキーへ泳ぎに行ったものだから。

――ハケットと？

——そう。

——ちょっとしたニュースね。泳ぐだけなら何ということもないけれど、そのために早起きするなんて。まさかイギリス人じゃあるまいし。それに日曜日だというのに朝っぱらからハケットまで起きだしたとなると、これはたいした事件だわ。

——世のなか、不思議なことが多くてね。

——お酒が一滴も入ってないときのあの人、水につかったらどんな感じがするのかしら?

——ぼくたちはヴィーコ・ロードでもう一人の男に会う用事があってね。ある種の海中探険をするので邪魔が入っちゃまずかったんだ。

——もう一人ってどなた? あたしの知ってるかたかしら?

——まず知らないと思うけど。ぼくたちにしたって前の日に会ったばかりなんだもの。

——トリニティ・カレッジのどなたかと海中生物の調査研究にたずさわる——そういうことだったの?

——そうじゃないんだ。実のところ何とも奇妙な男でね。もっともトリニティの青年にも会いはしたけれど。

——おやおや、それじゃ同行四人というわけね。

——話をこんぐらかさないでくれよ。トリニティの文学青年に会ったのは今朝のことじゃないんだ。

——そう。でもあなたの言う奇妙なかたって。その人のどんなところが奇妙なの?

ミックは周囲に目をやった。たおやかな木々、茂み、花、乳母車、笑いさざめく人たち。正常そのもの。すべて事もなく、心なごむ情景。ド・セルビィとその一党とは無縁の日常的世界。

——別に妙な意味で奇妙なと言ったわけじゃないんだ。風変りな人でね。世界、宇宙、時間について一風変った考えを持っている……まあ言ってみれば、物理学者ってわけ。

——それで?

——彼の理念は現世を超絶している——今われわれが這いつくばっているこの大地を遥かに超脱しているんだ。

——そんなものですかねえ。ドーキーという土地のことはあまりよく知らないけど。でも現世超絶ということになると……そんなことならどんな司祭様だって日曜ごとにやってらっしゃるわ。

——ド・セルビィ方式とはぜんぜん違うんだなあ。ド・セルビィってのはあの人の名前なんだけど。

——ド・セルビィ? 外国人みたいな名前ね。もしかするとスパイかも。

——ド・セルビィは外国人じゃない。そんなところはこれっぱかりもないんだ。訛(なまり)は国の手形って言うけれど、その点からしても彼は生粋のアイルランド人さ。でも彼はアイルランドに満足していない、いや、この世界のどこにしても気にくわないらしいんだ。

——例の怒れる愛国者というわけじゃないんでしょうね。

——そうじゃないことはたしかだ。

——たしかなところ、いったい何を言いたいの、ミック?

――曰く言い難しというところなんだよ、メアリ。そのうえ、信ずるも難しとくるんだから。

彼女はきちんと座りなおし、かたわらに寝そべっているミックを見た。男は手を顔に当て、陽差しをさえぎっている。彼女の好奇心はかきたてられた。しかしそれはミックの望むところではなかった。とにかく、今はまだ。彼自身の気持がもっとすっきりし、そして出来ればもう少し事情がはっきりしてから、きちんとした話をするほうがずっとましだろう。

――どういうことになってるの、ミック？　話してよ。何だかしらないけれど言いたいことがあるのなら、もったいぶらずに話してくれたらどうなの。

彼は体をおこして座りなおした。少なくとも冗談ですむ話ではないことをわかってもらいたかった。これまでにも彼はしばしば妙な事件に巻きこまれた覚えがある。その点では人並以上かもしれない。しかしこんどの一件は只事ではすまされないのだ。

――メアリ、箇条書ふうに説明するから聞いてくれ。最初は断片的でまとまりがないように思えるかもしれないけれど、とっくり考えてみれば奇妙な事態の核心がつかめるだろう。いやむしろ危険な事態と言うべきかもしれない。

――そう、それで？　彼女の声にはきめつけるような響きがあった。

――このド・セルビィという人はとてつもない連中と付き合いがある。ミックはことさらにさりげなさを装った低く平板な声で言った。その仲間の一人にはバプテスマのヨハネもいる。

――ミック！　冗談も休み休み言いなさいよ！

——ぼくは真面目さ。

——なんて罰当りな話なんでしょ。そう言えば今日は日曜日ね。でも、だからどうってわけじゃないけど。

——彼はそのほかにも数多くの宗教界のおえらがたに会っているんだ。たとえばテルトゥリアーヌスとか。それにおそらくはアタナシウスあたりとも。

彼女は今や表情をかたくし、眉をひそめている。

——それにハケットもその数に入っているんでしょう。あなたの話だとハケットも一緒だったそうですものね。

彼は彼女の褐色の目をじっと見据(みす)える。

——そのとおり。そして彼とぼくとは二人して聖アウグスティーヌスにお会いしたのだ。

短い沈黙。公園のざわめきさえも鳴りを静めたかのよう。メアリは煙草に火をつけた。

——ミック、と彼女は改まった口調で切り出した。このばかげた話はいったい何が狙いなの？　あたしがあまりのばかばかしさに吹き出しでもすれば、あなたの気がすむというわけなのかしら？

——そんなことじゃないさ。

——聖アウグスティーヌスにはどこで会ったの？

——ヴィーコの海中。

——海のなか？

——そう。ぼくたち三人で。

——それからどうなったの？

——ド・セルビィと聖アウグスティーヌスはこみいった問題について長いこと話しこんでいた。

——話し合いの相手方はもう何世紀も前に故人となっているというのにねえ。それはまあわきに置くとして、海のなかだとしたら話が出来るわけないじゃありませんか。

——ぼくたちは洞穴のなかにいた。

——これじゃまるっきり正気の沙汰とも思えないわ、ミック。自分でもわかってるくせに。

——ハケットとぼくはその場にいたんだ。ぼくたちのほうから話しかけることは出来なかったけれど、あの二人の話を耳にすることは出来たし、実際によく聞こえたんだ。

またもや沈黙。まるっきり正気の沙汰じゃない、か。メアリに言われるまでもなく、話している当人のおれ自身でさえそう思いたくなるくらいなんだから世話はない。とはいってもこの件を話題にせざるをえない羽目になった以上、おれとしてはありのままを話す以外どうしようもないじゃないか。それにしてもハケットという連れがあってほんとうによかった。おれひとりだったら、あれはおれの妄想にすぎないというメアリの当て推量に、肝心のおれ自身が同意しかねない始末なんだから。それに大事なことがもう一つ——おれもハケットもまったくの素面(しらふ)だったのだ。

——この眉唾物の一件のもとはといえば一杯のウィスキー、そんなところじゃなかったのかしら？

——酒の気はまったくなかった、われわれはみんな素面もいいところだったんだ。そうだ、ド・セルビィについてはもう一つ話したいことがあるんだけど……

——その人には頭がもう一つあるなんて言いだすつもりじゃないでしょうね。

——いや。彼は世界を破壊しようとしている。

——まさか！　でもどうやって？

——その手筈は整っている、と彼は称しているんだ。それがどんなものか、ぼくにはよくわからないし、説明することもできないのだけれど。とにかくひどく深遠難解な技術的問題なのだ。彼はある種の不可思議な物質をつくりだした。ド・セルビィは大気を、われわれが呼吸するこの空気を、あますところなく汚染汚濁させることが出来るんだよ。


奇妙な経験をめぐる彼らのやりとりはおおよそこのような調子で続けられた。メアリはなおも幾つかの問題点を問いただし、相手の答えを時には深い不信の念とともに一蹴し、また時にはさりげなく一笑に付するのであった。彼の態度は一貫して冷静、丁重、しかも一徹であった。彼は自分が非難の的となるのはお門違いというものだ、とそれとなくほのめかした。やましい点は少しもない。われながらいささか単純すぎたきらいはあるかもしれないけれど。でもとにかく例の件は彼が画策したわけではないのだから。しかし、そう語りながらも、彼は弁解がましく聞こえないよう気をくばっていた。自分はあくまでも冷静であり、ふだんと少しも変っていないことだけはわかってもらいたかったのである。

結局のところメアリも納得したようだった。彼のまとまりの悪い話に得心がいったというわけではない。何やらまことに異様な事態が現実に起きたという事実を了解したのである。この人の言うことは明らかに混乱している。でもとんでもない嘘をついているとは思えない。たしかに何かがあるんだわ。不可解ではあるけれど、何か重大な事が起きたみたい。

しばらくして二人は立ちあがり、ぶらぶらとランズダウン・ロードのほうへ向かった。広い通り、どうしようもなくお粗末な町並。精彩を欠くとは言えないまでも何ともありふれた人々。そして彼自身はといえばすっかり意気消沈している。それも当然。メアリは黙りこくってしまい時折り気のない受け答えをするだけなのだから。

もうすぐ六時。彼らはとある木の下で立ちどまった。

メアリは今夜の音楽会の切符が二枚ある、と言った。けだるそうな声だった。あたし、たいして行きたい気になれないのだけれど。あなたは？　ぼくも、と彼は言った。

――すまないけど今夜は早目に寝ることにするよ、メアリ。夢もみないでたっぷりぐっすり眠るんだ。

――疲れてるの？

――この世とあの世にはさまれてもみくちゃになったんだもの、ぼくはもうくたくたさ。でもたぶんこのひどい暑さのせいもあるんだろう。

――そうね。それにド・セルビィとのこみいったいきさつもあることだし。あなたのおっしゃったこと、あたしもよく考えてみるわ。それも真剣にね。ちょっと思い当るふしがあるんだけど。でも考えがまとまってからお話するわね。ハケットと三人で話し合う必要があるわ。電話してね、いつものように。それから……いいこと、ミック。

——なんだい、メアリ？

——お宅に買いおきがあったら、夕食のときスタウトを二、三本お飲みなさいな。

——そうだね……そいつはいい考えだ。そうするよ、メアリ。

忍び寄る薄闇、半信半疑の思い。彼らはその木の下でひっそりと口づけをかわした。

こうして、ひとり家路についた彼はクラウの店でしばらく時間をつぶした。そこでの夜の集いは楽しかった。あかがね色のウィスキーのまろやかな味わい。たしかにメアリはとびきりの淑女だよな。やがて彼の気持は浮き浮きと明るくなってきた。そして毎度のことながら彼は禁酒の誓いの再確認にとりかかった。そうとも、こんなふうにウィスキーを呷(あお)るのはもうこれっきりにしなくちゃ。そうさ、淑女のメアリの言うとおりさ、そろそろスタウトにとりかかるとするか、それはそれで結構いけるもんな。

7

意外なことに、その後のミックを待ちうけていたのは安らぎであった——ほんの八日か九日の短い休息ではあったが、たぎりたち思い乱れていた彼の心もようやくほとぼりをさましはじめていた。ド・セルビィとの出会いについても今はずっと冷静な頭で思いおこすことができる。あのお喋りを除けば結局のところ何事も起きはしなかったんだ、と彼は自分自身に言いきかせる。海のなかの怪奇な洞穴であんな具合にアウグスティーヌスの姿を見かけたときは、たしかに自然界の秩序が崩壊したかと思った。しかしあれも何とか説明がつきそうだ。一時的な精神的不安定とかメスカリンあるいはモルヒネ服用に起因する幻覚とか、納得のいきそうな解釈の仕方は幾通りもある。あのド・セルビィって奴はおれたちに一服盛ったんだぜ、それも非常にゆっくり作用する薬物をね、とハケットは勘ぐっている。こういう見方にしても頭から否定し去ることは出来ないのだ。それにしても、あのあと薬屋でちょっとした酒盛りをやらかしたばかばかしさ加減が今さらのように悔やまれる。そんなひまがあるくらいなら、むしろすぐさま二人してじっくり話し合うべきだったのだ。経験したばかりの異様な出来事を仔細に比較検討し、ド・セルビィー＝アウグスティーヌス語録にかかわる二人の記憶が合致するか否かを確認すればよかったのだ。もっともハケットという奴は気まぐれで当てにならない男だし、奇妙な事件を記憶によって再現し吟味する科学的手順についてはミック自身にしても心許ない点があるのだが。あれこれと考えてはみるものの彼はゆっくり構えていてドーキー再訪に腰をあげる気配をみせなかった。おかげで彼の自転車はいぜんとしてあちらに置きざりになったままである。

ダブリン・カースルの一室で電話が鳴った。その部屋には彼のほかに三人の同僚がいる。その一人が彼を電話口へ手招きした。メアリからだろう。勤務中の電話は手短にと約束してある。何を話しても同僚に筒抜けになってしまうからだ。他人が聞いたら何のことやらわかるはずのない受け答えしかしないのだが、それでも彼はどういうものか人に聞かれるのがいやなのだ。

——明日ロンドンへ行くの。お店の用事よ。至上命令ってところね。

——どのくらい?

——約一週間。

彼女が次に言ったことは彼をいささか驚かせた。彼女は母親と話し合った。しかし誰の名前も出さなかった。あたしの知り合いに悩み事をかかえて途方に暮れている人がいるの、そう切り出したのだ。どうにかしてあげられないかしら?　すると彼女の母親はきっぱりとした口調で助言してくれた。そういうかただったらコブル神父に会いに行くのが一番よ。ミルタウン・パークにいらっしゃるのだけれど、それはそれは親切で分別のあるかたですからね。迷える人がいるといつでも喜んで相談にのってくださるわ。

——察しがつくと思うけど、あすこのイエズス会所属の神父さまなの、とメアリは説明を加えた。でもあたしが戻ってくるまでは何もしないでね。できたらあたし今晩にもコブル神父に電話して御都合を伺っておくわ。とにかくドーキーの例のホテルに近づいちゃだめよ。ねえ、ミック、気をつけてね。

くそおもしろくもない、と彼は考えた——あの事件もとどのつまりはこんなことになるのがおちなのか。思いもよらぬ逸脱、これが新たなる局面というものか。聖イグナティウスと彼が創設したイエズス会。そういえばアウグスティーヌスはあの修道会を鼻であしらっていたっけ。それにしても何たる皮肉か。このおれがド・セルビィのことでおずおずイエズス会士の助言を求めに行くとはねえ。

砂を嚙むような書類仕事に戻りながら彼はくっくっと独りで悦に入った（おそらくこれはよい徴候）。まあ成行きにまかせるさ。

四日後、またベルが鳴った。誰からの電話やら。こんどは心当りがない。相手の男が太く低い声で姓名を名乗ったとき、彼は挨拶がわりに唸るような声をだした。

——ああ！　わたしの名前はコブル。神父のジョージ・コブルです。親しい友人からあなたのことを伺いました。いつでも喜んでお会いいたします。そのことをお伝えしたくてお電話したような次第です。

——それはまことに恐縮です。でも、あの——

——いえいえ、お気になさらないで、あなた。われわれのうち誰の身にも起こることなのですが、小さな影がさしたときは、その小さな影をほかの誰かとともにわかちあったほうがいいのです。

——ええ、まあそうでしょうかね。

——より広い表面にのべひろげられますと、その小さな影もだんだん色が薄くなってきます。そして神の恩寵(おんちょう)によりついには完全に消えうせるやもしれないのです。

——神父さん、わたしはこれから一週間ほど留守にすることになっておりまして。休暇なんです。まあちょっとした息抜きと申しましょうか。

——それはそれは。結構なことですな。たしかお住いはドーキーとか。

——いえ違います。ブータースタウン。

——ああ、そう、そうですか。来週の今日にはお戻りになるわけですね。というと、九月のついたち。その日の夕方、お茶を御一緒しませんか？　そうですね、六時ではどうでしょう、ダンリアリのロイヤル・マリン・ホテルでは？

——そういうことでしたら有難くおうけします。ところで御承知かと思いますが、お話ししたいと思っているのはわたし自身のことではなくって、もう一人の男についてなのですけれど。

——何はともあれまずは結構。ではいずれその折りに。

——承知しました、神父さん。ついたちの六時。

このようにしてコブル神父はミックの生活のなかにするりと入りこんできたのである。しかも招かれざる客として。短い休暇と言ったのは、もちろんその場の思いつきであったが、かといって怖(お)じ気をふるっての出まかせというわけではなかった。いろいろな理由はあるがとにかくこのイエズス会神父とあまり唐突に顔をつきあわせるのはまずいと思ったのだ。それにメアリの仲立ちのしかたにも押しつけがましいところが感じられていささか腹にすえかねる。これでは彼の知的独自性というものが踏みつけにされたも同然ではないか。彼としてとるべき途は、まず第一にハケットに事情を告げ彼の意見を聞くことだ。もっとも彼が問題をまともに考えるよう仕向けることが出来たらの話だが。為すべき第二の処置は、コブル神父にかかわる事実を、しかもそのすべてを、メアリから聞きだすことである。彼の人柄、年齢、教会における身分、そして正確に言ってどのような「問題」について彼は助言しようとしているのか？　最後の点が最も肝要だ、と彼は感じていた。善意に充ちてはいるがおせっかい屋で鈍感な神父というのは、往々にして単なるうるさがた以上の存在になる。次々と質問を浴びせかけ、相手の問題（その人が実際に問題をかかえているとして）を強引にほじくりだし分析するのに熱心なあまり、結局のところその相手にとっては当の神父自身が新たな重大問題になりかねないのである。ミックにしても人並には教会の規則を守っているつもりだが、考えてみればどんな聖職者ともいわば人間的な意味で心を通じ合ったおぼえはない。これまでに告解室でしばしば経験したことだが、聴罪師の質問は概して愚直で間が抜けているし、時には見当違いの差出口にすぎないことがある。聴罪師が善意の人であり最善を尽しているのはわかるが、それだけによけい腹立たしくなるというものだ。おれはこれでもおれなりに完全な人間だ、と彼は思っている。教育はあるし、寛容で、おおっぴらの悪徳や卑猥な言葉遣いを軽蔑している。それに弱きがゆえに踏み迷っている人たちへの心遣いは忘れていないつもりだ。自分に弱味があるとすれば、それは前後の見境もなく酒に溺れる傾きがあるという点だ。酒が入ると道徳的洞察力が鈍くなり、判断に偏りが生ずる。そのあげく——嘆かわしいことだが——情欲にかかわる罪深い夢想の世界にさまよいこむことがある。神の力をかりるならば、いつの日かアルコールを然るべく手なずけてしまえるであろう。唐突にして愚直な高圧的態度はこの件に関するかぎり無用のことなのである。望ましきはおのずからなる変化である——成熟と洗練を併せ備えた悠揚迫らぬ調整こそが要請されているのだ。

おふくろに相談したら？　母親と二人暮しという事情を考え合わせると奇妙に響くかもしれないが、その件との関連では母のことはまったく彼の念頭に浮かばなかった。彼女は人がよく信心深い女で、ミセス・ラヴァティーと相通ずるところがあるけれど、年はずっと上である。実際なんというところもない老婆で、そんな彼女にド・セルビィのような人物についての話題を持ち出すなんてお門違いもはなはだしい。たとえ当りさわりのないさりげない口調で切り出すにしても、そんな情況は考えるだけで吹き出したくなる。彼女には何のことやら見当もつかないだろうし、結局のところ、おまえまた一杯引っかけてるね、とさとされるのが関の山だ。それというのも、愛する夫を酒で失った彼女は父の血を引いた彼が酒場の常連だということを先刻御承知だからである。しかしながら、愛する人とこれほど身近に暮しながら本当の意味での交わりがないというのは、考えてみれば不思議でもあり物悲しくもある。話すことといえば、陳腐な、取るにも足らぬ世間話だけ。心を通い合わせるきっかけすらない。おまえ、自分の下着のこのひどいありさまに気がつかないのかい、満足なのはひとつもないじゃないか。この子ったら何度注意されればわかるんだろうね、靴下はせめて四足は買っときなさいって言っといたでしょ。ああ、でも話はいつもそこで行止まり。

彼はゲイアティ座に出かけた。芝居の半ばで、こんなことをしているのは時間の浪費だと思い当った。そして翌日の夕方ドーキー行きの電車に乗った。ハケットの自宅にも勤務先にも電話がないので、連絡をとるにはこうするしかないのである。運がよければ彼に会えるし、さもなければ伝言を残してくればいい。燭光に変りはないはずなのに、コルザの灯りはこの前より明るいようだった。ドアを押したとたんにハケットの声が中仕切りの向うから聞こえてきた。「スラム」に陣取った一杯きげんのハケットは声も態度も一段と調子が高くなっている。相客はフォトレル巡査部長。二人は離れて座っていた。カウンターのうしろにはラリーがいる。小柄でぱっとしない初老の男で口数も少ない。名目上は食料貯蔵室係ということになっているが、便所やストーヴの掃除はもちろんのこと二階の到るところに置いてある植木鉢に水をやることまで、雑用を一手に引き受けている。ハケットは親愛なるミックに、やあとうなずいた。

――これはようこそ。主と聖母のおかげをもって、途轍もなければ途方もない結構な晩ですな。巡査部長はほほえみながら言った。

――こんばんわ、部長さん。自転車をお預けしたままで申訳なく思っています。

――いささかの支障もありませんて、あなた。あれは独房に収監してあります。仮釈放の望みなしです。さらに、車軸ならびにレバー周辺への厳密なる注油をそれに課するようプラック巡査に命じました。

　ミックは礼を述べ、ラリーに一パイントのギネスを注文した。

――あたしは今イスカリオテのユダについて巡査部長に話してたんだ、とハケットが声高に言った。かのユダこそは欺かれ陥れられた高潔の士であった。この悲運の人には頭を袋に突っこんだまま歩きまわる酔っぱらいを思わせる哀れな趣がある。

――彼は自分の行為の責めを負ったのだ。それは人間として当然のことじゃないか。答えるミックは例によって例の如きハケットにうんざりしていた。

――まあいいから聞けよ。そのての紋切型の御高説はごめんこうむりたいな。あたしはマーシュ図書館でじっくり調べたうえで考えを述べているんだ。ユダはタイプから言えば知性派だった。自分が何をしているのか、はっきり心得ていたんだ。彼はペテンにかけられた。おかげで一番の貧乏籤を引く羽目になったのだ。

――彼が結局のところどんな籤を引き当てたのかわれわれには断言できないんじゃないかな。ド・セルビィなんかはそのあたりの事情を探り出そうと努めているらしいが。

――仄聞するところによればイスカリオテなる人物は脱落型の男だったそうな、とフォトレル巡査部長が意見表明を行った。

――とにかく少なくとも彼の行為はわれわれにもわかっている。彼は銀三十枚を手に入れた。はたしてその報償はいかほどのものに値したのであるか？

――それが今日の金額にしてどのくらいになるものやら、はっきりとは言えないんじゃないかな。

――質問をはぐらかすな。ハケットはむきになってきめつけた。彼が売ったものの価値との関連において考えるとき、その報償は妥当だったろうか？

――彼も商売人なんだから値打ちもんの目利きには自信があったんじゃないかな。

――彼はペテン師たちにまんまと一杯食わされたんだ、ほら例のパリサイ人たちにね。

ミックは黙って黒ビールを飲んでいた。ハケットが静まるまでしばらく様子をみるとするか。巡査部長もいるというのに、これでは少しはしゃぎすぎというものだ。ちょっと話の流れを変えてみよう。

――その金で彼は畑を買ったというじゃないか、とミックは切り出した。

――まったくねえ、と巡査部長が口をはさんだ。時折り考えることがあるんだが、土地へのあくなき執念において、かのおぞましき男の心情はまさしくアイルランドの百姓を思わせるではないか――

――まさか、とミックは呟いた。

――乳とすいかずらに充(み)てる豊饒なる大地へのひたぶるな渇望はゆるぎなくて――

――さっきも言ったことだが、とハケットが噛みつかんばかりに声をあげる。ペテロのほうがもっと鼻持ちならぬ下司(げす)野郎なんだ。ユダが主を裏切ったあとになって彼も卑(いや)しい背信行為を犯したくせに、のほほんと感謝の念を受けているのだから。そうさ、証人不在事件ってところさ！　ド・クインシーも言っているように、ユダはその意図において清廉潔白の士であったかもしれない。しかるにペテロの行為たるや俗悪卑劣。わが身大事とばかりひたすら保身に汲々（きゅうきゅう）としていたのだ。そうさ、あたしが努力を傾注しているのはそこんところさ。

——どこんところだ？

——イスカリオテのユダの復権。

——あのての男にはですな、と巡査部長が割り込む。スウォンリンバーのような飲み屋とか祭日のクッシェンダンあたりに行けばいくらでもお目にかかれるもんですわい。

——あんたはどうやってユダを復権させるつもりだ？

——世論に訴えて記録文書修正の機運を醸成する。彼に向けられた悪評はすべて単なる推論の積み重ねにすぎないのだ。あたしは聖書の部分的書き直しを期待している。

——そんなことをしたら教皇が黙っちゃいないだろうよ。

——教皇なんてくそくらえ。あたしは聖書には本来ユダ伝福音書が含まれていたという事実の立証につとめるつもりだ。

——聖ユダよ、われらがために祈り給え。巡査部長はしかつめらしく詠唱し、それから、しかつめらしく杯を傾けた。

ハケットは目を怒らせて彼をねめつけ、ついでその目をミックに転じた。

——ユダの内的真実を語り、彼の意図が那辺（なへん）にありそれを如何に成就するつもりであったか、その間の消息を明らかにしうる者として当のユダ以上の適材はありえないではないか。

――現存する諸福音書の史的典拠に疑義ありとする真摯な論争が展開された例はいまだかつてない、とミックは説きおこした。ユダが記録を残していないという事実もまた同様に疑問の余地はない。ユダ以外のなんびとが彼の内的真実を語りえようか、とあんたは言う。おそらくそのとおりだろう。しかしそれは所詮ないものねだりというものだ。彼は何事も語っていないのだから。

底意地の悪い嘲笑がハケットの顔ぜんたいにひろがった。

――あんたは聡明な識者だとばかり思っていたが、知ったかぶりのわりに案外抜けたところがあるんだな。ローマ教会の聖書には経外典と称する厖大な資料がある。ペテロ、トマス、バルナバ、ヨハネ、イスカリオテのユダ、およびその他数多くの者による経典外福音書がかつて存在していた。あたしはイスカリオテ福音書を復原し、その典拠の確証につとめたいと思っているのだ。

――一歩を譲って、あんたがそれらしい史的典拠のある聖約書を見つけだしたとしよう。そのあげく、ユダがあんたの思いもよらなかったことを言っているとわかったら――あんたとは正反対の見解を述べていると判明したら、そのときあんたはどうする?

――下司の勘ぐりもほどほどにしてくれよ。

ミックは残っていた黒ビールを喉に流しこみ、決然たる態度でグラスをカウンターに戻した。

――あたしの気持はきまった、と彼は宣言した。あたし持ちで、二人の紳士がたにはそれぞれ一杯のウィスキーを、そしてあたしにはもう一パイントのおかわりを。ラリー、平和の名において必要な処置を講じてくれたまえ。

――これはまことに時宜にかなった心うれしき御提案。巡査部長は愛想よく感想を述べた。眉をひそめてみせはしたものの、ハケットも少しは心なごむ気配をみせた。議論に熱が入りすぎて言葉遣いもいささかどぎつくなったようだし、ここらが話の切り上げどきだ、と思っているらしい。これでやっと自分の用向きを切り出せる、とミックはほっとした。

――あんたに話しておきたいことがあってね、と彼は言った。そばではラリーが忙しそうに仕事にとりかかっている。ある人物と話をしているときあたしはド・セルビィの名前を口にしたんだがね、その人物はその後あたしに相談もせずにいささか厄介な事をしでかしてね。いや別に為にしてやったことじゃないのはわかってるのだが。

ハケットはまたむっとした面持になって彼をにらんだ。

――その人物が何者であるか、わかってるつもりだ、と彼は唸るように言った。それで彼女はいったい何をしでかしたんだ？

――彼女っていっても、実は彼女の母親がやったんだがね。あるイエズス会士にあたしと会ってくれるよう話をつけたんだ。

――なんだって？　イエズス会士に？

――そうだ。ミルタウンのコブル神父っていうんだが。彼には困ったことになってる人がいると話してあるだけで、くわしい事情はまだ何も言ってないらしい。それにあたしとしてもコブル神父については何も知らないし、今のところさぐりを入れる手立てもないんだ。会う段取りはもうついている。

来週の今日、ロイヤル・マリン・ホテルだ。

――あきれたもんだね。なんだってまたあの連中にちょっかいを出したりしたんだ、あんなおせっかいやきのうるさがたにさ？

――さっきも言ったように、あたしの考えじゃなかったんだ。それはそれとして、彼に会うという一件についてあんたの考えを聞きたいんだ。とにかく会ってみて、ごく手短に事情を説明する。ド・セルビィのことをかいつまんで話すんだ。そのうえで一緒にヴィーコまで行って彼に会いませんかと誘ってみる。こういった寸法なんだけれど、あんたはどう思う？

ハケットは顔をしかめ、陰気な笑い声をあげ、それから、出されたばかりの酒をじっくり味わった。

――まず最初にはっきりさせておこう、と彼は言った。その件についてのお付き合いは御免蒙るからね。もううんざりなんだ。ド・セルビィのことだから、こんどは小舟でも漕ぎ出して、神父歓迎と銘うつ御立派な晩餐会なんぞを催しかねないからな。居並ぶ主賓の顔ぶれたるや、バプテスマのヨハネ、ヒエローニュムス、サンタ・テレサ・デ・ヘスス、トマス・ア・ケンピス、マット・トールバット、四人の聖パトリック、そして聖女ジャンヌ・ダルク。

――とにかくあんたの考えは？　真面目に答えてくれ。

――アウグスティーヌスお出ましの一件をすっきりさせようというのがあんたの狙いなら、そいつは外れもいいところで、すっきりどころかこんがらかりのもとだろうよ。噂はローマにまで伝わるかもしれないな。そうなったら事だぜ。おれたちは破門の憂き目を見るってことにもなりかねない。

彼のこういう態度はおおよそのところミックの予想していたところであった。しかしこちらの気持はもうきまっている。晩餐会どころかちょっとしたティー・パーティにだってハケットなんかはいようといまいとどっちみち問題にもならないやつなんだ。

——そうは思わないな、と彼は応じた。イエズス会士たちについてはいろいろ言われているけれど、彼らが理性的思惟に熟達しているという点については少なくとも異論のないところなのだ。一歩を譲ってあんたの言うように事がこんがらかるとしよう。しかし底知れぬ永遠の謎のままにしておくよりはむしろ紛糾のほうが望ましいではないか。日曜日早朝のあの水浴についてわれわれ二人はともに大いなる当惑をおぼえている。それはあんただって否定しないだろう。われわれとしてはこれほどの問題を放置し、放念することが出来ないのだ。

——あたしには出来るがね。

——出来るだろうともさ。あたしなんぞより数等は御立派な精神と勇気の持主でいらっしゃるからねえ。あたしたちは二人してド・セルビィの全人類破滅宣言を聞かされた。われわれ二人は彼の所有になる独特な破壊器具の目撃者なのだ。それなのにただ腕をこまぬいて傍観するばかりで何の手も打たないというのは、まさに、そう……非人間的だ。

——われわれは彼の所有になる独特な破壊武器の目撃者ではない。たしかに彼は機械装置というか、化学薬品なのか、あるいは麻薬というべきか、とにかくちょっとしたしろものを持ってはいた。しかし何らの破壊行為もなされなかったではないか。

――彼は大気を破壊し時間を抹消した――われわれはそう理解しているし、しかもそれは彼の予告どおりの事態であった。

――あんたは単なる印象にすぎないものを誇大に評価し、みずからを壮大な悲劇的境地に置こうとしている。かの救世主の身に何が起こったか。あんたはもう一人の救世主たらんとでも思っているのか?

――ただ何らかの行動を起こそうと思い定めているだけだ。コブル神父の件は、あたしが思いついたわけではないとはいえ、まずは結構な第一歩となるだろう。

――まあいいようにするさ。

――アラビアのロレンスよ（ラリーはロレンスの縮小形）。フォトレル巡査部長が寝惚(ねぼ)け声で言った。心してわが助けとなり、あまねく一同の酒杯を再び充たすべし。

――どうも、部長さん。ハケットがさりげなく言った。

――なおそのうえに、とミックは言葉を続けた。こんどの酒を飲みおえたあかつきには、神父の訪問を受け入れるや否やを確認するために、あたしはド・セルビィに会いに行く。

言ったとおりに彼は行った。連れはなかった。

8

ノックをすると間髪を入れずにドアが開いた。不可思議な電話で前以て来客を知らされ、ドアのうしろで待ちかねていたのかと思えるほどだった。あまりの素早さにあっけにとられているミックの目の前に、ド・セルビィはとりすました微笑を湛えて立ち、ようこそと言った。彼が先に立って客を招じ入れたのは、前回の訪問の際とは別の、奥まったところにあるもっと小さな部屋であった。棚には壜や壺が並べられ、電気器具、るつぼ、秤、計量用容器をはじめとする科学的実験器具および装置のめぼしいものがすべて揃えられているので、ここはどうやら実験室と見受けられた。とはいっても、火の気のない暖炉のそばには座り心地のよさそうな椅子が二、三脚と小さなチェス・テーブルが置いてある。主人はミックの帽子を預り、背後のどこからか一本の壜とグラス二個を取り出した。

——こう言ってはなんですが、マイケル、と彼は席につきながら言った。あなたのお友だちが御一緒ではないので実のところほっとしています。どちらかというと薄っぺらなかたとお見受けしたもので。

ミックは虚を衝かれた思いだった。これまでのところその態度にいちぶの隙もないと思われたド・

セルビィがこんなことを言い出すなんて。しかしミックは動揺を表に出しはしなかった。

――ええまあ、いいやつなんですが、ちょっと気が短くて思慮に欠けるところはあるでしょうね、それもほんの時折りのことですけれど、と彼は調子を合わせた。お留守でなくてよかった。ところでその後なさいましたか、例の、あの……霊的実験を？　水のなかか、それともどこかほかのところで？

ド・セルビィは席を立って二つのグラスに注意深く酒を注いでいた。

――ああ、やりましたよ、前回よりもずっと広範囲にわたるものでしたが、あれほど啓発的ではありませんでした。旧約聖書の人物たちはどちらかというと単純、無知で、迷信的な傾きがありますな。この前のときのキリスト神学の詭弁家や異教の開祖、それに口先の達者な初期教会の教父たちにくらべると、ひときわその感が深いのです。

――そういうものですかねえ。どういうかたとお会いになったのか、さしつかえなければその一端なりともお洩らしくださいませんか。

――まずは二人ほど。その一人はヨナでした。

――ヨナですって？　鯨に呑みこまれたあの男ですか？

――その問いに対する正確な答えは一つにはイエス、一つにはノーです。いえ、的はずれの質問をなさったというわけではありませんよ。わたしとしてはあれが鯨であったとは思えないのです。古の時代において鮫は巨大な生物でした。全長九十フィートになんなんとするのもいたのです。

――鯨か鮫かの二者択一はさして重要な問題とは思えませんが。

――神学者たるわたしにとっては、ないがしろに出来ない重大関心事なのです。聖書において問題の生物を指す際に「おおいなる魚」という表現が一貫して用いられています。鯨という特定の名称は使われておりません。加うるに鯨はどのみち魚ではないのです。豊富な証拠文献を駆使する科学者の見解に従えば、かつて鯨は陸生動物であったとのことです。やがて海中生活に適応するようその諸器官は部分的修正を経ました。鯨は哺乳動物です。すなわち、その仔を温かい乳をもって哺育する温血動物であって、人間と同様に空気呼吸の必要があり、そのためには水面に顔を出さねばなりません。ヨナの時代の海に鯨がいたという見込みはまずなさそうなのです。

――意外なお話ですね、ミスタ・ド・セルビィ。あれが鯨であったというのはかなり一般に信じられている考えなのですが。

――そうかもしれません。しかし鯨はたびたび詭弁の主題とされてきました。張本人は疑いもなくイエズス会士です。いるかと同様にその肉は食用に適しています。ところで、ローマカトリック教徒が金曜日の肉料理を禁じられているのは周知の事実です。それなのに彼らは平気な顔で鯨肉にありついています。鯨は魚なりと言いたてて、もっともらしい口実にしているのです。あれは魚ではありません。尾のつきかたひとつを見てもそれは明らかです。鯨の巨大な尾は水平ですが、ほんものの魚のそれは間違いなく垂直なのですから。

――これは、これは、あなたはいわば魚類学とも称すべき分野にも造詣が深くていらっしゃるようですね。

――まあ、それほどのことは。さらに注目すべきこととして、鮫は魚を餌とするのに反して、鯨はまずほとんど例外なくプランクトンを常食にしている点があります。例の海中植物ともいえる微細な生物ですよ。

講義調の弁舌にミックはいたく感服していた。彼自身の聖書研究がプランクトンほどに微細であったせいでもあろうか。とにかくド・セルビィの学識ならびに思索の及ばぬ領域は存在しないかのようであった。

――御教示願いたいのですが、とミックは思い切ったように言った。ヨナ自身としては正体について何か心当りがあったのでしょうか？　つまり、何というか、彼の……宿主の正体ですが。

ここでド・セルビィは御自慢の比類なき自家製銘酒を舐めるようにわずかずつ口にふくみ、ゆっくりと喉元を通した。そしてやや間を置いてから口を開いた。

――忌憚のないところを申しますとね、マイケル、わたしのみるところヨナというのはとんでもないきんたま野郎ですぞ。

――なんとおっしゃいました？　用語そのものもさることながら、それを口にしたときの悪意をむきだしにした熱っぽさときたら――ミックは横っ面を張り飛ばされる思いだった。

――そして主も同意見であられた。

――でもヨナは予言者だったのではありませんか？

――そう。だが堕落した予言者。彼は神の命令に従わなかった。何故か？　神よりも事態をよくのみこんでいたがゆえに。そしてそのゆえに彼は海へ投げ出された。

――従わなかったとおっしゃると？

――主は彼に命じて曰く、起ちてかの大いなる邪悪の町ニネベに行き、これを責めよ、と。しかし彼は主にもまして事態をよく心得ていた。彼は知っていた、かの地の人々は悔い改め行いを正しくするであろうことを。したがってかの地に赴くのは時間の浪費にほかなるまい。それゆえに彼はエホバの面をさけタルシシへ向かう船に乗った。たちまち恐るべき嵐が襲いかかった。すなわち主がヨナに下したもうた罰である。船夫たちはおのが生命の危うきに瀕するは彼のゆえなりと知り、かくて彼を海に投げ入れた。瞬時にして嵐はおさまった。海には鮫のおんたいがヨナをお待ちかねであった。

――ええ、そこのところをお訊きしたかったのです。あなたは鯨ではなくて鮫とおっしゃいますが、その選択を正当化するヨナの証言でもあるのですか？

――聖書によればヨナは三日三夜魚の腹の中にありき、と記されてあるだけです。誰にしてもそんな真っ暗なところで昼と夜の区別なんかつくものではあるまいに。そのあたりの事情は明らかではない。

――ひょっとしたら腹時計ってところじゃないんですか？

――その生き物の「腹」なるものが「胃」を意味するのであれば、鮫の腹と鯨のそれとではまったく違ってくる。鯨の胃はまさに一軒の家あるいはアパートさながらなのだ――いくつかの区画に分れていましてね。食堂はもちろんのこと寝室、台所、それにおそらく図書室だって望みのままというわけです。

——でもあなたはヨナと話をなさったんでしょ。彼を呑みこんだ怪物の内部のありさまについて何か言ってませんでしたか？

——まったく何も。彼が口にすることといったら矛盾だらけのおかしな話ばかりで、安っぽい政治屋やイエズス会の見習修道士さながらでした。

——それはがっかりでしたね。

——さて、結局のところ彼は陸に吐き出された。奇跡的事件の犠牲者にその奇跡についての説明を求めるのは無理というものでしょう。それに、古（いにしえ）の予言者たちのなかには口先だけの悪達者な連中もいましたからね。

彼らは黙って酒を飲んだ。暗い神秘に包まれたこの奇妙な出来事に思いをめぐらしていたのである。ド・セルビィとヨナ自身との対談によってさえ解き明かされなかった謎。まったく奇怪きわまる話だ。ところでド・セルビィ第二の対話者は誰なのだろう？　もう一杯の酒がたっぷり注がれた。アヴィラの聖女テレサか？

——二番目にお会いになったのはどなたでしたか？　ミスタ・ド・セルビィ？

——フランチェスコ・ダ・アッシジ。言うまでもなくフランチェスコ修道会の創始者。変った人物だ。イグナティウス・ロヨラと同様に、若い頃は放蕩と乱行の日々だったが、彼もまた重病におかされたとき真理を悟ったのです。フランチェスコは真の聖人だし、それに詩人でもあった。

――妙ですね、とミックが応じた。あたしがこのまえ出会った人も詩人でしてね。ところもあろうに、コルザ・ホテルで知り合ったのです。ニーモウ・クラップって名の男ですがね。気が進まないけれどトリニティで医学を修めているそうですが、寮生活はお断りだと言ってました。寮生は各自の室内便器を自分で空けることっていうのが気にくわないというわけです。

ド・セルビィは目をぱちくりさせた。

――それは意外ですな、と彼は穏やかな口調で言った。あそこには下男とか雑役夫のたぐいはいないのですかね。

――いないらしいのです。聖フランチェスコとの会見は収穫がありましたか？

ド・セルビィはしばらく回想に耽った。

――まあまあというところ。まことに誠実な人で、その発言は彼自身をめぐって今や定説となっている言い伝えを改めて確証するにとどまりました。死後わずか二年にして彼が聖人の列に加えられたのは性急にすぎる軽率な措置であった、とわたしは感想を述べました。異議があるならグレゴリオ一世に言ってくれたまえ、と彼はぶっきらぼうに答えたものです。

――鳥に教えを説いたとか、そういったたぐいの話はほんとうにあったことなんでしょうか？

――おそらく文字どおりの事実ではないだろうが、彼はあらゆる生き物に人間としてこのうえないほど優しく親切だった。身のまわりのすべてにひたすら神の御業を見ていた人なのだから。汎神論の傾向ありとして非難されたとしても不思議はないくらいですよ。

――なるほど。彼についてはあまりよく知らないのです。鳥といっしょの絵姿がクリスマスのカレンダーによく出てくるのを見かけたことがあるくらいで。

――いいえ、あの人はほんものです。アウグスティーヌスのような食わせ者じゃない。高ぶったところなどこれっぽかりもなかった。山にこもって四十日間におよぶ物断ちの精進をしたとき、彼の身体にはキリストの傷と同じ聖痕が発現した。もっともその件について自慢顔をする人ではないが。

ド・セルビィはくすくす笑った。

――わたしがそれに言及すると、顔を赤らめたものだ。まるで百メートル競走に優勝したのをほめられた小学生みたいでした。

二人は一息いれた。話題はこれら二回にわたる聖なる会見から転じて、全世界の破局にかかわる恐るべきド・セルビィ計画についての一般的な考察が行われた。ミックは訊ねた――一撃のもと完膚なきまでに破壊しさるにしてはこの宇宙はあまりにも魅惑的で素晴らしい創造物じゃありませんか？

問いかけられた彼の表情はきびしくなった。いや、問題なのはこの地球だけなのだ。彼が抱懐している破壊計画は既に定められた宿命である。恐るべきではあるが、しかし避けがたい成行きなのだ。しかも彼個人に関するかぎりそれは神への務めである。この世界は腐敗している。人間社会は耐えがたい醜悪の極みなのだ。神はみずからの教会を建てられた。気まぐれな異神崇拝も、それが本質的に善であるかぎり、神は優しく見つめておられる。キリスト教は神の宗教である。しかしユダヤ教、仏教、ヒンズー教、そして回教もそれぞれに神の現われと看做しうるであろう。旧約、新約、バラモンのヴェーダ、コーラン、そしてゾロアスター教のアヴェスタ、これらはすべて聖典である。しかし実のところどの宗教もすべて腐敗し衰退している。全能なる神の導きによって彼、ド・セルビィがD・M・Pなる物質を見出すに到ったのは、つまるところ今日のあらゆる宗教から窮極的真理を守らんがためなのである。

——つまり、とミックは訊ねた。これは人類救済を旨とする第二の神慮というわけですか?

——そう言ってもいいでしょう。

——完全破壊による救済?

——ほかに途(みち)はない。すべてのものは呼び戻され裁かれることになる。

ミックはこの種の会話を続ける気になれなかった。もてなしのウィスキーのまろやかな香りにいささか陶然となってはいるものの、彼の心はド・セルビィの控え目を装った恐るべき主張に厚く覆われ、むかつく思いを味わっていたのである。この人は実のところわれこそは新たな救世主なりと主張している。そう考えるしかないではないか。冒瀆もここまでくれば道化じみてくる。でも……D・M・Pは実在する。それはわかっている、ハケットだって知っている。おお、どういうことだ、これは!

彼はこの訪問の本来の用向きを思い出した。今はもうコブル神父の名前を出すことに恥ずかしさも躊躇(ちゅうちょ)も感じられなかった。それどころかあの神父の人のよさを思ってほっとしたくらいであった。彼は喜んでもう一杯の酒を受けた——ただしこんどは量をシングルにおさえて。

——ミスタ・ド・セルビィ、卑俗な追従の辞と考えてほしくないのですが、正直のところ諸宗教比較論、神権政治、ならびに肉体的死および永遠の窮極的な不可量性に関するあなたの御高説には感じ入っている次第です。

——終末論は理性を駆使する人間の精神を魅了するに足る好個の主題と申せましょう。

——ところで、教会と言えばあたしの古い友人にコブルという神父がおりまして……

——コブル神父？　妙なお名前ですな（コブルは道路鋪装用の丸石）。あたしにはストーン神父という知り合いがおります。シトー会修道士ですが。

——待ってください、ミスタ・ド・セルビィ、コブル神父はイエズス会士です。

——ああ、結構な友人をお持ちですな、マイケル。

——掛け値なしのところ彼はまことに聡明な人でして、あなたとでも互角に議論を交せるでしょう。それは請け合います。哲学と教会史に造詣の深いかたですから。

——そうでしょうとも。なにしろイエズス会士というのはその分野ではよく鍛えられている——少なくとも自分ではそう思っている連中ですからね。

——来月ついたちの夕刻、あの人と一緒にこちらへ伺いたいのですが、御都合は如何でしょうか？　話の面白い人です——それは保証します。

ド・セルビィは気持のよさそうな笑い声をあげ、酒にほんの少し水を加えた。

——どうぞお連れください。彼は微笑を湛えて言った。この家に一番欠けているものといえば教養ある客人なのですから。もっとも仕事柄わたしにとって肝要なのは隠遁の生活なのですが。その辺の事情はわかって頂けますね。でもだからといって来客謝絶と出るほどのことはありません。ひとつ伺っておきましょうか、マイケル。

——どうぞ。何です？

——その神父は良いウィスキーに目がないほうですか、それとも赤葡萄酒がお気に召すのかな？

これは痛い質問だ。まだ会ってもいない人の好みをきかれるなんて。

——あの……そこのところはどうも。これまで何回か会いましたが、その時その時の成行きで……

——どっちみち心配はありません。うちには葡萄酒もたっぷりありますから。自家製ではありませんがね。

このようにして手筈は整えられた。しかしミックが玄関口でド・セルビィと握手したのはそれから少なくとも一時間は経過してからであった。ド・セルビィは唐突に話の方向を転換させて地方政治を話題にしはじめていたのである。それは彼としては珍しく自信のなさそうな領域で、時として踏み惑ったあげく戸惑いを見せもした。そしてミックとしてはここではじめて老練なガイドぶりを発揮できたのである。

9

　リフィ河の狭い河岸沿いに建つ大小不揃いで色とりどりの古い家並は、川面にうつる自分の姿をしげしげと見つめるかのように身を乗り出している。その家並に目をやりながらミックは気持よさそうに歩いていた。だがその目には思いつめたような表情がある。考え事をしているのだ。といっても陰鬱な気分ではない。ある考えがひらめいたのだ。きらりと光る、切れ味のいい、奔放とも言えそうな思いつき。この着想がうまくいったとしてもアウグスティーヌスの水中亡霊を雲散させるのは無理だろうし、ド・セルビィの神経精神症的倒錯を霧消させることは出来ないかもしれないが、しかし少なくともその着想によって自分にも何らかの手が打てることになろうという確信はある。人類に大破滅をお見舞いしようという冗談事ではない計画が実行されるのを、おそらくは永遠に、たしかなところ当座の間は、食いとめられる――その手を打ちさえすればきっとうまくいく。彼は満足感を味わっていた。どこか静かな店へ行こう、と彼は心をきめた。酒精飲料が飲めるところがいい。だがその店へ入ったら、断乎としてアルコール類は注文せずに、何か健康によくて、気分を爽快にする、無害なやつを一口やってみるとするか。すっきりとした頭で考えること――計画を練ること――それが肝要。

ところでコブル神父の件は？　彼と連れ立ってド・セルビィを訪ねるという例の約束は守るつもりだ。おそらく有益な訪問になるだろう。ハケットが手を引いたのはもっけの幸いだった。奴が同席するとかえって事が紛糾するおそれがある。いや、むしろ邪魔な存在なのだ。新しい着想を実行に移すに当っても、この点について同様の配慮が必要となろう。

いつのまにかダブリンの中心街にあるメトロポールに来ていた。映画館、レストラン、ダンス・ホール、酒場となんでも揃っている建物。酒は階下のラウンジで飲む。落着いた照明の、静かな店で、それぞれのテーブルは丈の高い黒ずんだ板仕切りで囲われている。地方から出てきた教区司祭たちのお気に入りの場所だ。給仕するのはウェイトレスだが、婦人客は入れない。

彼は席につき、酒精分のないヴィシー・ウォーターをとった。隣の仕切りにも飲み物が出される気配がする。姿は見えないが、その客の声に彼はどきりとした。まぎれもないあの喋り方。

――その壜への感謝をこめて、ねえ、かわいい娘っこ、あんたの魂の輝きを祈ってあたしはひたぶるにトゥールの聖マルタンへ九日間の勤行を捧げるとしよう。

こうとわかったからには。ミックは飲み物を手にして隣席をのぞいた。うまいことにフォトレル巡査部長はひとりだった。時代がかった丁重さで彼は立ちあがり手を差し出した。

――神かけてまさかとは思うけれど、これはどうやらあんたに探偵よろしくつけられていたようですな。

ミックは笑った。

――いや、まさか。静かなところで一息入れたかっただけです。ここだったら知り合いもいないだろうと思いましてね。

――なるほど。しかし天網恢々疎にして漏らさずってこともありますからな。

独りになりたいという漠然とした思いにとりつかれていたミックではあったが、巡査部長とばったり出くわしてみると、おかしなことにこれもまたよしという気になるのだった。それどころか彼は部長との出会いを実のところ喜んでいたのである。ドーキーの警察署に自転車を預けたままになっている件について彼は再び陳謝した。巡査部長は黒ビールのグラスから分厚い上唇を引きはがすようにすると、目くばせを以て免罪の申し渡しにかえた。

――かの自転車は天下の大道よりもはるかに安全な場所にでんとおさまっております。彼はしかつめらしく言った。

――お邪魔になっているのではないかと気をもんでおりました。

――錠をおろした第二号独房に入っている。あんたにしても暫くはあれと別れていたほうが健康上よろしいというものですよ。次の件について話して頂こうか。すなわち、あんたはブラック巡査を如何ように評価なさったか？

――このまえ会ったときの印象では、そう、とても愛想のよい人柄と見受けました。

――あんたの見受けたところ、あの男は何をしておりましたかな？

――パンク直しにおおわらわ。

——あはあー！

部長は忍び笑いをもらし、酒を一口すすると、かすかに眉をひそめて考えこんだ。

——そうすると七日間に三度目のパンクというわけか、と彼は言った。その声の調子にはわが意を得たりと言わんばかりの響きがあった。

——かなりひどいパンク率のようですね、とミックは応じた。運が悪いだけなんでしょうか、それとも道が悪いのかな？

——狭い裏道については市議会あたりで責任をもってどうにかしてほしいところだ。なにしろアイルランドでも最悪なんだから。ところでプラック巡査の自転車がパンクしたのは、月曜日　時半、水曜日の二時、それから日曜日は六時半という次第。

——いったいどうしてそんなことがわかるんです？　あの人は日記でもつけてるんですか？

——つけてはいない。本官が日時の詳細をがっちりおさえているのは何故か？　ナイフをもってするタイヤ穴あけ作業を実施したのは別人ならず、本官以外のなんびとでもないからである。

——驚きましたね。でも何故？

——巡査プラックの為を思えばこそ。ところでここに座っている間中、わたしは階上で上映中の発声映画について黙想的瞑想に耽っておりました。たしかに精巧偉業的科学の所産ですな。

——無声映画にくらべればたいした進歩です。

——あれの仕組みは御存知かな？

――ええ、まあ。光電管ですよね、あれは。

――そういうこと。光を音に変えられるものなら、音を光に変えることだって出来る道理じゃなかろうか？

――つまり音電管といったものの発明を考えていらっしゃるわけで？

――まさしく図星。とはいえたしかにそのての発明は難問中の難問でしょうな。わたしは折にふれて思いめぐらす――かの崇高なる米国憲法は如何なる光を発するであろうか？　朗読者はルーズヴェルト大統領。

――思っただけでも興味津々。

――アーサー・グリフィス（アイルランド自由国創建者の一人）の演説の光や如何？

――いいですね、まったく。

――チャールズ・スチュアート・パーネル（アイルランド自治党首領）はある信念を抱いておった。アイルランドの苦難と悲哀はすべて緑を深く愛する心情に由来する当然の帰結である、と心から信じていたのだ。諸君、緑の旗もて我を包め。かの偉大な人物の演説を音電管なる小さな密室（セル）に入れたとしよう。（そういえば彼自身何か月も独房（セル）に入れられたものだった）そのとき、あざやかな緑光が輝きわたるとなれば、われらの赤き血も沸こうというものじゃないか。

　これを聞いてミックは笑い声をあげた。奇抜な着想に彼も浮き浮きしていたのである。そういえば、と彼は考えた、だいぶ前のことだけれど、光を「演奏する」オルガンがあったような気がする。演奏とともに多彩な光が映写幕に投射されて魅惑的な模様が浮きあがってくる仕掛けだ。でも巡査部長が考えているのはあれとも違う。

――そう、肉おどるというところです。カルーソーの声の色はどんなでしょう、それに「サリー・ガーデンにて」を歌うジョン・マコーミック（アイルランド生まれのテナー歌手）の声は？　でも変ですね、部長さん。あなたがブラック巡査のタイヤを何度も何度もパンクさせたのはどういうわけなのですか？

部長は手招きでウェイトレスを呼び、おかわりを頼んだ。自分には黒ビール、友人には「それ」の小壜。それから内々の話をするように身を乗り出した。

――あんたは分子ってものを御存知か？　話にでも聞いたことがおありかな？

――知ってます、もちろん。

――あんたが驚愕あるいは驚倒されるかもしれないが、ドーキーの教区においては分子説が現実にその影響力をあらわしているのですぞ。

――急にそう言われても……どういうことやら。

――恐るべき破壊力を発揮しておる、と彼は続けた。住民の半数はその影響下にある。天然痘よりたちが悪いのだ。

――保健所の医師か小学校の先生に処置をまかせるわけにはいかないのですか？　それともそれぞれの家庭で一家の長たる者が処理すべき問題なのでしょうか？

――何がなんでもなんでもかんでも責任の所在は州議会にある。彼はほとんど噛みつかんばかりの勢いで答えた。

——こみいった問題のようですね、まったく。

深々と考えこんだ部長は感慨深げに酒をすすった。

——マイケル・ギラーニィ、わたしの知人なんだが、と彼はやっと口を開いた。あの男なんかは分子説の作用から危機一髪のところで救出されたいい例だ。事情を知ればあんただってその不気味さに度胆を抜かれること必定でしょうな——彼はあやうく自転車になるところであった。

不得要領のままミックは失礼に当らぬ程度に頭を横に振った。

——おおまかなところ六十歳に近い老人なんだが、と巡査部長は言った。まあ一応六十として、そのうちの三十五年間あの男は自転車に乗っていた勘定になる。ごつごつの悪路を乗り廻し、でこぼこの山路を上ったり下ったり、冬のさなかには道なき道のどぶどろ道に突っこみもした。時計の振子よろしく行ったり来たり、来る日も来る日も自転車に乗りづめだった。彼の自転車が月曜日ごとに盗難にあうということがなかったら、今頃彼は間違いなく半道以上は行ってることだろう。

——はんみちってどこまでの半分ですか?

——彼自身が自転車と化す道程のなかばってことさ。

さすがのフォトレル巡査部長も酔余の戯言(ざれごと)を口走りはじめたのか? 彼独特の奇想の数々は普通であれば聞いて楽しいかぎりなのだが、こうまで意味をなさなくてはしらけるばかりだ。ミックがその趣旨のことを口にすると、巡査部長は苛立(いらだ)たしげに彼をにらみつけた。

——若い頃あんたは分子説とまともに取り組んだことがないのか、と彼は訊ねた。いえ、とミックは答えた。細かい点はぜんぜん。

——それはまことに由々しき欠損、深甚（しんじん）悪質な欠陥ですぞ、と彼は厳しく極（き）め付けた。ではおおよそのところを説明しておこうか。すべてのものはそれ自身の微細な分子で構成されている。それぞれの分子は中心を同じくする円、円弧、弓形をはじめとして一々その名を挙げえないほど多種多様なルートを飛びまわっている。それは決して静止あるいは休止することなく、ただひたすらに旋回する。ここかとみればあちらへと突進し、一瞬のいとまもなく精力的に活動しているのだ。すっきりとおわかり頂けるかな？　分子ってやつのことを？

——わかってるつもりです。

——ひらっぺたい墓石のてっぺんでジッグダンスを踊る二十人の妖精みたいに活発なんだ。さて、羊を例にとってみよう。羊とは何か？　羊性を備えた何百万もの微細な分子がその動物の内部で微妙に震動しながら旋回している。羊とはまさにこのようなものなのである。

——そうすると羊はひどいめまいを感じてるに相違ありませんね、とミックは見解を述べた。頭の内部でも旋回運動が行われているんでしょうから。

部長は彼を一瞥した。それは疑いもなく「無能力の申し立て（ノンポスユマス）」を宣告し、「われに触れるな（ノウライミタンジーリ）」と命じている眼差しであった。

——向うみずなことこのうえなしの暴論だ、と彼は鋭く断定した。なぜならば神経組織および羊頭それ自身も同様の旋回運動を行っている以上、それぞれの渦巻きは相殺される訳合いなのだから。たとえば割算を考えてみるがいい。横線の上と下に五という数字を置けば、約分されて答えは一になる道理じゃないか。

——正直のところそこまでは考え及びませんでした。

——分子説は複雑きわまる原理であって、その考察には代数学の深遠な知識を要する。しかしあんたあたりだと定規とかコサインとかそういうありふれた道具の助けをかりて、少しずつかじっていきたいところだろう。しかしそんなことでは折角の努力の甲斐もなく、何が何やら五里霧中になるのがおちだ。そういう事態におちいったら、初手からやりなおすのが結局のところ近道というものだ。ホールおよびナイト共著になる代数学教科書に記述されている事実および数字計算を正確に自分のものとし、そこから始めてやがては難問に取りつき、生半可な疑問点を残さぬように努めるがよい。頭のなかに中途半端な疑問が残っているのは、ベッドのなかに飾りボタンを置き忘れたのと同様になんとなく落着かないものだからね。

——そのとおりです。ミックもその点は異論がなかった。

——鉄のハンマーを揮って何回も石を強打すると、幾らかの石の分子がそのハンマーのなかに入りこむ。その逆もまた真。

——それは周知のことです、と彼はうなずいた。

——その総体的かつ掛け値なしの帰結として、鉄製自転車にまたがってごつごつの悪路を行くことに人生の大半を費す男の人間性には自転車性の混入現象が認められる。それぞれの分子の相互交換に起因する事態である。田園地帯において半人半自転車と称すべき人間がどのくらい存在するか。その数を知ったらあんたも嘆声を発するであろう。

驚嘆のあまりかすかに喘ぐミックは、ひどいパンクで空気が噴出するときのような声を出した。

――いやまったく、おっしゃるとおりのようです。

――すました顔で人間性を身に帯びている頑健な自転車の数を知ったら、口をあんぐり声も出るまい。

人前ではめったにやらないことなのだが、部長はここでパイプを取り出した。へこんだ罐からひどく色の濃い刻み煙草をつまみだすと、注意深くパイプに詰めはじめる。ひっそりと黙りこくったままである。ミックは青年の日々を過した田園の情景の数々に思いを馳せていた。とりわけ気に入っていたあの場所が目に浮かぶ。

道の両側に褐色の沼地と黒い沼地がきちんと並んでいる。そこかしこ、泥炭が箱形に切り取られたくぼみ。その一つ一つの黄褐色の溜り水。遥か彼方、地平線に近いあたりに、豆粒ほどにみえる人たちが腰をかがめて仕事をしている。特製の踏み鍬で泥炭をきちんとした形にすきおこし、積みあげる。さながら馬の背ほどの高さの記念碑。働く人たちの声が西風に運ばれてくる。笑い声、口笛、とぎれとぎれに聞こえるひなびた民謡、前景に一軒の家。それを守るように三本の木が立っている。家の周囲には陽気な鶏たちの一群。餌をついばみ、地面をつつき、けたたましくいがみあい、せっせと卵を産んでいる。家そのものはひっそりと静まりかえっている。それでも煙突からゆったりと煙が立ちのぼり、屋根をかすめてたなびくのを見れば、家人はそれぞれの仕事に精出しているのだろう。前方にのびている道は平地を素早く駆け抜け、一息入れてからゆっくりと登りにかかる。丈の高い草、灰色の丸石、葉を繁らす雑木林。頭上には、茫漠として測り知れず、筆舌に絶するたぐいまれな天空。ミスタ・ジァーヴィスの離れ家の右手二ヤードのところに、ひとかたまりの美しい雲が動く気配もなくぽつねんと浮かんでいる。

この情景にはたしかな現実感がある。それは議論の余地がない。しかし巡査部長の話を考えあわせると、妙な違和感が忍び寄ってくる。奇怪至極なことではないか、遥か彼方で泥炭をすきおこしている豆粒ほどの人たちが実は半ば自転車だなんて。彼は横目で部長を見た。泥炭みたいな煙草を詰めおえ、マッチ箱を取り出したところだ。

――人間性を備えた自転車というのはたしかなんですか？　ミックは詰問した。原罪説と矛盾しませんか？　それに分子説はあなたが考えているほどに危険なものなんでしょうか？

部長は激しくパイプを吸いつけていた。マッチがぱちぱちはねている。

――考えているよりも二倍から三倍ほども危険なのだ、と彼は暗い声で答えた。朝もまだ早い時分にはこれは四倍だぞと考えることがよくあるくらいだ。二、三日でいいからたっぷりとっくり観察と視察に専念なさるがいい。その危険性に関する確実性の確かさが如何に確実であるか、あんたにも納得がいくだろう。

——見たところブラック巡査は自転車らしくありませんでしたがね、とミックが言った。後輪があるわけでもなかったし、右手の親指にベルもついてはいなかった。

部長は幾分かの憐みをこめて彼を見た。

——彼の首からハンドルがにょっきりなんてことを期待しても無駄ですな。それよりもなによりも、わたしは彼がなんともわけのわからんことをやってる現場を見ているのだ。自転車、いや、自転車人間の奇妙な振舞に気づいたことがおありかな？

——ありません。

——あれは悲劇的破局というほかない。事態があまりにも進行してしまうと、かえって極端に特異な点は見せなくなる。というのは、そうなると片肘を壁に当てて寄り掛かっているとか、小路で片足立ちをしているとかいう時間がやたらに多くなるからだ。この種の人間は鮮烈かつ不可思議な現象から生まれた役立たずであり、しかも非常に危険な存在なのだ。

——他人に危害を加えるというわけですか？

——自分自身ならびに万人にとって危険なのだ。かつてわたしはドイルという名の男を知っていた。彼は三十一パーセントだった。

——それくらいならたいしたことはありませんね。

部長はせわしなくパイプをふかしている。やっと火がつきかけたところなのだ。

——まあね。あんたもわかりかけてきたようだな。ドイルは三人兄弟でね。ひどい貧乏だったものだから自転車にしても一人一台とはいかなかった。貧しいってことがどんなに幸運なのか、わかってない人が多くてね。しかし間の悪いことに三人兄弟の一人が十ポンドの懸賞金を射とめてしまったのだ。その噂をかぎつけたわたしはあの一家における新車二台の増加を阻止するため迅速かつ適切な措置を講じなければならぬと思った。おわかり頂けると思うが、右の措置が必要だったのは、わたしが自転車を盗み出す作業にいくら励もうとも、その月間達成件数には限りがあるからなのだ。運がいいことに、わたしはこの地区担当の郵便配達夫と懇意にしておった。そこで奴に談じこんで、問題の小切手をわたしに配達するよう話をつけたのだ。話のわかるいいやつだった。ちょこまかと働きすぎのきらいがあったな、あいつも。

この公僕の思い出に心を動かされたらしく、部長は哀愁と嘲弄とが入りまじる忍び笑いをもらし、赤味を帯びた両手をひろげて微妙な身振りをした。

——すると配達夫の場合は？　ミックが訊ねた。

——七十二パーセント。彼は静かに答えた。

——それはひどい！

——毎日二十九マイルの受持区域を自転車で巡回する。雨、あられ、おまけに雪、何が降ろうとおかまいなしに四十年間。彼の数値を五十以下にさげる見込みはほとんどなかった。ところで例の小切手だが、彼の才覚で現金化し、公共の利益をおもんぱかったうえ温情主義にのっとって、二人で山分けにしたのだ。

妙といえば妙な話だが、ミックには巡査部長が不正を働いたとは思えなかった。部長の言うとおり、むしろ情にもろいがゆえの処置だったのだろう。郵便配達夫については、七十二パーセントという数値を斟酌すればその行為の倫理的妥当性を問うのは酷というものであろう。

このような状況で人間化した自転車自体は通常どのような行為をあらわすのであろうか？　ミックはその点を部長に訊ねた。

——ホモ・サピエンス含有量が極度に高まっている自転車の行為は狡猾きわまりなく、非凡としか言いようがないのである、と彼は説きおこした。それが自力で動く現場を目撃した者はいない。しかし何とも説明のつけようがない場所でばったり出くわすことはよくあるのだ。自転車が暖かい台所の食器棚なんぞに寄り掛かってるのを見たことはないかね？　外は土砂降りなんてときに？

——あります。

——暖炉からたいして遠くないところに？

——ええ。

——家族の会話が聞こえるくらいの場所で？

——まあそんなところ。

——食料を貯えてあるところからとんでもなく離れてはいない？

——それは気がつきませんでした。このての自転車は食事をする？　あんたまさかそんなことを言い出すつもりじゃないでしょうね。

――飯にありついている姿を人に見られたことはない。やつらが種入れケーキを頬ばっている現場をおさえた者はいないのだ。わかっているのは食料がなくなるという事実だ。

――なんですって！

――このての連中の前輪にパン屑を見つけたのは一度や二度のことではない。気勢をそがれた思いでミックはウェイトレスに合図しておかわりを注文した。巡査部長は大真面目なのだ。その点は疑問の余地がない。聖アウグスティーヌスをめぐる大いなる謎。その解決に当って適切な助言を期待していた人物がこのありさまとは。彼は妙に気が重くなるのを感じた。

――それを気にする者は一人もいない、と巡査部長は低い声で言った。ステーキがなくなったのはパットのせいだとトムは考え、トムが怪しいとパットは思う。かくも恐るべき侵害行為がなされている家に住みながら、事の重大性に気づく者はほとんどいない。ほかにもいろんな例があるのだが……いや言わぬが花というところか。

――そうおっしゃらないで、部長さん。ほかの例というと？

――そうだな、たとえば婦人用自転車を愛用する男。堕地獄の不倫もここにきわまれりというところだ。教区司祭はその権限においてかように品性低劣な奴が教会に鼻っ先を突っこむのを断乎として禁ずべきであろう。

――ええ……たしかに見苦しい行為ですものね。

――かかる危急の事態に臨んで決然たる処置をとりえぬ民族たるは憂うべきかな。弱腰のままでいるならば、いつの日か自転車どもは選挙権を寄越せと言い出すであろう。やがては州議会に議席を得て悪路奨励法案の通過を画策することになろう。それがやつらの窮極の目的なのだから。しかし一方それにもかかわらず、善良なる自転車は好伴侶にして良友、魅力にあふれた存在なのだ。

——それにしても、もう二度と自転車に乗る気がおこりそうにありません。あたしのはドーキーの警察署でお手数をかけているわけですが。

部長は愛想よく頭を横に振った。

——なんのなんの。ほどほどこそ事の妙諦（みょうてい）と申しましてな。適度であれば健康によろしい。鉄分もとれることだし。あんまり遠くまで、あんまりしばしば、あんまり速く、となると歩くことにしたって安全じゃなくなる。歩けば足が道路にかちんと当る。当れば道路がわずかながらも身体に入る。そういう理屈。人は死ぬと土に戻ると言いならわされているが、歩きすぎると死期をも待たず時機尚早にして土っぽくなってしまう（あるいは生きながらわが身をほんの少しずつ道路沿いに埋葬しつづけると言うべきか）。こうして死をこちらへ半道ほども呼び寄せる結果になる。ある場所からほかの場所へ移動する最善の方法は何か？　そこのところを明らかにするのは容易ならざるわざであろう。

しばらく沈黙。空路はどんなものでしょう、とミックは言いかけた。もっぱら空の旅にかぎれば如何なる影響も受けずにすむではないか。しかし彼は言葉を呑みこんだ。費用の点で部長が難癖をつけるのは目に見えていたからである。ふと気がつくと部長は顔をくもらせてパイプの火皿をのぞきこんでいる。

――ある秘密を内密に洩らすとしますかな、と彼は低い声で言った。埋葬されたときわたしの祖父は八十三歳だった。死ぬ前の五年間というもの彼は馬であった。

――うま？

――外面的な外的諸特質を除くあらゆる点において馬そのものだった。というのは多年にわたり――それも安全度をはるかに越えた年月を馬上で過したせいなのだ。ふだんは物憂げで物静かな人なんだが、時折威勢のいいギャロップで突っ走り、みごとな跳躍姿勢をみせて垣根をひらりと跳び越えたものだった。四足獣ならぬ二本足の人間が四足を宙に浮かせるギャロップで疾駆する図にお目にかかったことがあるかね？

――あるはずないです。

――とにかくみごとな眺めだった。若い頃にはグランド・ナショナル（リヴァプール市で行われる大障害物競馬）で優勝したもんだ、というのが爺（じい）さんの一つおぼえの自慢話でね。どんなに高度の跳躍技術でこなしたか、どれほどの高度に跳びあがったか、そんな話を耳にたこが出来るほど聞かされて家族一同閉口したものだった。

――つまり御老人は乗馬のしすぎが原因でそんな状態になってしまったというわけで？

――まあそんなところだな。祖父の愛馬ダンの場合はそれを逆にしたようなもので、これもまたいろいろと面倒をおこしたものだ。夜になると家のなかにのこのこ上りこんできたり、昼間は昼間で娘っ子にちょっかいを出したり、告発さるべき犯罪の数々をおかしたので、結局は射殺するほかなかった。当時の警察は情容赦がなくてね。その馬が始末されないかぎりこれを逮捕し次回の小治安法廷に引きずり出さざるをえない旨の通告をしてきた。そこで家族の者は彼を射（う）ち殺したわけだが、今にして思えば射殺されたのはうちの祖父であり、クロンクーンラ墓地に丁重に埋葬されているのは馬のほうなのだ。

部長は複雑な家系を思って沈思黙想のていであったが、それでもかろうじて気をとりなおすと、パイプをあげてウェイトレスを招き寄せ、百薬の長のおかわりを命じた。

——考えようによってはおじいさんの場合はまだましなほうじゃありませんか、とミックは感想を述べた。つまりですね、馬は少なくとも生き物ですし、それも人の良き伴侶なんですから。実際どこへ行ったって馬は高貴な動物と看做されていますよね。ところで、もしそれが豚だとしたら……

部長は顔をあげ、彼に向かって晴れやかにほほえみかけると、満足そうにパイプを深々とふかした。

——有難いもんですな、そう言ってくださるあんたの御懇篤なるお心遣いは。礼節礼譲の士とはまっことあんたみたいな人だ。アイルランド人は馬に対して絶大な敬意を抱いておる。グランド・ナショナルの優勝馬たる不滅の駿馬（しゅんめ）ティペラリ・ティムが死んだとき、敬愛すべき大司教みずからその場に臨まれたのは知る人ぞ知る。居並ぶ剛毅の男たちも涙したそうな。

——ええ、それにナショナルで優勝した名馬オービィの例もありますよ。彼は今もあのサンディフォードで眠っています。

——ああそうだね。そういえば風より疾（はや）き名犬マスター・マクグラスがいたな。わたしの母の生まれ故郷ティップでは、十字路に彼の彫像がたっている。

二人ともこれら優れた動物たちとのかかわりあいに思いを馳せて心をなごませた。もっともミックとしては長期間に及ぶ肉体的相互衝突の過程を通じて彼らの仲間に同化するのだけは御免蒙りたい心境であった。

——さて、部長さん、われわれが少なくとも一つの問題について完全なる合意に達したのは喜ばしい次第です。ところが鉄製自転車との関連における人間の変容となると、これはまったく趣を異にする問題です。しかもこの件につきましては、肉体的組織と金属性組織との怪異な変換以上に重要な問題点が残っていると考えられるのです。

——というと何だろう？　部長は好奇心をむきだしにして訊ねた。

——すべて堅実なアイルランド人たるものはすべて然るべき民族的特質を堅持していなければなりません。しかるにアイルランドで使用される自転車は事実上一つ残らずイギリスのバーミンガムあるいはコヴェントリー産なのです。

——これはたしかに問題ですな。なるほどねえ。しかも陰謀のにおいがする。反逆罪か、まさしく。どうやらミックの指摘は巡査部長の盲点を衝いたらしかった。問題点を検討する彼の眉間には深い皺が刻まれた。やがて茫然とした面持でパイプをふかし、やにだらけの指で火皿に煙草を詰めかえる。

——いやまったく、と彼は暫く間を置いてから言った。自転車は派手な社会問題として陽気に囃（はや）し立てる筋合のものじゃない。わたしの若い時分にゃ絞首刑もんだったからな。

――きびしいもんですね。

――そのとおり。あの頃わたしはポリソケインに駐在しておった。あそこにはマクダッドという名士がおってな。マクダッドは中実タイヤ自転車百マイル競走のアイルランド記録保持者だった。中まで堅い中実タイヤのことだ、それが彼にどんな影響を与えたか仔細に語る必要はあるまい。問題の自転車に絞首刑を執行するほかなかったのだ。

――どうして自転車を吊すようなことになったんですか？

――マクダッドはマクドナヒーという男に深い恨みを抱いた。しかし彼はマクドナヒーに初手から強く出るのはまずいと思った。事態がどうなっているか、彼はぬかりなく心得ていたのだ。彼はかなてこを振りかざしてマクドナヒーの自転車に襲いかかり、さんざん打ちのめした。そのあとでマクダッドとマクドナヒーは素手で殴り合った。いずれが勝者として生き残ったか？　かわいそうにマクドナヒーはついにそれを知らずに終った――眼鏡をかけた黒髪の男だったが。

――それじゃ典型的な故殺事件じゃないですか？

――事件担当の巡査部長はそれとはいささか異なる見解を持っていた。彼もこれが最も憎むべき殺人であり悪質きわまる犯罪行為であるとする点では人後に落ちなかった。しかしマクダッド本人の確認に手こずった。つまり彼の実体がいずれにあるか早急には立証しえなかったのだ。われわれは彼と彼の自転車とを同時に逮捕し、一週間にわたって両者をひそかに観察した。マクダッドの実質的過半を包含しているのはどちらなのか、自転車のおおよそは実のところマクダッドの臀部（でんぶ）に身をひそめているのではあるまいか、同様の趣旨でその逆も考えられるのではないか、そういったさまざまな疑問点を観察を通じて解明しようと試みたのだ。話の要点は御理解頂けるでしょうな。

——ええ、まあ。でも共犯の可能性だって考えられるんじゃありませんか？

——あるいは然り、あるいは然らず。一週間の観察期間が終ると、例の巡査部長が裁断を下した。彼の立場は苦渋にみちたものだった。勤務時間以外はマクダッドの無二の親友だったからだ。有罪を申し渡されたのは自転車のほうであった。判決に従って自転車は吊されたのである。

まことに直截簡明な即決裁判とミックには受けとれた。それにどうやら正式の法廷手続き抜きで判決が下され、かつ執行されたらしい。

——もしかすると事の運びに運び違いがあったのではあるまいかという気がするのですが、と彼は感想を述べた。

——あらっぽい時代でしたからな。部長は思慮深げにパイプをふかしながら答えた。しかしお通夜は盛大なものでした。そして自転車はマクドナヒーと同じ墓地に埋葬された。自転車型棺桶というのを見たことがおありかな？

——いいえ。

——ひどく手のこんだ木工細工でしてね。とびっきり腕のいい棟梁(とうりょう)にでも頼まなくてはペダルはおろかハンドルのあたりだってうまくこなせるもんじゃない。

——そうでしょうねえ。

——まったく。中実タイヤで走りまわりしかのときはアイルランドにとって悲哀の日々であった。部長はまた黙りこくった。彼の脳裡に打ち寄せる追憶の潮流のやさしい波音が今にも聞こえるかと思えるほどであった。

——それとはまったく趣を異にする悲劇的状況もあった。そういえばあの年寄りがいたっけなあ。罪のない好々爺なんだが、その歩き振りの奇妙さかげんたるや見る者の気を動転させるに充分だった。ゆるやかな坂道なんかを登るときは時速半マイルほどしか出ないのだが、場所によってはおっそろしくすっとばすことがあって、時速十五マイルはかたいと思えるほどだった。いやまったくほんとの話。

——どうしたんでしょうね、その老人は？　原因をつきとめた人はいなかったんですか？

——ここに一人の聡明、明快な快男子がおった。つきとめたのはかの人、つまり、ほかならぬこのわたしだ。さて、哀れな老人乱調の原因は何だったと思われるかな？

——さあ。何だったんです？

——彼は新式伝導装置のいたましい犠牲者であった。世紀の替り目に三段変速ギアをとりつけたのはそのあたりで彼をおいてほかにいなかったのだ。

——なるほど。先駆者の歩む道は思いもよらぬほど多難なものでしょうからねえ。そういえば、競走用自転車のサドルには特製スプリングが仕込んであるそうじゃないですか。まったくねえ、うまく考えてありますよねえ。ところで、今日は早目に帰宅することになっていますんで、おつもりはあたし持ちにさせてください。

ミックはウェイトレスに合図した。

——そうそう、部長さんに伺っておきたいことがあります、と彼は言い足した。

飲み物が運ばれてくる間、彼は——大仰に言えば——沈思黙考した。部長の長広舌と深遠な主題はたしかに興味深かった。彼をド・セルビィ小型版と呼んでも当らずといえども遠からずというところだろう。ド・セルビィのことは相変らず気になってしかたがない——昼夜の別なく心につきまとう強迫観念に近い。それでも今は一つうまい考えがある。精妙かつ大胆な計画だ。つまり巡査部長を当人がそれと気づかぬうちにさりげなくこの一件に巻き込んでしまおうというのだ。これこそ賢明にして明敏な策略。部長が自分から進んで何かを嗅ぎ出すように仕向けることが出来さえすれば、へまをしでかす才能にかけては折紙付きの彼のことだから結局はド・セルビィの計画をぶちこわすことになろう。ハケットにもやってもらいたい役割がある。巡査部長の場合と同様に、当人は割り当てられた役割をそれと知らずにやってのけるという寸法だ。計画決行の日時ならびにタイミングは今やただ一つの事にかかっている。すなわち、ド・セルビィはどのようにしてあの恐るべきD・M・P物質を世界中に同時にばらまこうとしているのか、その点を探り出さねばならない。そのうえで、ドーキーの海中洞穴では可能であったような密封状態、つまり一種の絶縁状態を未然に防ぐ必要がある。

可及的速やかに所期の目的を達成するには如何にすべきか、彼にも見当がついていなかった。いくら時間をかけて脳味噌をひっかきまわしてみても、この偉大な責務を成就するための妙案は浮かんでこないのだ。何万台にものぼる航空機を擁する強国といえどもかかる大事業を前にしては二の足を踏まざるをえないだろう。ド・セルビィが接触しているのはいかにも超自然的な関係筋のように思えるわけだが、さりとて対抗上こちらも天使の一連隊を呼び出せるかといえば、それは甚だ疑問である。そうは言っても全能なる神がド・セルビィなる存在を嘉し給うているかどうかの証拠はない。いや、むしろ神はこちらの側に立っておられると考えたいところなのだ。

——フォトレル巡査部長、と彼は改まった口調で切り出した。ヴィーコ・ロードのミスタ・ド・セルビィなる人物を御存知かと思いますが。

部長の眉にかすかな皺が寄る。

——堂々たる模範的紳士ですな、と彼は応じた。しかしいささか強情で官命無視のきらいがある。これは幸先がいい。敬意に入りまじる猜疑の念。

——おっしゃるとおり。あの人のことはかなりよく知っているつもりですが、どうも気懸りなふしがありまして。森のなかのあの家で彼はいろいろと実験をやっています。御存知でしょうが、彼は科学者なんです。

——ああ、そうね。聖なる世界のおぼろなる神秘を非情にも穿ち抜かんとする種族の一員だな。

——彼が法を犯しているなぞと言い出すつもりは毛頭ありません。ただ、あたしに言えるのは、彼が社会を危険にさらそうとしているということなのです。彼の実験の成果が抑制不可能となるおそれがあり、その当然の結果として恐るべき疫病蔓延の危険をはらんでいることを彼は自覚しておりませんし、おそらくその点について他人の説に耳をかすこともありますまい。ひとたび不測の事態が発生するならば、どれほど多数の人たちが蠅のように死に、悪疫が猖獗をきわめるに到るか、なんびとたりとも知るよしがないのです。災害はこのダブリンおよびドーキーにとどまらず、おそらくイングランドをはじめとする世界各地に及ぶでありましょう。

部長はパイプに火をつけなおしていた。

――これは最も好ましからざる失禁ものの情報ですな、と彼は言った。自転車問題よりも始末に悪い。

――問題をそのように受けとって頂ければお話しした甲斐があったというものです。部長さん、あなたは職責外のことにまで精励恪勤する見上げたかたです。そういうかただからこそあなたは自転車禍に悩む人たちの苦しみを和らげるためにわざわざ自転車を盗んであげたのですし、ブラック巡査のタイヤをパンクさせる労をおいといにならなかったのです。

巡査部長はわが意をえたりという様子をむきだしにした。それはミックの思う壺であった。

――わたしだって上司第一とかしこまっていることもあるんですよ、と部長は言った。しかし本官にとって何よりも大事な務めは同朋諸氏の守護者たることなのです。これまで幾つか例をあげたように、時には人間たる自分からはずれる人もいるのですからねえ。すべての人がこの複雑な世界の予知し難い危険を熟知しているわけじゃないんだ。

――まったく同感です。偶然知ったのですが、ミスタ・ド・セルビィは腸チフス菌の人工培養を行っています。腸チフスは非常に危険な疫病で、発疹チフスよりさらに悪質です。

――悪質なる悪疫。

――そう。

――周到細心なる備えを以て反撃すべき無差別的悪化。

――ミスタ・ド・セルビィは何千万個にものぼるこれらの細菌を小さな樽型金属容器に収め、自宅の金庫に保管しています。

――金庫にねえ。

――ええ。人類のためをおもんぱかって、あたしはこの危険な微生物が詰まっている容器をかの科学者の家から運び去ろうと計画しております――言ってみれば盗み去ろうってわけです。そのあとでどこか安全な場所に隠すつもりです。

――ああ！　なるほどねえ！　盗んじまうんですか？　いやまったく。そういう事情であれば、当該窃盗行為に侮辱的軽蔑的含蓄はなしとしなければなりますまい。

――そうおっしゃるからには、部長さん、あなたの協力を当てにしてもいいのですね？

先程来の巡査部長の緊張した表情は、にわかにたるみを見せはじめていた。窃盗行為といっても、危険物だか何だか知らないが、とにかく金銭的には無価値なものを運び出すだけだと知って、気が楽になったらしい。

――協力をおしまないだけではなく、進んで罪の宥恕(ゆうじょ)を保証しよう。しかし金庫にしまいこまれているとなると。金庫破りの技術にはうといほうなんでね。

――こちらも右に同じでして。火薬でぶっとばすとか強引にこじあけるのは、中味が中味だけにあぶなっかしすぎるやり方ですよね。しかしその種の危険を冒すには及びますまい。見たところ頑丈な大型金庫ではありますが、とにかく旧式な時代物なんです。ほら見てください。

上衣(うわぎ)の小さな内ポケットからミックは一本の鍵を取り出した。

――なにしろわれらが友はひどく無頓着な男でしてね、と彼は言った。いやむしろその不注意なこと犯罪的と申しましょうか。うっかりもいいところなんです。これが問題の金庫の鍵です。最近訪問した際に彼の居間の床から拾いあげたものです。

――おやおや。巡査部長はしまりのない声をあげた。

――為(な)すべきことは至極簡単です、とミックは言葉を続けた。まず決行の夜にミスタ・ド・セルビィが在宅していないよう段取りをつけておく必要があります。その点はあたしがうまく取りはからえると思います。さほど厄介なことではありますまい。彼が他出すれば、あの家はまったく無人になります。押し入ったら手早さが肝要です。

――手は早く、時は短く。

――容器を手中にしたらそれを藪(やぶ)の中に隠します。ヴィーコ・ロードに面した小さな門のわきあたりがいいでしょう。そしておのおの帰宅する。翌朝早くあたしがタクシーで乗りつけて、それを取ってくる。それからあとのことはあたしにおまかせを。ところで、ちょっと気懸りなことがあるんです。まあたいしたことじゃないでしょうけれど、あの家の中にどうやって入りこみましょうかね?

——気むずかしく考えるまでもあるまいよ、と部長はにこやかに応じた。あんたの話にもあったように相手はうっかり男なんだから、あたしが窓にうまいこと細工しよう、すっきりすんなりするりとね。

——でも窓ガラスはこわさないでくださいよ。彼が危険に気づいて警戒態勢をとるようになると、あとあとまずいことになりますからね。

——心配無用。わたしは上等のナイフを持っているんだ。

——ああ、さすがですね、部長さん。これで手筈はすっかり整った。そう考えてよろしいですね?

——決行の日時のほかはね。

——そうでした。それは時をたがえずお知らせしましょう。

ミックは席を立った。そして名うての陰謀者が心を許した共謀者にするように、手を差し出した。部長はそれをがっちり握りしめた。

——アダムの種族を防衛し、その保全をはかる大義のために。彼はおごそかに唱えた。

10

その後しばらくミックは静観と静養の日を過すことになった。これもまたよしと彼は思った。D・M・Pの脅威への対応策のめどがついた今となってみれば、いたずらに血気にはやって性急に事を運ぶのは百害あって一利なしと判断したのである。これはおれが練りあげた計画だ。その実行に当って本当の意味での主役は本当のところおれを措いてほかにはいない。ほかの連中、つまり、ハケットとフォトレル巡査部長の二人はどっちみち脇役にまわってもらうことになる。この際あの二人と顔を合わせない算段をするのが上分別というもの。秘密厳守が肝心。会えばあの連中、とりわけて穿鑿好きのハケットは次々と質問を浴びせてくるだろう。それをうまくはぐらかすのはひと苦労というものだ。

メアリはロンドンへ行ったきりだった。おそらく彼女が戻ってくる前に、こちらはコブル神父との会見、それから二人連れ立ってのド・セルビィ訪問という予定を消化し終えているだろう。この訪問はおのずからなる成行きの第二段階であって、いくらじたばたしても今更予定を繰り上げるわけにはいかないのだ。暗澹たる情況ではあるけれども、一週間くらいのことは大勢に影響あるまい。それにあのド・セルビィのことだ、概略を話してくれた悪魔的策謀を胸に抱きながら悠然とかまえているあたり如何にも彼らしい振舞ではないか。それにしても例の恐るべき化学製品を時を同じくして全世界にばらまくために、どのような手段を講ずるつもりなのか。しかし、実のところその点に関するミックの好奇心は急速に薄れていた。こちらで計画している安直な方法がうまくいけば、この問題については純粋に学問的興味しか残らないことになるはずだからである。

こうして彼はひっそりと、ほとんど優雅ともいえる数日間を過した。人にはわかるまいが今や自分は重要人物なのだ、という思いが折りにふれて彼の脳裡をかすめる。途方もない対決の勘所をさりげなくおさえているのはほかならぬこの自分なのだ。この危機に臨んで、強靭冷徹なること鋼鉄のごとき彼の神経をいやがうえにも強化しているものがあるとすれば、それは何か？　答えは明らかである。その秘密はヴィシー・ウォーターなる鉱泉水にある。

毎日の平凡単調な仕事の勤めぶりは、ふだんより一層おざなりになっているかもしれない。夕方になるとたいていは近くのブラックロックでひと泳ぎする。それから鉱泉水を二、三杯。そして帰宅、早目に就寝。険悪な展望、前代未聞の異化作用の展開を目前にしながら、自分はド・セルビィその人と張り合うかのように悠然たる紳士的姿勢を持して乱れることがない。彼はそういう自分にいささかの誇りを感じているのだった。

しかしながら、ある日の昼食事に彼はささやかな付随的行動に出た。もともと例の計画の一部なのだが、いわばさりげない細心さを以てやってのけたのである。彼は総じて家計には無頓着で、入ってくる金は考えもなく右から左へ使ってしまうし、生きること自体についてもどちらかといえば定見のないその日暮しが性に合っている。そういうわけでこれまでのところ銀行預金には縁がなかったし、小切手を切るなどという御大層なことはやったためしがなかった。そういう彼が今やにわかに手許(てもと)にあるわずかばかりの金をかき集め、何冊かの書物を売り、それから使ったこともないし使う必要もなかった懐中時計もついでに売りとばして、二十五ポンド余りの金を手に入れた。それからダブリンの中心街に足を運び、カレッジ・グリーンにあるアイルランド銀行に出向き、何やら偉そうな行員に会ってから、預金額二十一ポンドの当座勘定を開き、小切手帳なるものを生まれてはじめて手にしたのである。子供じみたことと自分でもわかってはいるが、いささかの興奮を抑えきれなかった。しかし小切手帳を手に入れたのは、背のびしてでも自分に箔(はく)をつけようという下心があってのことではない。それとは別の、確固たる理由があったのである。

　九月のついたちは土曜日だった。その前夜、彼はなんとなく不安になった。早目にハケットに会って役割を得心させておく必要があるかもしれない。どっちみち土曜の晩にはドーキーに行くのだから金曜日にコルザまで出かけて行っても不都合な道理はあるまい。ひょっとしたら彼に会えるかもしれないし、あのあたりの様子を探り出すことも出来よう。ありそうにないことだが、ド・セルビィについての情報だって手に入るかもしれない。

　彼はこの問題について熟慮したあげく、些事にこだわるのは益ないことと自分に言いきかせ、夜の九時頃ドーキー行きの電車に乗った。

　コルザ・ホテルは静まりかえっていた。実際、外から見たところでは人の気配も感じられないくらいだった。しかしバーの奥にある例の「スラム」をのぞくと、ドクター・クリュエットとニーモウ・クラッブ青年が慇懃な調子で話しこんでいるところであった。ミセス・ラヴァティーはカウンターのなかにおさまって編物に余念がない。ミックは一同に挨拶し、ヴィシー・ウォーターの注文を済ませると、席に着いた。

——ところで、みなさん、わが友ハケットは姿を見せませんか？　と彼は訊ねた。

ドクター・クリュエットがうなずいた。

——ええ、と彼は言った。あの紳士は早い時間に御婦人と一緒でしたな。どうやらその女性に泳ぎを教えているらしい。

——あけすけに訊くのもどうかと思いまして、とクラッブが言った。なにしろあなたのお友達ときたら気分にむらのあるかたですからね、とりわけてあの人に飲み物が入っているときはめったなことは訊けません。何だかこちらが嗅ぎまわっているようにとられかねませんから。

ドクター・クリュエットはほほえんだ。だがその目は意地悪そうに光っていた。

——御婦人に泳ぎを教えるに当って肝心なことはですな、ミック、まず海辺でもとくに静かで人目につかぬ場所をみつける必要がありますし、それから彼女に手をかして着ているものをすっかり脱がせなければならんのです。

これを聞いてクラッブは下品な笑い声をあげた。

——まさかすっかりってわけじゃないですよね。こんどはくすくす笑いながら彼は言った。

——まあそれはそれとして、とミックは軽く受け流した。彼にちょっと言っておきたいことがありまして——たいしたことじゃないんです。何かほかにニュースは？

——とりたてて別に、とドクターが言った。

——なかだるみってところですか、とミックが言った。

——教区司祭をめぐって何かあったんじゃないですか？　クラッブが言葉をはさんだ。

——そう、何かもやもやした噂がありましたな。司祭が何かを不快に思ってフォトレル巡査部長を呼びつけたとかいう話ですよ。もしかするとホワイトロックあたりで見かける穏当でない水着の件かもしれないな。日光浴とかなんとか、そういったたぐいのばかげたことに関係があるんでしょう。色好みのおせっかいやきってのは、ごたごたを起こしたがるものなのです。

——そうとばかりは言えないと思いますがねえ、ドクター、とミックが言った。

——性的妄想にかけては手のつけられないほどひどいところなんだ、この国は。クラッブが意見を述べた。その点で代表的な都市を五つばかりあげてみましょうか——タイア、サイドン、ゴモラ、ソドム、それにダブリン。

——まさか。ティーグ・マクゲティガンのやくざ馬が司祭館の敷地で不行跡を働いたっていう話を聞きましたよ。不行跡ったって、司祭さんの目にそう映っただけのことらしいけれど。

ドクター・クリュエットは声をあげて笑った。

——ミセス・ラヴァティー、と彼は呼び掛けた。おかわりを二つ、それにこちらの友人にはヴィシー・ウォーターを。ふむ、これはいけそうだぞ、「歴史における馬の役割」ってのは。ポール・リヴィア騎馬伝令行（一七七五年四月十八日ボストンからレキシントンまで馬をとばし、英軍の進撃を急報）、軽騎兵進撃（アルフレッド・テニソン作、一八五四年）、トロイの木馬、そしてティーグの馬車馬の排便（カタルシス）とくる。

――あの馬は一度だけ見かけたことがあります、とクラッブが言った。それにしても驚きました、あんな駄馬にこれだけのことをやってのける勇気があったとはね。

一同はおかわりに口をつけた。

――そうだ、そういえば、とクラッブがまた口を切った。ニュースがもう一つあります、たいしたことじゃないんですが。下宿をみつけましてね、いえ此処（ここ）じゃなくてダンリアリです。おかみの名前はマルダウニー。こざっぱりしたところです。そこで口に出来るのは朝飯だけでして。ミセス・マルダウニーはアルコールを目の仇（かたき）にしていまして、酒と名のつくものは何が何でも非難し罵倒してるんですが、そのくせ浴びるほどの大酒飲みなんです。

――こっそり隠れて盗み酒というわけなんでしょうな、と言ってミックはうなずいた。ハーリー強壮酒の一件を思い浮かべていたのである。

座がしらけてきた。話がはずまない。話題が底をついてしまったのだ。

――残念なことですな。しばらく間を置いてミックがやっと口を切った。お互いに外国暮しをするだけの金がないっていうのは惜しい話ですよ。われわれのような種族には異国の風土のほうが性に合っているんじゃありませんか。というのも一つにはこの国が湿っぽすぎるってこともある。

——山師やら偽善者やらが多すぎるんだ、とクラッブが言った。

——アメリカ合衆国の現状を形成するに当って主要な役割を果したのはわがアイルランド民族である、われわれはよくそんなふうに考えたがる、とドクター・クリュエットが言った。それも一理あると思う。つまり、アメリカにおける強固な犯罪組織を作りあげたのは、ともに真正なカトリック教国であるアイルランドおよびイタリアの出身者たちなのだから。

ドクター・クリュエットは一皮むけば正真正銘の人間嫌いなのである。

——外国と言ったときあたしが考えていたのはヨーロッパ大陸のほうでして、とミックが弁明した。それに、もちろんイギリスも含めてのことですが。この国に留まっていたら、バーナード・ショーほどの才能だってあたら朽ち果てるばかりだったでしょう。スタンフォード、ジョン・フィールド、トム・ムア、ヒュー・レイン、それにバルフなんかの例もあることですし。亡きジェイムズ・ジョイスが獲ち得た驚くべき国際的名声を考えてもごらんなさい。その生涯の大半はみじめな亡命生活だった。一介の教師としてヨーロッパ中の外国語学校を渡り歩いた哀れな逃亡者というのが実情だったのです。

不意にドクター・クリュエットが手にしたグラスを置いた。

——「亡きジェイムズ・ジョイス」っていうのはどういうことですかな？　冗談か何かのおつもりで？

——冗談ですって？

——ええ。

――とんでもない。大真面目ですよ。

――これは周知のことばかり思っていたんだが、ジョイスの死――戦時中の混乱にまぎれて外国通信社が報じたわけだが――あれはまったくの眉唾物だったのだ。

――ジョイスはまだ生きてるってわけで？

――まさにそのとおり。

――でも、どうして彼は自分の死亡記事に文句をつけなかったんでしょうね？　こういった事実無根の報道は裁判沙汰に持ち込めるでしょうに。

――噂を流した張本人は彼自身だったのだ。

ミックは息をのんだ。ドクターの話しぶりから察するに冗談事ではないらしい。それにとにかく根っからの皮肉屋だから気まぐれな出まかせを口にする人ではない。

――とても信じられないな。やっとのことでミックは口を開いた。

――ぼくが読んだかぎりでは、ジョイスのものってのは実にみごとだし詩的ですね、とクラップが意見を述べた。たとえば『若い芸術家の肖像』、出来のいい作品です。ぜひとも会いたいもんですね。ドクター・クリュエット、あの人が生きているとして、今どちらに？

ドクター・クリュエットは曖昧な仕草で頭を横に振った。

――わたしだって何から何まで知っているわけではないのですよ、と彼は言った。とにかく何やら怪しからんことでもめごとがあったらしい。その悶着のたねが軍事的なものだったのか、夫婦仲のことか、それとも道徳にかかわる問題だったのか、その間の事情はわからない。とにかく彼はドイツ軍の命令でフランスから出て行かざるをえない羽目になった。そこのところだけはたしかな事実なのです。出て行くといっても彼としては東へ向かうわけにはいかなかった。それもまた明白なことです。はじめはスペインへ行こうとしたのかもしれない。それともフランス・レジスタンスの手をかりて英国をめざしたのだろうか。とにかくその死が報じられてから六か月後に名前を変えた彼は英国に辿りついていたのだ。

――たとえそのとおりだとしても、だいぶ前のことですよね。今でもたしかに生きているってことにはならないんじゃありませんか？

――ほんの二、三か月前に彼と口をきいたという男を知っているのです。当今のことだ、その後あの人が本当に死んだとすれば、そのニュースが歪（ゆが）められたり抑えられたりするはずがないじゃないか。

これを聞いてミックは抑えきれぬ興奮を感じた。それに応えるように、ドクター・クリュエットは言い添えた。

――でも、だからどうだって言うんです？　いずれにしても彼個人の問題なのだし、それに、とにかく彼は筆を折ってしまったのだから。

――それにしても、彼は今どこに？

――アメリカあたりじゃないですか？　クラッブが口をはさんだ。あそこなら歓待されるのはたしかだし、ひょっとしたらどこかの大学教授におさまれるかもしれない。

――いや、それは違う、とドクターが断定した。彼が現在も存命しているという事実は秘密でも何でもないと思っているけれど、しかし……そう……実際のところ彼がどこにいるのかという点になると、これはまあ内密の話でしてな。本人にその意向がある場合には著名人にしても私生活の秘密を守る権利がある、というのがわたしの考えです。とりわけてその本人にそうするだけのもっともな理由がある場合には当然な話じゃありませんか。

このいささか持ってまわった話しぶりにミックの気持は苛立った。おそらくわざと焦らすつもりなんだ。ジョイスがヨーロッパ大陸を離れ、しかもアメリカにはいないとなると、イングランドかアイルランド、あるいはマン島にいるにちがいない。ああいう人間なのだから、アジアとかアフリカ大陸とかに住みつくなんてことは到底考えられない。しかしマン島となると、目立たぬように市井にまぎれこんで隠遁の日々を送ろうとする者にとっては狭すぎる。ドクター・クリュエットが問題の隠れ家を知っているのは間違いのないところらしい。そのくせ何とかはぐらかそうと懸命だ。もったいぶって自分に箔をつけようという下心が見えすいている。「内密の話」だって？　他人はいざ知らず、ドクターがそんなことを口にするなんてまったくお笑い草もいいところだ。物腰は宮廷人よろしく慇懃をきわめているのだが、それでいていささかの躊躇もなく他人の秘事に首を突っ込む。それは周知の事実なのだ。この際、単刀直入が最善の策とミックは思った。

――さて、ドクター・クリュエット。彼は最上級に厳しい声を出した。ジョイスに関する情報をお持ちとお見受けするあなたが、たとえそれが如何なる情報であれ、あたくしのような人間にお洩らし頂けぬとあれば、これは筋道の通らぬことではありますまいか。御存知のように、あたくしはかの人を高く評価しておりますし、その幸福を願う点においては決して人後に落ちるものではありません。彼がどこで暮しているにせよ——身を隠していると言うべきなのでしょうか——その場所があたくしの知るところになりましても、人に知られぬ隠棲の日々をあの人がお望みとあれば、あたくしはその意向を何としてでもお守りするつもりです。この種の情報があたくしの口を通して大衆のものになるという事態は絶対に考えられません。

ドクター・クリュエットは思わず顔をわずかにしかめたが、あわてて酒を一口飲んでその場をとりつくろった。

——いいですかあなた、と彼は言った。あなたを信用していないわけではないのはおわかり頂けるでしょうな。わたしに与えられた情報はどれも極秘事項として内証に知らされました。そういうわけで他意はないのです。その辺の事情を御推察願いたい。ああ、この件についてはいずれ時を改めてということにしませんか？

——結構です。ミックの答えは簡潔だった。おっしゃるとおりに。

ドクターの口振りからミックは彼の真意を的確に察知したのである。つまり、ニーモウ・クラップの前では何も言いたくないということなのだ。なんといってもこの青年との付き合いは比較的最近のことなのだから。

——クラップ。ミックは明るい声で呼びかけた。医者になるには骨の折れる修行が必要だろうが、きみも少しは慣れたかね？

　クラッブは口をゆがめて苦い顔をした。

――ちっとも、と彼は答えた。ぼくの見るかぎり、ぼくたち学生がこつこつ勉学に励んだところで、手に入れるのは自分たちが時代遅れだという証明書だけなんです。診断、治療、および薬理学の分野において二、三か月ごとに革命的進歩がなされる現状なのですから。驚異の新薬が出現すると、それまで常用されてきた数十種もの薬剤は一夜にして廃物同然になってしまうのです。ペニシリンをはじめとする抗生物質の発見なんかはその代表的な例ですよね。

　そう、なかなかいいことを言うじゃないか、とミックは考えた。ここでフォトレル巡査部長の持論である自転車症を持ち出して詳述に及ぶのは当を得たことであろうか？　いや、まずいな。

――一九二八年にフレミングは偶然のきっかけで彼のいわゆるペニシリンを作り出した。しかしそれを称して何かまったく新しいものの発明あるいは発見と誇るのは僭越きわまる烏滸の沙汰と言うべきなのだ、とドクター・クリュエットが見解を述べた。わたしは若い頃カーロウ州（アイルランド南東部）におったが、農夫たちが首筋に出来たねぶとの手当てをするところをよく見かけたものだ。彼らは腐れかかった牛糞をその出来物に当て、たいていはそのうえを汚れたスカーフで巻いておく。この糞のおかげで、やがて患部の葡萄状球菌はきれいさっぱり跡形もなくなってしまうのだ。

　ミックもおぼろげながらそれと同じようなことを見たおぼえがあった。

――ところで、フレミングはノーベル賞を受賞しましたね、と彼は言った。こうしてみると受賞理由は何だったんでしょうか？

——あれは実験室での偶発事件にすぎなかった、とドクターは応答した。しかし目前の事態を正確に観察し、それを科学的に記録したという点ではたしかに彼の功績も大いなるものがあった。

——とにかくペニシリンの使用が実用化したおかげで、数多くの疾病の治療は根底から変化しましたものねえ、とミックが言った。

——ぼくも二、三度あれを打たれたことがあります、とクラッブが口をはさんだ。

——フレミングの第二の業績は、とドクター・クリュエットが言葉を続ける、菌状腫の成長過程を人工培養によって再現することであった。しかしペニシリン固有の秘密は民間療法において何世紀も前から既知の事実だった、いや、何千年来の伝承的知識というべきだろう。

——そう、そのとおりだと思います。

——西欧人は呪術師を鼻先であしらうが、それこそ身の程知らずのばかげた話なのだ。ほら、醸造したり、煎じたり、いもりの目玉とか蛙の脚とかを使う、例のまじない師たちのことだよ。こういった未開の連中は化学とか病理学の知識は皆無だったわけだが、理屈の点はいざ知らず実際面では卓効ある伝統的治療法を受け継いできた。鳥や獣たちにしても事情は同じで、自分の病をいやす方法を本能的に心得ているのだ。

——もう一杯ずつやりましょう。あの、ミセス・ラヴァティー、とクラッブが声をかけた。そうしたらぼくは出掛けなくちゃ。用事があるもんで。

ミセス・ラヴァティーは彼女の砦(とりで)から出てきた。そしてグラスを並べながら、とても近い、と言った。もうすぐ雷が鳴るわよ、うおのめがうずくんですもの。

——大学における医学研究のくだらなさかげんは別として、一般開業医になろうなんていう奇特な奴はいないんじゃないかな？　クラッブは投げやりに言った。

——それが世の習いというもの、とドクター・クリュエットが言った。出来の悪い医者でも食い扶持(ぶち)ぐらいは稼(かせ)ぎだせるのだ。

——食い扶持ぐらいはねえ、そうでしょうとも、とクラッブが応じた。それもまた人生なり、ですか。

——岩塩坑で働くよりはましじゃないかな。

クラッブは酒を呷(あお)った。いささか猛々(たけだけ)しい気配を漂わせている。

——もしその時が来てですね、資格を取ったとしてもですよ、と彼はきーきー声をあげた。ぼくなんかは突拍子もない馬鹿な真似をして物笑いの種になるのが落ちなんだ。そう、たとえばシュヴァイツァーとかリヴィングストンの猿真似なんかをやらかしてね。

——そうするとあんたも有名人だ、とドクター・クリュエットが冷笑的に合の手を入れた。全世界の崇敬の的。

——ああ、なんてこった。

なかば機械的に展開するこのての問答はミックの興味をさほど惹かなかった。そこで話の残りにはほとんど耳をかさなかった。クラッブが出て行ってしまうと、彼は改めてドクター・クリュエットに語りかけた。

——充分に根拠があると思ってのことですが、ジョイスはこの国のどこかにいるとあたしは確信しています。彼がイングランドに居を構えているとはまず考えられない。ではダブリンはどうか？　以前に比べてかなりの変貌をとげているとはいえこの町は彼の生まれ故郷なのです。素姓を知られたくないと願っている有名人にとって、ここは危険が多すぎる。となると、彼はどこにいるのでしょうか？

ドクターは狡猾そうな微笑を浮かべた。

——すでにお話ししたようにわたしが持っている情報は内密のものなのだ、と彼は断言した。ということはつまり、わたしがそれをあなたに伝えるとするならば、あなたはそれを内密裡に受け入れ、如何なる事情があろうとも他人に洩らしてはならぬというわけなのだ。

この持ってまわった言い方は病的な詭弁にほかならない、とミックのほうでは断定した。しかし馬鹿みたいに素直に鸚鵡(おうむ)返しをしたところで彼としては別に害はあるまい。

——その点は御心配なく。でも一つ条件があります。お洩らし頂く情報は内密のものとしてあたしの胸のうちに秘めておくつもりです。ただしジョイス自身と接触するためにその情報を役立てる分には差し障(さわ)りないと思うのですが。会えた場合には、彼のほうからその居所を内密にされる必要なしと申し出る可能性もないわけではありますまい。彼が何を恐れているのか知りませんが、それは根拠のない思い過しだと思い直してもらえるかもしれないのですから。

——ああ、そうならないとは断言できないでしょうな。ただ問題はですな、あなたがジョイスの所在を突きとめたあかつきに、どうしてここがわかったかと彼に訊かれるにきまっている、そこのところがいささか問題でしてね。わたしとしてはそこで自分の名前が出されるのはまことに心外のいたりなのだ。

——彼を御存知で?

——いや、付き合いはない。

——それなら問題はないじゃありませんか。もっともどっちみちあなたの名前を出すつもりは毛頭ありませんがね。

一瞬ドクター・クリュエットはかすかに眉をひそめた。彼の存在がこんな具合にきれいさっぱり無視されるのは心外のいたりと言いたげであった。

——どういうことなのかな、とドクターは言った。どういうことであんたはジョイスに会いたがっているのかな?　なぜ会いたいのです?

結構な質問だ、これは。訊ねるまでもない、見当違いの、間の抜けた質問。

——誰にもせよあの人を知りたいと思う理由は考えるまでもなく明白と申せましょう。ミックはひややかに言い放った。あたし自身について言えば、第一の理由は好奇心です。思うに彼がその作品においてて示してきた彼自身の姿は虚像にすぎません。善悪は別として本人はそれとはまったく違う人間だと思います。彼の作品は全部読んだつもりです。もっとも正直なところ彼の戯曲には付き合いかねるところがありましたけれど。それに彼の詩は薄っぺらな気取りが鼻につく厭味なものです。しかしそのほかの作品に関しては讃美の念をおしみません。言語を扱う彼の機知にあふれた手際のよさ、その的確さ、ダブリンとその市民のイメージを伝える精妙な表現力、話し言葉の微妙なニュアンスを写しとる周到さ、それにあの途轍もないユーモア。あたしはそれらすべての点で彼の讃美者なのです。

ものの弾みで文学論を語ることになってしまったが、この即席の批評的見解はなかなかの出来栄えじゃないか、とミックは思った。しかし考えてみれば、おれはこれでも年と育ちのわりには博学なほうなのだ。そのうえ、風紀公徳に対する危険をはらんでいるやもしれぬ書物にあえて直面する果敢な男と言えるのではあるまいか？　それは言える。

ドクター・クリュエットはグラスを置いた。

――いや、恐れ入りました、と彼は言った。ジョイスにひどく御執心のようですな。あなたにそんな熱っぽさがあるとは思ってもみなかった。

こうまで言われてはミックも表情を和らげるほかなかった。

――お気づきかと思いますが、このコルザは文学的サロンとは申しかねますからねえ。もともとここではこの種の問題が話題にのぼることはないのです。

――まったく。お説のとおりでしょうな。

――これまであたしはジョイスについて書かれたばかげた本を何冊か読みました。たいていはアメリカ人の筆になるものです。ジョイスの真の姿を語る書物——それは彼と長い時間をかけ何回も話し合ったすえに書きあげられることになりましょうが——そういう書物が世に出れば誤解と誤謬を一掃し、多くの愚論を抹殺しうるでありましょう。

——驚きましたな、もしかするとあなた自身もれっきとした作家兼批評家でいらっしゃるのでは？

——ではありません。それを自称するほどあつかましくはないつもりです。しかしあたしとしては何とか資料を集めることが出来たらと思っています。あたしには有能な友人がおりまして、その資料をまとめて斬新な本にしてくれるはずです。とにかく筆の立つ人でして。文体が抜群なんですよ。

——なるほど……考えたもんですな。

——あたしの狙いはですね、ジョイスの現住所は伏せたまま、こういった具合に事を運ぶという点にあるのです。

——苦心のほどはよくわかる。しかしいくら慎重に案が練ってあるとはいえ、この種の出版計画にジョイスが同意するとは思えませんな。なにしろ結局は巨匠いまだ死せずということがわかってしまうわけなのだから。

ミックは唐突に残りの酒を飲みほした。

——お互いにどうのこうのと小ぜりあいはもうたっぷりやったじゃありませんか、ドクター・クリュエット。ここらで決着をつけましょう。現時点におけるジェイムズ・ジョイスの所在はいずこなるや？

――スケリーズ。

この新事実に質問者はいたく驚愕した、と言うだけでは事の真相のほんの一端を語るにすぎない。もっともこれほどの驚愕の原因を正確に突きとめるのは容易ならざることではあるが。たしかにジョイスがどこかにいるのは間違いのない事実であった。スケリーズはダブリンの北二十マイルに位置するこぢんまりとした美しい海水浴場である。広々とした砂浜が続く遠浅の渚は子供たちにとっても安全だし、深い海で泳ぎたい者のためには岬の岩場が好適だ。その岬の鼻を回ると小さいが整然とした港がある。ジョイスがこのような場所に住んでいると知ったときのミックの驚きは、彼自身そこを知っており、しかもそこが気に入っているという事実から生まれたのかもしれない。小学生の頃その海辺で十日間過したおぼえがある。その後も何回かその町へ日帰り旅行を試みてきた。実のところ彼が泳ぎをおぼえたのはその海岸であり、ハケットと知り合ったのもそこであった。今にして思えば、あれは不気味な前兆だったのだろうか、社会的な危険をはらんでいたのだろうか？　おそらくは。

それにしてもジョイスがこんなにもダブリン市に近いところに住みつくとは驚くほかはない。近いにも何も、実際のところダブリン州内の町なのだ。

しかし、考えてみればそれもさほどおかしなことではない。スケリーズを選んだのはおそらく賢明な処置なのだ。この港町の観光シーズンは長い――このあたりは雨量が少ないので有名な地域なのだから。土地の人たちは外来の観光客を迎えるのにすっかり慣れているし、シーズンが過ぎてもここを隠棲の地として腰をすえている人も多い。部屋に余裕のある家庭はたいていい下宿人を置いている。そう、おそらくこの土地ならば沈黙と、亡命と、そして狡智（ジョイス『若い芸術家の肖像』第五章でスティーヴン・ディーダラスが宣言する三つの信条）も可能であろう。

――まことに興味深い事実ですな、ドクター、とミックはてきぱきした口調で言った。たしかに予想外の新事実です。ほかに何か情報は？

――彼の住所はわかっていない。あんたはそこのところを知りたいのだろうが。

――そんなのはたいしたことじゃありません。少し調べまわればすぐにわかるでしょうから。何かほかにちょっとした手掛りでも？　たとえばですね、何かの事情で自分の姓名を名乗る必要があるとき、あの人は本名を使っているのでしょうか？

――さあ。これ以上はまったく何も知らないのだが、彼が本名を名乗っているとしても別に驚くには当らないのじゃないかな。

――まあそんなところでしょうな。それからと、そう、あの人は酒を飲みますかね、飲むとしたらどこで？　それに、朝起きぬけのコーヒーをどこか小ぎれいな店で飲むんじゃないでしょうか？

ドクター・クリュエットはわびしげに微笑した。

――不明です。知っている情報は全部お伝えしたと思う――情報といってもほんのお粗末なものだが――なにしろ彼は世捨人の暮しを送っているらしいのだから。

ミックは手に入れたわずかばかりの手掛りを検討した。これだけでもかなりいい線までいっている。それに捜索範囲といっても自分がよく知っているあの海辺の小さな町だけというのは何よりも心強い。

――ありがとうございました、ドクター、いろいろと貴重な秘密をこころよくお洩らし頂きまして感謝しております。

――その秘密、内密ですよ、いいですね。ドクターはいたずらっぽく指を振った。

それからほどなくミックは駅に向かった。彼の頭はさまざまな思いで一杯になっていた。妙な話だが、まるで目の前の大皿になんとなく不気味な香辛料がまたたくまにうず高く積みあげられていくみたい。めまぐるしく展開する異様な事態の数々。まず最初は、ド・セルビィにかかわる重大な脅威、ならびにその裏をかこうとする対抗策。ついでアウグスティーヌスにまつわる不可解なエピソード。続いてコブル神父の一件が飛び入りの事件として割り込んできたが、それとの対応は明日のこと。さてその次は、甦ったジョイスの亡霊とくる。墓の向うから戻ってきた男。あちらへは行ったこともないと申し立てているらしいが、どういうわけか小さな町に身を隠している。現在の姓名のほどはいまだ不明。

これだけ揃えばどんな男にしたって、怯えないまでも当惑するのが当然というものだ。そう思い当ると、ミックは自画自賛したいような気分になってきた――なにしろおれの性格は粘液質だから、これでなかなか抜け目がなくって、策略をもてあそぶ狡智にたけている。そのうえちょっとばかり荒っぽい胆(きも)っ玉の持主なんだ。

家路に向かう電車がよろめくように動きだしたとき、ある一点について彼の心はきまった。スケリーズに行こう、必要とあればこの数日のうちに。残るくまなく探しまわり、そこにいるものならば必ずジョイスを見つけだそう。彼の秘密、彼の夢、その得意と失意の数々、何から何まで赤裸々なところを聞き出して、それをそのままそっくり盆にのせ、あの女に突きつけてやるのだ——予測し難く、高慢ちきで、有能な、魅力あふれるあの女、メアリに。でも、ありがとうって言ってくれるかな——それとも、知らない方の内証事に鼻を突っ込むなんてなにさ、と叱りとばされるのが落ちかな？　まさかそんなことは……なにしろ相手はあのジョイスなんだから。彼女自身にしても文学の領域のかなり奥深いあたりまで踏み入ったおぼえがあるわけだし、フランス文学に関する造詣はおれより数等深いものがある。天才の本質についてはとくに強い関心を示す。彼女自身創造的才能に恵まれているものだから、その点の理解が早いのだろう。そうさ、ジョイスその人の真相とくれば、彼女の豊かな精神を駆使するには理想的な素材じゃないか。彼女はその文才を発揮して前代未聞の作品をみずから産み出すことになるだろう。

11

この当時、ダンリアリのロイヤル・マリン・ホテルはかつての壮麗な趣を偲ぶよすがもなく、ただその巨体をもてあましているばかりであった。過ぎ去りし良き時代の真紅の絨緞と金色の彩りはすでに色褪せている。しかしながらそこにはまだいくばくかの快適さが残っていた。食事はいいし、海峡の向うから来た人たちが口にする言葉を耳にすると時には妙に心慰むものなのである。

約束の時刻より二十分早く着いたミックは、ラウンジに座り、まずは一杯のヴィシー・ウォーターで喉をうるおして気持をひきしめた。これから為すべきことはコブル神父に次の諸点を説明し了解を求めることである。すなわち、ド・セルビィは尋常ならざる知的能力の持主であるが、常軌をはずれた奇行の人であること。非常な精神的混乱が認められること。したがって、キリスト教理念の恒常性、霊魂の常道たる不滅性、教会に常時捧げるべき崇敬の念などについて率直に話し合うことがあるいは彼のためになるかもしれないということ。以上の点について説明するつもりであるが、その際おそらくはキリストの教えを如何にして全世界に流布伝道するかといったことが話題になるであろう。こちらはすかさずその機会をとらえ、巧みに誘導してド・セルビィの秘密計画の本質に話を持って行き、かの人がその恐るべきD・M・Pを如何にして全世界に流布伝播しようとしているかについて語るつもりなのである。しかしながら、比類なき脅威から人類を守るための努力に際して直面せざるをえないおぞましい大問題をコブル神父に打ち明けるのは、甲斐なきことというよりはむしろ実害があり、言わぬが花というものだろう。

コブル神父は時間どおりにやってきた。電話で聞いた太く低い声から想像していたとおりの人柄であった——痩せぎすで、髪は黒く、ひどく小柄な、身だしなみのいい六十歳見当の男。皺の寄った顔は明るい善意にあふれている。彼はラウンジで立ちどまり、人待ち顔にあたりを見まわす。ミックは立ちあがり、彼のそばに歩み寄り、彼の腕に触れ、手を差し出した。

——コブル神父とお見受けしますが。

——ああ！

彼は愛想よく握手する。

——これは、これは。あなたがマイケル、そうですね。結構、まことに結構。

——まずはこちらへどうぞ、神父さん。ミックは自分のテーブルに案内した。神父は微笑し、席に着いた。手際よく帽子をぬぎ、傘は手近の傘立てにおさめる。

——うっとうしい陽気ですね、と彼はにこやかに言った。こういった蒸し暑さは結構とは申しかねますな。わたしは長いことローマにおりましてね。寒暖計の目盛だけのことですとあちらのほうが高いところを指しておりますが、どういうものか暑さの質が違うようなのです。

――わが国のやりきれない点はその湿っぽさにあるとよく言われておりますね、神父さん。でもそれがどういうことかあたしにはどうもはっきりわからないのです。

コブル神父は晴れやかな顔であたりを見まわした。

――それはつまり、夏の強烈な日光がこの国の水気を含んだ大地から水蒸気を吸いあげるからだ、と解釈すればいいと思いますよ。しかしそのような状態を改めるのは人力の及ぶところではありますまい。もちろん幾つかの都会、とくにアメリカの大都会では、その問題も室内に関するかぎり空調設備によって解決ずみです。クリーヴランドにあるわが修道院にはこの設備がありまして、いえまったく、おかげで大変な違いです。ところで、と。お茶とそれからシュガートップスなんかいかがです？

――シュガートップス？

――ええ、ええ。ほら、例の丸い小さなケーキですよ、上に砂糖ごろもがかけてある、白いのやらピンクのやらの。いいもんですよ、あれは。

これはひどい。何とも恐れ入った話だ。イエズス会士の仲間うちではこんなのが奢(おご)りってことになっているのか？　ミックは奇妙な声を発した。自分では優しい笑い声のつもりだった。

――神父さん、あたしはちょっとその……

――ああ、ではお茶と切りたてのハムサンドイッチにしましょうか？

――あのですねえ、神父さん、これはあたしの習慣なんですが、日のあるうちは実のある食事をとらないことにしております。ということはつまり、夕方になるとあたしは飢えた狼さながらのありさまで家に帰りつき、さっそくたっぷりした正餐にとりかかるというわけです。そういう次第でさきほど夕食のナイフとフォークを置いてからまだ一時間もたっておりません。

コブル神父はくすくす笑っていたが、意外なことに一箱の煙草を取り出した。

――本当のところを言いますとね、と彼は言った。実はわたしも御同様でして。煙草をどうぞ。わたしどもも正餐は夕方とります。どうやらわが修道会は異国の習慣を幾つかこの国に持ち込んだようですな（アイルランドでは昼食どきに正餐をとるのが普通である）。

――悪いことではありません。島国根性にこりかたまっているよりはましですよ。彼はまだ少し残っている自分のグラスを指さした。差し出がましいようですが、神父さん、然るべき飲み物を軽くやるというのはいかがなものでしょうか。面白いことにウィスキーは暑気払いにいいようですよ。灼熱（しゃくねつ）の異境で植民地開拓に従事する連中は多量のウィスキーを飲みほすそうですから。目下のところあたしはちょっとしたわけがあってウィスキーを控えておりますが、あなたにはぜひともキルベッガンを一口おすすめします。あれはいい酒ですよ。

――そうですね、それもまあ結構かもしれませんな、マイケル。

ミックは妙になれなれしい相手の言葉に相槌（あいづち）を打つこともせずに、ウェイターを招き寄せ、飲み物を二つ注文した。コブル神父はゆっくりとくつろいで煙草をふかしながら、興味ありげにあたりを見まわしている。

――さて。お話ですと何やら悩み事を抱えたお友だちがいるとか。

——悩み事というわけではないのです、神父さん。とにかく、誰からにもせよ悩んでいるのかと同情されようものなら、あの人はかえってびっくりするでしょう。実は、その態度といい考え方といい、どういうものか常軌を逸しているように思えるのです。狂っているとまでは申しませんけれど。

——なるほど。強い酒がからんでいる、それが問題の核心とお見受けしたが？ ミックにしてみれば、こういう見方はそれなりに面白かった。アルコール中毒ということでお手軽に片付けてしまえば、事はすべて簡単至極だ。精神的というよりは酒精的な乱調というわけか。ド・セルビィの問題点はそれにつきるというのであれば、こんなに嬉しいことはないのだが。

——いいえ、とんでもありません、神父さん。別にあの人が絶対禁酒主義者だというつもりはありませんが。もっともそういうことならあなたにしてもあたしにしても御同類なわけですよね。あたしに言わせれば、彼の場合すべての問題は自信過剰の知的傲慢に由来すると思うのです。

——ああ、例の高慢の罪ですね。

——彼の名前はド・セルビィ。科学者です。

——異教の論法にかぶれた異邦人ですな。

——外国人ではありません。話しぶりを聞いてもまさしくダブリン人です。「異教の」という表現にしても、彼に関してはまったくそぐわない感じです。実際のところ、彼は神の存在を信じていますし、実験によってその存在証明を行ったと称しているくらいです。強いて言えば信心に欠けているというところでしょうか。信心の必要がないのです。信ずるまでもなく、彼は充分に心得ているのですから。

コブル神父はわずかに顔をそらし、宙を凝視する。

――まことに驚くべき方ですな、と彼は言った。なるほど。わたしども神父というものはお勤めの関係上、毎度のように風変りな方にお会いします。その経験からしておのずから注意深くなるのですが、酒は問題外であると認めるとしても何か別の種類の麻酔状態がからんでいるのではありますまいか？　その点はっきり断言できますか？

――そういったことについては誰にしたってはっきり断言できるもんじゃありませんよ、とミックは答えた。でも話を聞いているかぎり彼はこのうえなく理性的です。時には才気煥発（かんぱつ）、めざましいばかりです。すぐにもあなた御自身で確かめられるわけですが。

――ああそう、そうでしたね。お訊きしてもよろしいかな――いえ、ほんの他意のない好奇心から知りたいだけですが――どういうわけで、わたしなら役に立つと思いつかれたのですかな？

――正直のところ、あたしがそう思いついたのではないのです。実はある人にすすめられまして。しかし神父さん、あなたほどの識者ともなれば如何なる状況においても必ずや良き結果をもたらされるにちがいない、あたしはそう確信しております。それに御懸念のないよう前以て申しあげておきますが、ド・セルビィは常に丁重、優雅で礼儀をわきまえた人物なのです。それに、人と議論をまじえるのを楽しむ傾きがあるかとも思えます。そのうえ彼は聖書の権威でもあります。

コブル神父が気をそそられ食指を動かしはじめている気配は、ミックにもはっきりわかった。これは幸先がいい、と彼は思った。神父とド・セルビィの二人が神学をめぐる舌戦を戦わす運びになれば、第三者たるミックに対する後者の防備がおろそかになる可能性が生ずる。そうなれば全世界同時的D・M・P展開計画にかかわる秘密漏洩の機会も絶無とはいえなくなるであろう。しかし実のところこの件については当初ほどの重要性が感じられなくなっている。というのは、ミック自身が立てた計画が機熟して成功裡に実行に移されるならば、ド・セルビィがいかにその機械設備を誇ろうとも、肝心のもの抜きではすべて無に等しくなるのだから——少なくともここ当分の間は。

コブル神父は慣れた手つきでウィスキーを飲みほすと、ウェイターを呼び寄せ、それぞれ同じもののおかわりを命じ、支払いには十シリング紙幣を取り出した。これはミックにとっていささかの驚異であった。彼から見るとイエズス会の内部的機構は不可解な謎であった。もともと托鉢修道会の一つなのだし、托鉢という限定語の意味は紛れもなく明らかである。通例イエズス会士は壮麗な館とか寮舎に住んでいるが、托鉢を旨とする身でどうしてそのようなことが可能であるのか？　その答えは次のとおりであるように思われる。すなわち、すべてのイエズス会神父は——この件に関しては聖職志願者についても同様のことが言えるのであるが——いかなる資産あるいは財産の個人的所有も禁じられているというかぎりにおいて、それぞれに托鉢僧なのである。職務によって旅をする必要が生じた際には、それが町はずれまでであろうと世界のはずれまでであろうとかかわりなく、彼はまず上司あるいは会計係のもとに出頭し、必要経費の支払いを要請しなければならない。この修道会は甚(はなは)だ裕福であり、その会士は甚だしく貧困であるかのようにみえる。仄聞(そくぶん)するところによれば神父たちは豪壮な館に鼓腹しているという。なんともおめでたいことで！

　ドーキーまでは短い道程であるが、二人は電車の二階に席を占めた。コブル神父が相変らず煙草をせかせかふかし続けていたからである。修道会の内部では禁煙というきまりになっているのだろうか、そのせいで神父はこの時とばかりせっせと喫いまくっているのだろうか？　ミックは疑問に思ったが、たしかめてみる気になれなかった。どっちみちこちらは煙草をやらないのだから、かかわりのないことじゃないか。妙なことに、彼らは水泳を話題にしていた。水泳はすばらしい運動で、心身を制御する鍛錬になり、独立独行の精神が養える、と神父は力説した。それに水泳術はいつかは実際の役に立つもので、人命救助に資することさえある。いえ、わたし自身は泳げないのです。適当な川が近くになかったせいもあって学生時代から水とは縁がありませんでしてね。わが生涯の痛恨事と思っています。学生用プール設置の件に関するかぎりこの国は後進国なみですな。ある種の課業および習慣は若い時、つまり人生の形成期に叩き込んでおかなければなりません。同僚の神父なんですが、泳ぎに夢中な男がいまして、サンディコーヴの水泳場フォーティ・フートで経験した面白い話をしてくれました。その神父が水につかっておりますとひどく太った男がやってきて、手早く服を脱ぎ、水際へ降りる途中、鋭い岩に爪先をぶつけ、倒れたはずみに肘を手ひどく傷つけてしまいました。男はそこに座りこみ、何とも毒々しい言葉を口走り、しきりに悪態をついていましたが、やがてみるみるうちにその顔色を変えました――水中の男が岩場にあがり、タオルで身体を拭くと、おもむろに尊師の衣裳を身に着けはじめたからです。カラーをはじめとして何一つ欠けるところのない法衣です。コブル神父は話しながらくっくっと低い笑い声を洩らしていた。この神父もやはり人の子なのだ。二杯のウィスキーにさしも謹厳な聖職者の心もゆるんだのか。どんな人間にしてもあの厳しさは生来のものではありえない。束の間のゆるみを示さぬ人などいるわけはないのだから。神父の話を聞きながら、ミックはそんなことを考えていた。

ひっそりとしたヴィーコ・ロードをゆっくり歩くのは気持がよかった。あたりは夕闇にやさしく包まれ、海に向かってひろがる眺望もひときわ魅惑的であった。やがて彼らはド・セルビィ宅の戸口の前に立った。八時を少しまわっていた。

扉を開けたのはこの家の主人その人であった。彼はただちに例の抗し難い魅力を発揮して、訪問客の帽子と傘を預かった。先に立って案内してくれたのは、いつぞやハケットとミックがはじめて彼と話を交したあの部屋であった。ド・セルビィは見るからに上機嫌だった。ミックはかすかな胸騒ぎを感じていた――悪魔的な実験室でまた何か新しい突破口が開けたせいじゃなければいいのだが。

――これは前以てお話ししておいたほうがいいかと思うのですが、コブル神父、と彼は言った。それにマイケル、あなたにも。実はさきほどちょっとした手を打っておきました。失礼に当るかのようにみえますが、もちろんそのつもりはありません。十時に馬車で迎えに来るように、それから駅まであなたがたのお伴(とも)をするように、そんなふうにティーグ・マクゲティガンに申しつけておいたのです。日が沈むと急に冷え込むことがありますからね。

そのような御配慮は無用に願いたい。当然のことながら、二人はこもごも主人をいさめたが、どちらも明るい声だった。とりわけてコブル神父はいかにも嬉しそうである。これは友好のしるしにほかならぬと思ったからなのだ。やがて話に身を入れようとした矢先に、ド・セルビィが酒の仕度をはじめたので、しばらくは沈黙が続いた。酒はいつもの自家製ウィスキーだが、こんどは大きなデカンタ－に入れてある――それからグラスと水が準備される。彼はこの種の事柄に関するコブル神父の好みをぴったりと見通しているかのようである。ミックはド・セルビィとの間では新しい話題であるヴィシー・ウォーターの件を持ち出そうかとも思ったが、本能的に場違いだと感じとったので、その話は口にしなかった。使命を帯びている身であるからして、この際あえて異を唱えることは避け、ウィスキーをもって嘉しとするか。たとえそれにむせかえることがあろうとも。

どういうものか話がもうひとつ盛り上がってこなかった。ド・セルビィの主人役ぶりが丁重をきわめているせいもあろうし、コブル神父のほうもイギリス人だけにこれまた丁重、謹直で、論争向きの熱っぽさに欠けているようだし、まともな議論をやる気などまるきりないようなのだ。何かきっかけをつけなくてはならない、とにかくなんとかこの場を取り仕切る算段をつけなくては、とミックは気をもんでいた。さもないと折角の会合もだらだらと話が続くばかりで、うやむやの尻切れとんぼに終ってしまう。彼は会話がとぎれる瞬間をじっと待った。その潮時をとらえて釣針を投げこめばいい。

――コブル神父、こちらのミスタ・ド・セルビィはある化学的有機体を完成されました――それがどのようなものか正確には存じませんが――このかたの考えによれば全世界の人間社会に曰く言い難い恩恵をもたらすことになるそうです。あたしの理解が正しければ、如何にしてこの物質を世界的規模でしかも同時に用いるかという点が当面の問題だそうです。と申しますのも、ある地点における大気変化は、それに照応する変化が他の地点においても同時性を保ちつつ生起するよう取り計らわないかぎり、破局的大破壊を招来するおそれがあるからなのです。そこのところが問題でして……

——いやはや。コブル神父は呟いた。

——どうぞお続けください、とにこやかにド・セルビィが言った。問題点とやらについて第三者が下す見解に耳を傾けるのは如何なる場合も有益なことなのですから。

ミックはかすかに顔を赤らめた。しかしその気構えは少しも揺がなかった——なんとかうまく事を運んで、ド・セルビィがコブル神父にＤ・Ｍ・Ｐの話をするよう仕向けなくては。

——さて、と彼は言葉を続けた。おそらくこれはとっぴな思いつきではありましょうが、信仰の流布伝道とこの物質の全世界的流布伝播との間にはいささかの類似性が認められるような気がするのです。

——なるほど、なるほど。コブル神父はにわかに注意を呼び起こされた模様で、グラスを置きながら合の手を入れた。とっぴであろうとなかろうと、まことに興味ある問題ですな。大手の煙草製造業者たる者は、製品の一箱ごとに最良のマッチの名前を書いた紙片を入れて、喫煙者にその名を知らしむべし——まあ事情はおおむねそれと似たりよったりというところですかな。

ド・セルビィはさきほど煙草に火をつけたが、客に一本どうぞとすすめることはしなかった。これは彼がいつもやることで、神父に当てこすりを言われるほどの他意はなかったのだ。

――別に本気で問題にするほどのことはありませんよ、神父さん、と彼は言った。

――それにしても興味津々たるものがありますな、これは。世界の現状において、伝道はまったく新しい性格を帯びてきました。われわれの地球は哀れを誘うほど縮まってしまったのです。ラジオ、テレビジョン、テープ・レコーディング、ならびに魔術的な映画、現代が達成したこれら数々の偉業によって、伝道手段は根本的に改善されました。いいですか、そのために未開の地にわけ入る伝道者という旧来の方式は今やほとんどすたれてしまったのです。なにしろ説教壇のかたわらにマイクロホンが置かれる御時世なのですから。おわかりですね、ミスタ・ド・セルビィ、あなただってこれらの伝達装置を利用できるのですよ。

話をこのような方向に持ってこられては、ミックにしてみれば目算違いも甚だしいというものだった。

――みなさん、と彼は言った。あたしの思いつきはとっぴなものだとさきほど申しあげました。あの両者の間に類似点があるなどと本気で考えているわけではないのです。なぜならば教会は概念、つまり信仰を広めているのですし、ミスタ・ド・セルビィがなさろうとしていることは事物、つまり物品を広めることにあるのですから。これは大変な違いです。概念は影響力を発揮して一挙に社会全体をおおいつくすこともありますが、物の場合はそうもいかないのです。

――その物質あるいは物品とは正確なところいったい何なのです？　当惑顔のコブル神父が訊ねた。

――それは大気を変化させるものだそうです、とミックが答えた。

――空気更新剤とでも申しましょうか、とド・セルビィが言った。おそらくその効果において、大きな映画館で二分置きに作動させる換気装置と似ていないわけではないでしょう。

――大教会での使用にも適しているのでしょうか？

――さて、そのあたりのことは考えたこともありませんが。

コブル神父が大真面目なのは明らかであった。神父は自然科学者としての訓練を受けたことがある様子で、この現世における人間の純粋に機械論的な状況についての考案はお手のもののようであった。「この発明」が有効であり人類にとって真に有用であることがいささかの疑問もなく明らかにされたあかつきには、教会としてもそれに反対するいわれはない、と彼は言明した。しかしながら、この発明の採用ならびに使用に関して、大いなる教会組織が然るべき協力を求められたとしても、はたして奨励策がとられるか否か――それはまた別問題である。厳密な意味で世俗の事柄が神聖なる意志決定の領域内に強引に割り込もうとするならば、教会としては常に万全の注意を払うものなのだから。この問題に関連して、教会堂建設に際しコンクリートを使用すべしという提案がはじめて提議された当時のことが想起される。あのときは大変な騒ぎだった。その決着は結局のところローマに持ちこまれなければならなかった。伝道師は信仰だけではなく、現代衛生学の恩恵の数々をも未開の国の人々にもたらすのである――清潔な飲料水、浴室、便所、殺虫剤、それにねずみ、猿、ごきぶりなどの被害に対抗するあらゆる種類の薬剤。「健全な身体に健全な精神を（メンス・サーナ・イン・コルポーレ・サーノ）」（デキムス・ユーニウス・ユウェナーリス『諷刺詩集』第十歌）というのはまったく賢明な諺（ことわざ）だ。異教世界の大部分――とりわけてアフリカにおいては、空気も健全あるいは健康的とはとても言いかねる。風土が問題の根底にある。アフリカのいたるところで、空気は悪臭を放ち、おぞましい臭気に充ちている。ミスタ・ド・セルビィ、あなたの発明をもってすればこのような状況をも改善しうるとお考えですかな？

　そこまではどうも請け合いかねます、とド・セルビィは答える。及ばずながら大気研究に専念しているが、実のところまだ実験段階にとどまっている。われわれが呼吸する空気について彼が主として関心を抱いているのはその構成要素なのである。たとえば、理想的な窒素成分が含有されているか否か、といった問題。

　ミックからみればこの老獪な賢人が嘘をついているのは明らかであった。もっとも彼の言うことがすべて無意味なたわごとにすぎないというのであれば話は別であるが。とにかくこの男はＤ・Ｍ・Ｐの真相を口にするつもりは毛頭ないのだ。

　コブル神父は言う、物質界におけるかくも重要かつ有用な発明は可及的速やかに完成の域に持ち来たさるべきである。その種の壮大な着想に恵まれた人物はそれを発展させ現実化するのが神に対する務めというものなのだから。

　ド・セルビィは現在幾つかの困難に直面していると述べた。それは製薬学の大実験室さえあれば直ちに調査解決しうるというたぐいの障害ではない。もちろん調査の必要性は彼自身も認めているところである。しかもこの新科学の諸部門はまだまったくの草創期にあり、海の物とも山の物ともつかない状態にある。おそらく彼との共同研究をなしうる有能な物理学者はいないであろう。だからといって人材不足のため研究に支障をきたしているというわけではない。それはまったくの杞憂にすぎない。実験は完成を目前にしている。現在の彼は多年にわたる研究から生まれたさまざまな結論を検討し立証する段階に到達しているのである。困難をきわめた努力の連続であった。しかし最終的な成果は今や姿を現わしつつあるのである。

語り終えた彼は一同のグラスを再び満たした。

わが修道会はもともと伝道を主眼とするものではない、とコブル神父は指摘した。聖職予定者の知的鍛錬が本来の務めである。厳しい責務ではあるが、当修道会は喜んでその任に就き、しかも充分な成果をあげていると誇りをもって断言しうる。現状に対処する妙案が二つある。イエズス会系有名大学が世界中に幾つもあるのだから、そのいずれかの物理学部は当然ミスタ・ド・セルビィに貴重な助力を与えうるであろう。なにしろ当修道会の構成員の何人かは物理学界の重鎮と目されているくらいなのだから。第二案は彼自身の弟にかかわりがある。弟は然るべき科学的教育を受けており、しかも科学者として不可欠な心的要素——好奇心——を充分に備えている。現在の彼はリーズにある小さな靴磨き製造工場の主任の地位にある。附言するならば、彼はグラスゴー大学で科学の学士号を取得しているのである。思うにこの科学者はミスタ・ド・セルビィと話を交すためとあれば喜んで海を渡ってやってくるであろう。

後者はこの申し出に感謝した。しかしそれほどの方に御足労頂くのはかえって恐縮というもの。当方の研究も実質的にはすでにめどがついている。あとはこまごまとした未解決な点にまとまりをつけるだけなのだから。

ミックは最後の望みをこの一手にかけ、ド・セルビィに向かって次の点を指摘した。すなわち、当初彼が提起した問題は、当該製品の本質的価値あるいはそれが人類に与える影響にかかわるものではなかった。全世界への同時的流布方法が問題点であったはずなのだ、と直截簡明に切りこんだのである。

ド・セルビィは笑い声をあげた。

――いや、まったく、あなたという方はよほど問題点とやらに御執心のようですな。そんなものは存在しないというのに。郵便局というものがあるじゃありませんか。

――郵便局？

――そうですよ。わたしが二通の手紙を出して、それぞれロンドンとニューヨークで同時に配達してほしいと思ったら、郵便配達時間表を一瞥すればそれですむ話じゃありませんか。たとえばここに一千個の小包があるとします。それが地球上のさまざまな地点で同じ日に配達されるようにするには、発送をどのようにすればよいか。わたしだったら気のいい郵便局員に頼みますね。二、三ポンドもつかませれば、配達時間表と郵便料金をきちんと整理してくれますよ。

そうか、こういう手があったのか！　おれにしろ、ハケットにしろ、いや誰にしたって、どうして思いつかなかったんだろ？　まいったな、こいつはまったく盲点だった。

小包の宛先を聞き出すのは時間の無駄というものだろう。そんなことは問題じゃない。どっちみち小包は開封される――とにかく無事に郵送されればそれでいいのだ。

気を引き立てるド・セルビィ蒸留液のおかげでバラ色の気分になるにつれて、明らかにコブル神父の好奇心はいささか衰えを示しはじめていた。

――郵便局というものはですな、と彼は言った。その普遍的なることほぼ教会に似たりと申せましょう。一度ならずわたしはその点に思いを馳せたものです。みすぼらしくもさびれはてた裏町に足を運ぶ。見よ、塀にとりつけられたささやかな郵便受け、こぢんまりした郵便箱が目にうつる。香港(ホンコン)まではおそらく一万マイルもありましょうか。しかしひとたび手紙をそれに押し込むときは、表書きに香港行きとあるかぎり、奇跡的にもそれはかの地に渡って行くのです。

――そうですとも、神父さん、とミックが言った。驚異的ですな。

ド・セルビィは中座したが、まもなく各種取りそろえたビスケット入りバスケットを手にして戻ってくると、またもやデカンターを握りしめた。時はこのようにして過ぎていった。十時を回って間もなく、戸口を連打するけたたましい音がした。ティーグ・マクゲティガンの参上である。コブル神父とミックは酔いが回っていたし、疲れてもいたので、このささやかな心遣いに感謝の言葉を述べるゆとりもなかった。晴れやかに二人を見送るド・セルビィ。あいかわらず平静そのものだった。

神父とともに家路につくミックの心境は如何なるものであったか？　苛立ちはなかった。悔恨もなかった。こちらの手の内は何も見せずにすんだ。しかも幾つかの情報を得ている。作戦計画に変更はない。コブル神父の存在は無視すればよい。たしかに楽しい晩だった。この会見の結果、何の得るところもない者がいるとしたら、それはおそらくメアリだけということになろうか。

12

ミックの頭の内部には彼が好んで予備室と呼ぶ一郭がある。その部屋の床は最近ごみとほこりでいささか乱雑になってきた。別の言い方をするならば、幾つかの潮流が同じ浜辺に同時に打ち寄せているかのようなのである。事態に変化もあったことだし、この際問題点を整理する必要があるだろう。さまざまな問題がどのような順序で彼の心の中に芽ばえ、そしてどのような形をとるに到ったか。どのような連関においてそれら諸問題に取り組むべきか、その結果についてどのように調整すればよいのか。この作業にとりかかる前に、まず次の点を確認しておこう。すなわち、コブル神父のエピソードはつまるところ焦点のぼけた道化芝居に終ってしまったが、少なくともド・セルビィの毒物撒布計画にかかわる懸念を一掃したという点では有効であった。その絶大なる脅威を考慮に入れるならば、実行段階の一環として郵便局を利用するとはまったく拍子抜けもいいところだ。しかしその結果、この件はミックの行動予定表から完全に姿を消すことになったという利点がある。想像を絶するほど精緻な精神の持主がそれにもかかわらずあきれるほどに単純な面をも備えているとわかったおかげで、ミックの精神衛生上よい影響を及ぼしたという余得もあった。さて次に記すのは彼の前に立ちはだかるかと見える端倪すべからざる難事業について彼がひそかに書き上げた一覧表である。

一、ド・セルビィの容器は可及的速やかに盗み出さるべきこと。協力者フォトレル巡査部長。

二、上記㈠の目的達成のため、コルザ・ホテルにおけるド・セルビィとの会見の約束をとりつけること。その約束はすっぽかし、なお万全の策として、前以ての指示に従いハケットが彼をその場に引き留めること。この間、あたしことミックは巡査部長とともにド・セルビィ宅を捜索。

三、上記㈡の目的達成のため、日時を決定すべきこと。時刻は午後九時頃が望ましい。なおそれまでにハケットに会い、フォトレル巡査部長との連絡を絶やさぬよう留意すること。

四、長期的展望において、ド・セルビィに恐るべきD・M・Pの製造あるいは産出の再開を思いとどまらせる確実な方法を案出すべきこと。なぜならば、かのおぞましき脅威の暫定的解消は真の解決ではないからである。ちなみに記すならば、ド・セルビィ殺害という単純明快な方法はキリスト教徒たるわが良心の許さざるところである。

五、スケリーズにおけるジェイムズ・ジョイスにかかわる調査。この件はわが処女メアリに、より大いなる敬意を表し彼女をより高き讃美の対象に祭り上げるための緊急必須事項である。しかしながらおれは自分でそう思いこもうと努めているほど充分にかつ深くメアリを愛しているのであろうか？彼女はひそかにおれを軽蔑しているのではないか？

六、ジョイスに会い、その信頼を獲ち得たと仮定するとき、次の手続きによって㈣に述べた矛盾点は解消しうるであろうか？　すなわち、ド・セルビィとジョイスを合流させたうえで両者を説得し、深遠、錯雑、不可解な文学的共同作業にそれぞれの尋常ならざる頭脳のすべてを注ぐように仕向けるという手続きである。その結果、作品刊行の運びとなるが、当然のことながらそれは一般に無視されるであろうし、したがって全般的正気にとって何らの脅威ともならないであろう。ジョイスはド・セルビィに対して好意を抱くであろうか、そして、その逆についてはどうであろうか？　狂人同士は相手にみられる異質の狂気を相互的に認め合いうるものであろうか？　この両者の合体がD・M・Pよりもさらに恐るべき何かをもたらすという事態も考えられるのではあるまいか？（これはすべてまことに頭の痛い疑問点である。）

七、おれはおれ自身の個人的尊厳が増大し今や重要人物になっているという事実を見落しているのではないか？　いや、どうもそうらしい。おそらくはこれまでのわが人生のみすぼらしさが原因であろう。われながら習慣の力とは恐ろしいものと思う。誰一人として、おそらくはメアリでさえも、おれの重要性に気づいていないようだ。ところが現在のおれはまさに人類を抹殺の危機から救おうという立場にある。救世主ということではイエス・キリストに相通ずるところなしとしない。このおれ自身ある種の神的存在ではなかろうか？

八、聖アウグスティーヌスの超自然的出現の意味するところは、天国においてすらすべて事はなしという具合ではないということなのだろうか？　至高なるあたりにも分裂騒ぎがあったのだろうか？　神が創られたすべてのものの救済をめざすわが計画を成功裡に成就しようと努めることは、同時にその付随的現象として地上のわが同胞のみならず全能なる神そのものをも腐敗した教会のすべてから救出するという結果をもたらすのであろうか？　ちなみにここに言う教会とはカトリック、ギリシャ、マホメット、仏教、ヒンズー、ならびに妖術博士の称号を持つ無数の祈禱師に由来するものすべての総称である。

九、コブル神父のような道化師たちをひっくるめて全イエズス修道会を打倒転覆すること、あるいはローマ教皇を説得してこの件における協力を約束させること。大局的見地に立つとき、これこそわが務めと言うべきではあるまいか？——あるいは、教皇自身を打倒すること、わが窮極の目標はそこにあるのか？

以上の問題点は昼も夜も何日もの間ミックの心にこびりついていた。おかげで彼は自分の頭が蜜蜂の密集する巣箱と化したかのような感じを味わうことになった。おれの理性だけは正常に保っておく必要がある、と彼は自分自身に言いきかせなければならなかった。彼はついに最終決定を下した——ド・セルビィのD・M・Pに関する処置こそ他のすべてに優先する。残余の件はおおむね右の処置に左右されるからである。ドーキーにおけるハケットとの偶然の出会いに期待するのは、心許ないし時間の無駄である。したがってまず着手すべきは彼との会談の手筈を整えることである（この件は直ちに郵便葉書をもって執行）——二日後、仕事帰りの午後六時、ダブリン市内ウェストランド・ロー鉄道駅構内バーにて。会談の席としてはいささか場違いだし陰謀のにおいがするように思えるかもしれないが、そのような含みはまったくないのである。あそこなら静かで気楽だし、うっかりすると見過してしまうほど目立たぬ店なのだ。彼がそこを選んだについてはあるいはもっと単純な理由があったとも考えられる。すなわち、会談終了後そこからであれば両者ともに鉄路による便利な帰宅手段に恵まれることになるのだ。壮大な事態に直面している身とはいえ、たえずしゃしゃり出てくるこの種の当面の些事を無視することは出来ないのである。

彼は約束どおりの時間に行った。ハケットはいつもどおり時間に遅れて来た。しかしいつもの陽気さはなかった。いささかそっけなく挨拶をすませると彼は愚痴をこぼした。

――なんかの用事であたしに会いたいというのなら、よろこんで会いもしますよ。でもね、こんなに暑い乾いた夕方には一パイントのギネスで喉を湿らしたくもなろうじゃないか。ところもあろうに黒ビールを出さない店で待合わせることにしたっていうのは、どういうつもりなんだ？

ここでむきになってはいけない、用件の重要性を考えれば冷静が肝要、とミックは心をひきしめた。

――お望みならばそこの階段を降り、通りに出て、もよりの居酒屋に入ってもいい、と彼は答えた。次善の策としてここに腰を据え、ウィスキーで気を静めるという手もある。コーヒーをたっぷり飲むのもいいだろう。あたしはヴィシー・ウォーターをやってますがね。これは内臓にいいんだが、どこの店でも置いてるってわけじゃない。ここならそれがあるんだよ。

――コルザでもよかったんじゃないのか？

――遠すぎる。

――まあよかろう。ではウィスキーでも頂こうか。

二人は奥の席に着いた。ミックは必要事項の正確な説明にとりかかった。ド・セルビィ宅に侵入し、ある物を手に入れたいと思っている。コルザ・ホテルで彼と会うための何かもっともらしい口実をひねり出すつもりだ。しかし約束の時間に自分はそこに行かない。ド・セルビィと話しこんでその場に引きとめ、出来れば無理強いしてでも彼に酒を飲ませる、それがハケットの役割だ。残る問題は――決行の時をいつにするか？

――あそこから何を盗み出そうっていうんだ？　例の薬品入りの樽か？

――かもね。でもあんたにはかかわりのないことじゃないか。

――そうかな。あんたはド・セルビィを信用していない、そうだな、ミック。それと同じで、あたしにしたってあんたを信用できないってこともあるわけだよな。あんた盗んだしろものをどうしようってんだ？

――別に。つまり、それを絶対安全な場所に置いとくつもりなんだ。誰も近づけないし、誰にもその中味がわからないような場所にね。

思案顔のハケットはうなずいてみせた。

――ド・セルビィはあれを使って世界を破壊できる、たしかそんな話だったよな、と彼は言った。あんたド・セルビィの力をそっくり頂戴しちまおうってつもりなんだな。

――それは違う。ミックはきっぱり否定した。あたしはあの物質の起爆方法を知らない。それを知っているのはド・セルビィその人だけなのだ。

――そうとばかりは言い切れまいよ。彼はその方式を心覚えに書きとめておいたってことも考えられるしな。あんたが例の樽を持ち出すとき、ついでのことに彼の机からその紙きれを失敬してくるってこともないわけじゃない。

——ばかばかしい！　ド・セルビィほどの男だ、そんな無用心なことがあってたまるものか。

——絶対にないとも言えまい。

——あたしの目的はただ一つ。この危険なしろものを永久に処分してしまう、それだけだ。ここでハケットはおかわりを注文した。

——容器が首尾よくあんたの手に入ったとしても、それだけじゃ決め手に欠けてるってわけだ。事態がこれだけ切迫しているんだから、ド・セルビィを誘拐したってかまわないじゃないか。奴をしめあげて、起爆の秘密を吐かせるんだよ。

ミックは笑い声をあげた。その笑いに芝居っけはなかった。

——ハケット、と彼は言った。あんたの話は現実離れのすごいことになってきたな。そのてのことは小説とか映画のなかでしか起きないものなんだよ。

ハケットはグラスを握りしめ、じっと考え込んでいる。

——いいか。暫く間を置いてから彼はきっぱりと言った。あたしにしてみればこの件なんかどうってことないんだ。あんた自分が何をしているのかちゃんと心得ているっていうのなら、こちらから文句をつける筋合じゃない。ド・セルビィが本当のところ何をやろうとしてるのか、あたしにはさっぱりわからない。森のなかの奴の家が曖昧宿（あいまいやど）だとしても、こちとらの知ったこっちゃない。とにかくド・セルビィがコルザに姿を現わしさえすれば、それからのことはあたしにまかしといてもらいましょう。間違いなく奴を釘づけにしておくし、酒ってことにかけては腕によりをかけて奴をそそのかしてやる。とどのつまりは奴のほうからあたしに酒を無理強いするようにうまいこと段取りをつけるんだ。あんたが奴の家に押し入っている最中に奴が踏み込んで行くなんておそれはこれっぱかりもない。必要とあれば奴のグラスにミッキー・フィン（麻酔薬を混ぜた飲料）を一服盛ってやってもいいんだぜ、ほんとの話。

——いや、まさか、それはやり過ぎだ。ほんとのところ、それじゃかえってまずいことになる。彼をおどかしたくはないのだから。

——そうかい、でも万一ってことがあるから一服持って行くとしよう。

こうなるとミックはまた事情をはっきりさせておく必要を感じた。

——あたしのほうの仕事は手早く切り上げられると思う、と彼は説明した。当然ながらド・セルビィはそのうちに例のものがなくなったのに気づくだろう。でも彼に何が出来る？　この盗難事件を警察に知らせたってどうなるものでもないんだ。つまり、何が盗まれたか、はっきりとは言えない立場なのだから。

——はやいとこあけちゃえよ、おかわり注文といこうじゃないか。さてと、そう、奴は金属製の樽が盗まれたと申し出ればいいじゃないか。金貨とか何かそのての貴重品が一杯詰まっていたとかなんとか申し立てるって寸法だ。

ミックは頭を横に振った。

――盗難事件の詳細は純正かつ正確でなければならないんだ、と彼は言った。でもあんたの話であたしは自分の計画に一つの難点があるかもしれないと気がついた。あたしはあの容器の重さを知らない。悪くすると重すぎて運び出せないおそれがある。となると折角の試みもしばらくは断念せざるをえない羽目になる。そのような事態を考慮したうえであんたに頼むのだが、コルザではド・セルビィを出来るだけ丁重に扱ってほしい。あたしは彼の家に強引に押し入った形跡なんか少しも残さないつもりだ。したがって彼としてもどこかおかしいぞなんて思うわけがない。そうすれば再度忍び込む余地が残されるというものだ。もちろんそれが必要ならばの話だが。

こう言ってから彼は声を張りあげた。

――すみません、こちらにおかわり二つ。

ハケットはいかにもわが意を得たりという面持。

――よろしい、了解、と彼は言った。で、いつにする？　今のところちょっとひまがなくてね。例の酒場対抗玉突きトーナメントに参加しているんだ。一番早くても来週の今夜っていうところかな。それまではどうもはっきり約束出来ないんだ。

――それでは少し遅すぎる、とミックは考えた。しかし相手がハケットでは議論しても無駄というものだ。この一週間はまるっきりふさがっていると言っているが、その理由は明らかに眉唾物だ。何かもっと個人的なことで手が離せないにきまっている。いずれにしてもその日取りでなんとか都合をつけなければなるまい。まずはもっともらしくド・セルビィから会合の約束を取りつけること。そうだ、その日までの間に、スケリーズの実地踏査をすることだって出来るじゃないか。うまい具合にジョイスとわたりがつけば、ジョイスとド・セルビィを結びつけるめどがつくというものだ。この両者を合流させるのは自分でもいささか突拍子もない企てだと思っているのだが、しかしこれは単に目先のことに動かされた思いつきではなく、全人類の福祉に資するところある大計画なのである。これまで自分がやってきた多岐にわたる諸活動が、このあたりで一つにまとまりそうな見込みがついてきた。人生は単純なほうがいい——ミックはつくづくそう考えた。彼はハケットが指定した夜に同意した。それは金曜日に当る。彼はハケットに次の点を告げた。これからド・セルビィと会合の取極めをする。日時、当夜八時三十分。場所、コルザ。ド・セルビィ宅短期訪問開始時刻は九時を過ぎることはないであろう。フォトレル巡査部長について彼はひとことも言及しなかった。

階段を降りて通りに出ると（列車には乗らなかった。結局のところこうなるだろうという予感はあったのだが）、ハケットは一緒にマリガンの店へ行かないかと誘いをかけてきた。いや、あの店で玉突きトーナメントのゲームをやるわけじゃないんだが、ちょっと小手調べをしておこうと思ってね。この種のことで問題なのは玉突き台をはじめいろいろな設備の点で酒場によって違いがあるってことなんだ。キューは真直ぐでチップがついてなくてはまずいってことさえ知らない店もあるくらいだからね。

ミックは誘いを断わった。玉突きのことはわかっているつもりだが、自分ではやらないし、観る側に回ってもひどく退屈なゲームだ——突き手の腕がよければそれだけますますゲームは退屈になる。

一人になると彼は中央郵便局に行き、フォトレル巡査部長宛簡易書簡を投函した。その内容は次のとおりである。

来たる金曜夜八・四五訪問。散策をともにし自転車競技について語り合いたし。

謎めいている、いささか。しかしかの名うての巡査部長のことだ、一読了解間違いなし。彼は局を出ると、ネルソン記念塔（中央郵便局の斜め前にあったが、一九六六年爆破された）前のベンチに腰を沈めた。新たな問題が二つも彼の頭に浮かんできて、じっくり検討する必要が生じたのである。

ヴィーコ・ロードでの一件が万事計画どおり進んだとすれば、九時半頃には身体があくことになる。それからでもコルザ・ホテルに行くべきだろうか？　部長が同行しようとしまいとかまわないが、とにかく出かけて行って、約束の時間に遅れお待たせして恐縮ですとド・セルビィにあやまったほうがいいだろうか？　黙ってすっぽかすよりましではあるまいか？　決定を下すのは問題の夜まで引きのばすことにして、彼はうやむやのうちにこの件のけりをつけた。

第二問——決行の夜に至るまでの間、一日かあるいは二日をさいてスケリーズを訪ねるべきであろうか？　この設問に対する解答は明快そのものだった——イエス——彼の気分は浮き立ってきた。それは苦悩にみちた諸般の情勢における新たなる展望、新たなる展開なのだ。それにこの問題には挑戦的な趣がある。戦いを挑まれたならば、決然として立つべきなのだ。眉をしかめて身をかわし、時を改めて再考するがごときは、男としてとるべき途ではない。

彼は立ち上がり、ウェストランド・ロー駅への道をゆっくりと踏みしめていった。そこから南行きの路線に乗れば帰宅出来る。しかし彼がそこへ足を運んだ主要な目的は、北回りの路線、すなわち、グレート・ノーザン・レールウェイの時刻表を見るためであった。そしてそれはスケリーズを通る。

さて、事態はついに動き出したようだな、と彼は家路に向かう列車に乗りこみながら呟いた。すると列車はあたかも相槌を打つかのように、動き出した。

13

彼は膝の上のそれをぼんやり眺めていた。やつれているようだな、と彼は思った——年のわりには皺が多いようだ。消耗の気配がみえる。しかし実際にはそれほどの酷使を課したわけではない。顔の場合と同じように、これも精神の労苦と苦闘を反映しているのだろうか？　ありうることだ。彼は右手の甲をみつめていた。列車は晴れやかな田園地帯を驀進中。ここはダブリンの菜園、新じゃがいも、えんどう豆、いんげん豆、いちご、トマト、それからマッシュルームの出荷元である。それは神みずからの小さな食料貯蔵室。黒い大地と穏やかな雨に恵まれた豊饒の王国。勢いさかんな成育と成熟、さらに豊かな収穫と続いて、いささかも懈怠の時はない。彼の手に比べるとそれはずっと生気に充ちているようにみえる。気のせいだろうか。彼の内部にひそむ憂愁の念がそう思わせるのだろうか。つきまとって離れぬこの憂鬱、それにはそれだけの謂れがある。

　スケリーズの町についてはすでに言及してあるが、その雰囲気を伝えるのは容易ではない。それは変化に富んだ海と海岸線を控えたこぢんまりとした快適な保養地で、広い通りに沿って意外なほどたくさんの藁葺き屋根がひっそりと身を寄せ合っている。ゆるやかな曲線を描く港では水際まで民家、店舗、居酒屋が軒を並べている。港そのものは箱庭細工のように美しい、ただ引き潮どきになると、むき出しになった岩場に海藻と澱み水が取り残される。目をあげると、鉄道駅の近くに、古い風車。それは物静かな住民をじっと見守っている。

列車を降りた彼は見覚えのある下り坂を歩いて行った。静かな住宅街、チャーチ・ストリートの十字路を通り過ぎ、ストランド・ストリートに向かった。ここは見映えのいい、ゆったりとした本通りである。人出が多い——この町の人であろうとなかろうと、休日を楽しむ人というのは一見してそれとわかるものだ。しかし彼は物見遊山気分にならぬよう心をひきしめていた。調査という使命を帯びている身なのだ。調査すべき場所としては居酒屋と軽食堂あたりだろうか。もっともジェイムズ・ジョイスの性格と習慣を考え合わせてみると、そのどちらもしっくりこないのではあるが。

まず一軒の軽食堂に当ってみる。店にあるのはアイスクリーム、なまぬるい紅茶、それにフィッシュ・アンド・チップスくらいのもの。これではあまりにひどすぎる、と彼は思った。少しでもジョイスに似ているような男は一人もいないし、あれほど厳しく気難しい人物がこんなところで我慢できるとは思えない。なにしろパリやチューリヒでの洗練された暮しに慣れている人なのだから。それにここで聞こえてくる会話ときたら……。

——後生だからよ、そんなに身体をぼりぼり掻くのはやめてくんねえか。そのレモネード。さっさと飲んじまいなよ！

——かわいそうにあのチャーリーの野郎、どこで飯にありついてんのかねえ。ゆんべはひと騒動やらかしたからなあ。

次は居酒屋。すぐにわかったことだが、この町にあるのは概して昔風の居酒屋で、このての店はアイルランドの小さな田舎町へ行けば今でもよく見かける――室内は薄暗くて、カウンターには適当な間隔を置いて木製の仕切りがついており、それぞれがいわば秘密と隔離を保証された避難場所になっている。彼は何軒もの居酒屋を回ったが、注意が散漫にならないように、飲み物は弱いシェリーにかぎっていた。それらの店すべてに言えることだが、いずれもかなりむさくるしくて、カウンターの背後に控えている男は――店の主人であろうと使用人であろうと関係なく――まず例外なくシャツ姿だし、そのシャツそのものもたいていは薄汚れていた。

見通しは暗い。もしかすると夏場の休日を楽しむあつかましい連中の襲来をかわすために、ジョイスは一時的にもせよどこかほかの場所に避難したのではあるまいか。追放者、亡命者、あるいは逃亡者と呼ばれる者は彼自身の国においてさえ根づく所を持たないのである。

ひっそりと目立たぬ構えの店があった。彼はなかに入った。思ったとおりここも薄暗い。黒ビールを抱えるようにして二、三組の男たちがたむろしている。店の主人はずんぐりした、丸顔の、陽気な男で、年の頃は六十五ぐらいか。身に着けているのはしみだらけのセーター。ミックは出来るだけ陽気に声をかけ、シェリーを注文した。酒を出す主人はまことに愛想がいい。

――お見受けしたところダブリンの方のようですな、と言いながら彼は晴れやかにほほえみかけた。あちらの連中は自分たちのおかげでスケリーズも活気づいている、とまあそんなふうに考えているようですな。

——ええ、あの方面から来ましたけれど、とミックは丁重にうなずいた。

——やっぱりねえ。あの連中のポケットの中味に幸運を。彼らがズボンのポケットに何を入れているか知ってますか？

——二、三シリングというところかな。

——連中はそこに両手を入れている。

——というと、こちらの景気もかんばしくない？

——いえ、とんでもない、そういうわけじゃない。つまりですね、この町をしゃきっとさせてるのはここの住民なんだし、それからバルブリガンやラッシュからやってくる荒っぽい連中のおかげだってことを言いたいんでさ。遊山に来る連中なんてのはからきし意気地がなくってね。壜の二本か、せいぜい三本もあけようものなら、大盤振舞でもしたつもりになるんだからね。それも何の壜だと思う？

——さあ、黒ビールってところかな。まさかウィスキーの壜じゃないでしょうね？

——なんともお笑い草さ。オランダ・ビールとくるんだからね。おかげでこちらも夏場になるといつも特別に仕入れておくって始末さ。あれがどんなもんか知ってるかね？　小便、まさに小使だね。それも馬の小便。

——あんた馬の小便がどんな味かどうして知ってるの？　ミックはせめて一矢を報いようとして反

問した。

――どう、どう……どうして知ってるかって？　二、三年前ダブリンでそいつを二、三パイントがとこ飲んでみたんだ。たしかにスコットランド馬の臭い（におい）がかぎわけられるってしろものさ。

ミックは優雅な手つきでグラスを傾け、そして微笑した。居酒屋の主人というのは生まれついてのお喋りと相場がきまっているが、それはこの探索に当って大いに役立つであろう。

――ああ、なるほど、と彼は言った。たで食う虫も好き好き、というところですかな。それはさておき、ほんの一日か二日しかいられないと思うのですが、あたしがこの町にやってきましたのはある噂を小耳にはさんだからなのです。ここらあたりのどこかにあたしの叔父が住んでいるらしいという噂なんです。キャプテン・ジョイスと名乗っていると思います。だいぶ前に消息を絶ってしまいましてね。ほっそりした初老の男で、眼鏡をかけています。

主人はかすかに頭を振った。

――ジョイスねえ？　いや、どうも心当りがありませんな。この店も出入りがはげしくってね。酒の好みはウィスキーですか？　ジェイムスンとかタラモアといった銘柄の？

――はっきりしません、外国にいたことはわかっています。強いて好みといえば、おそらくワインあたりでしょう。もしかするとリキュールかな？

――ワインですって？

ワインと聞いただけで胆（きも）をつぶしたらしい。

――ああ、ちがう、ちがいますな、お門違いですな。この酒房にはそういうお好みの方は見えたためしがない。そういえば陸軍を退役した老紳士でポートワインを嗜（たしな）む人ならいますよ。身体から滲（にじ）み出るほどじっくり飲む旦那でね。名前はステュアート。

――ああ、もういいんです。ほかでちょっと当ってみるとしましょう。いえ、ほんの好奇心からですがね。塩気を含んだ新鮮な空気を吸おうというのがこの町へ来たほんとうの目的なんですから。

――ああ、空気ならたっぷりある。食う気さえなけりゃいくら吸ってもお代はいらない。

ミックはグラスをあけ、その店を出た。さて、どこへ行こう？　考えるまでもない、居酒屋は何軒もある。

次の店での結果も否定的であった。天井の低い陰気な店で、カウンターの向うに控える男はぶすっとした仏頂面で取り付く島もない。ミックはここでもシェリーを注文した。

――このシーズンの景気はどうです？　彼はかたわらのえたいの知れない男に訊ねた。

――客の集まりもまあまあじゃないんですか、と後者は答えた。あたしもその一人で。

開襟（かいきん）シャツ姿のこの男が土地の者じゃないことは、飲んでるものを見れば見当がつく。ウィスキーでもない、おそらくはブランデーか。

――ゆっくり静養するにはうってつけの場所ですからねえ、とミックは言った。

――まあね。でも家のものを引き連れてとなるとそうもいきませんよ。子供たち、かみさん、そのうえ、かみさんの妹ってわけで。

だめだ、これは。「独り身の暮しにくらべれば、それはそれで結構じゃありませんか」と言い捨てて、ミックは店を出た。これではまるで人目を忍ぶ隠密行動だな。五時半。もう少し待たなくては。やがて居酒屋が活気づく頃合になる。日はかげったが、まだ蒸し暑い。彼は万一に備えて持ってきた小さな荷物の中味を考えた。パジャマ、タオル、それに水着。彼は港の周辺をぶらぶら歩いた。そこに何軒かある居酒屋には入る気がしなかったので、岬に向かい、キャプテン水浴場と呼ばれているあたりにベンチを見つけた。ここは潮の満ち干にかかわりなく泳げる場所である。彼はそこに座り、ほのかな酒のほてりをさましながら、眼下に大きな半円形をなしてひろがる白黄色の砂浜をぼんやり眺めていた。子供たちを連れて憩う人々の群。服を着ているのもいれば、水着姿もある。本を読んでいる人も。解放と休息。年に少なくとも一度この種の休養期間をとることはまことに有益である、と誰もが信じている。しかしスケリーズのような場所で事々しく夏期休暇を送るなんて、彼としてはどうもぞっとしない。金の都合さえつけば、春の頃にでも二、三週間ほど海外に足をのばしたほうがずっとしゃれている——ラインランド、パリ、あるいはローマ、それから地中海の沿岸。

時が、薄められた時が、彼のかたわらを漂い流れていった。しばらくはまどろんだのであろうか。ふと気を取り直し、キャプテン水浴場へ降りて行く。服を脱いで飛び込む。満ちてくる潮はさわやかに冷たく、まことに心地よい。気分を一新した彼はホテルの食堂に行き、ウェイトレスに半熟の玉子を二個注文した。今はもう習慣になっていると言うべきだろうか、彼はこの明るい食堂にいる一人一人を吟味した。しかし、いない——ジョイスの影も形もない。金回りのよさそうな人たちが食事をしている。そのうちの何人かは旅行者だし、声高に話し合っているグループはありふれた酔っぱらいだから問題にするに及ばない。彼はしばらくその席に腰を据えて夕刊を読んでいた。出がけにフロントの女性に声をかけ、今晩部屋があるかどうか訊ねてみた。

——お泊りは一晩だけで?

——そう。でもまだ決めてないんです。あと二、三時間もすればはっきりすると思うけど。

——うけたまわっておきますが、今すぐ予約なさったほうが確実かと思いますけれども。

そのときはそのときのこと、あとでまた覗(のぞ)いてみるつもりです、と彼は言った。実はジョイスにかかわるわずかな手掛りでもとことんまで追いつめるつもりで、二日間の余裕をみてある。このところ先のことまで心配する癖がついてしまったようだ。

これまでに彼が寄った店の数は五軒にのぼっている。そのいずれも、もう一度覗いてみる必要はなさそうだ。しかしこれから調査しなければならぬ居酒屋はうんざりするほど残っている。食後の満腹感のせいで、弱いシェリーにかぎろうという決意がぐらついてきたが、心をひきしめ気を取りなおし、あの原則は守りとおそうと自分に言いきかせた。仕事中の身なのだ、しかも重大な仕事なのだ。過失は許されない。

七時を回った頃、彼は港近辺のこぢんまりした店に入って行った。一杯の酒をなめるようにしながら、目と耳を油断なく働かせる。ここもだめだ。ひとかたまりの客がいる。その大部分は土地の者ではない。がやがやと騒々しい連中だ。夜更けまで飲み続けようという気配だ。物静かで冷笑的な小説家が腰を落着けられるような雰囲気ではない。こんな店でも、作家の席にふさわしいような片隅がありはしないか？　それともジョイスは世捨て人よろしくどこかの家に引きこもっているのだろうか？　炉の片隅に腰を据えて外出することもなく、世間との交わりはいっさい避け、人々をかつは恐れ、かつは軽蔑し、ただひたすら自分自身の内部に閉じこもるばかり。ミックは自分の計画は別にしても、そんなことがないようにと祈った。そのような暮しをしている繊細な神経はごく簡単に安定を失うものなのだ、と彼は考えた。人にはそれぞれ気まぐれというものがありはするものの、あわただしい人間社会の現実を締め出しそれと没交渉な暮しを送るのは、ほかならぬその当人にとって非常に危険なことなのだ。長いこと修道院生活あるいは監獄暮しを経験したあとで世間に戻った人の様子をみると、精神的ならびに心情的に不安定、しかも治癒の見込みのない欠陥人間になっている場合が多い。少なくともミックにはそう思える。もっとも、正直なところ、彼はその種の過去を担っている人に出会ったおぼえはないのだけれども。

さらにまた二軒。収穫なし。そのうちの一軒ははじめのうちかすかな望みがありそうだった。それは駅寄りにあるかなり静かな店であった。彼はそこでたまたまある人物と酒を汲みかわすことになった。衣服、言葉遣い、物腰から察するところ、プロテスタントの牧師らしい。新教教会内部における牧師の階級別を見わけるのは不得手なのだが、その点についてことさら詮索（せんさく）するのはこの際ぶしつけに過ぎる。しかしながら次の点はきわめて明白であった。この人は断じてジョイスではない。彼は丁重で（そのうえ、付言するならば、まったくの素面（しらふ）で）、ミックが自分の酒を注文するいとまも与えず、御一緒しませんかと声をかけてきたのである。シェリーが出る、彼は語る——

——おかげでこの若い国は骨抜きになりますな、注意しないことには。

——おかげでといいますと——ウィスキーのせいで?

——所得税。あれは不道徳な徴税方式だと確信しています。

——つまり所得税を払うのは罪深いことだとおっしゃりたいのですか?

——いや、ちがいます。良心に顧みて人は二つの悪のうち悪の度合の少ないほうを選びとる資格があります。しかし苛酷な所得税となると、進取の気性および独創力を葬り去り、窮極的には失意と国家的衰亡をもたらすばかりなのです。

——これは広く認められた事実なのですが、とミックは言葉をはさんだ。この国は何世紀にもわたって無残なほどの重税と搾取の対象にされてきました。英国政府ならびに不在地主という名のひとにぎりの背徳無情な悪党どもに支配されてきたのです。大飢饉はそのような体制の所産だったのです。

——ああ、昔はひどいものだった。

——尊師のお気にさわったら許して頂きたいのですが、十分の一教区税という恐るべき制度がありましたね。乞食同然の百姓たちは自分たちが信じてもいないし何の役にも立ってくれない教会の諸費用を自分たちの手で賄わなければならなかったのです。

——そう、そうでしたな。しかも当時は彼らの味方をする神父たちも狩り立てられ処刑されたものだった。

——そう、そのとおりです。

——しかし……しかし、いいですかな、そのような弁護の余地もない旧来の悪弊の矯正手段としてこの非道な所得税をもってするのは筋違いというものです。この税制はそれ自体が悪しきものであるばかりではなく、この国の経済にとってもまったくふさわしくないのです。

ミックが先程のお返しとして二杯の酒のおかわりを注文したときも、相変らず同じ話題が続いていた。味もそっけもない話に彼はうんざりしていた。

その店を出ると町の反対側に向かってかなり歩いた——ほとんど町はずれといってもいい。その先はラッシュの町に通ずる。居酒屋というのは通例のところ一見してそれとわかる造作になっているものだ。しかしこんどの店は気づかずに通り過ぎるところだった。ただそのとき栓を抜く耳ざわりな音がしたので、おやと思ったのである。低い屋根は藁葺きで、屋内では、石油ランプの弱い光を浴びて、柔和な男たちがグラスを傾けていた。黒ビールがほとんどである。低い声でとりとめもない会話が交されている。ミックの感じでは客の大半は今はもう海に出ることもない隠退した漁師のようだった。彼はきちんとした身なりの店の者に例の褐色の飲み物を注文した。中年にはまだ間のあるその男は注文を受けながら「結構なお晩でやす」と言った。ずっと北の出身なのだ。

ミックは疲れをおぼえていたが、まだ気を抜いてはいなかった。ランプの光はガス灯と同じように柔らかく、心地よく、そして心を落着かせる。しかしふと耳に入ってきた声の調子に彼は愕然とした。店の客席側に仕切りがある。その向う、奥のカウンターで客と応対しているもう一人の男の姿が見える。痩せぎすの、やや年老いた男で、背はわずかにかがみ、眼鏡をかけている。たっぷりした白髪は額からまっすぐうしろにブラシをかけてある。ミックの心臓は激しい動悸を打ちはじめた。神よ、あたしはついにジェイムズ・ジョイスを見出したのでしょうか？

気を静め、注意深く、彼はグラスをあけ、やがて、便所に立った。どこの店でもそれはたいてい裏手の通りに面しているものだ。そこから戻ってくると彼は店の奥のほうでさりげなく立ちどまった。初老の男はおぼつかない足取りで進み出ると、分厚い眼鏡のかげで目をしばたたいた。

――あの、シェリーを。

――かしこまりました。

飲み物の準備をする彼の身のこなしは思いのほかなめらかで、手際がよかった。気易く喋ってくれるだろうか？　ミックは不安だった。とにかく当ってみるとするか。

――町にはだいぶ人が出ていますな、と彼は気さくに切り出した。もっともいつもと比べてどうなのか、その辺のところはわからないけれど。なにしろここへはあまり来たことがないもので。

返ってきたのはまじりっけのないダブリン訛だった。てらいのない優しさを示すねんごろな響きがある。

――ああ、今年は景気がいいようです。もちろんこのあたりは町はずれですから、有難いことに静かなものですが。

――あなたはこの土地の生まれで？

――いえ、いえ。そうではありません。

ミックはいかにもさりげない様子でグラスをおもちゃにしていた。

――あたしがちょっとスケリーズにやってきたのは実のところ休暇を楽しむためじゃないんですよ、と彼は言った。この町にいると思われるある人を探しに来たわけなんです。

――身内の方？

――いえ。あたしが非常に尊敬している人物。作家です。

――ああ、そう。

――よろしいですか、あたしはあえてあなたのお名前を伺うほど無遠慮な男ではありません。そのかわり、あたしのほうからあなたのお名前を申し上げることにします。

視力の弱い目がレンズの裏面を手探りするように動いた。

――わたくしに……わたくしの名前を？

――そうです。あなたの名前はジェイムズ・ジョイス。

あたかも高みから落下する石が静まりかえる深淵に落ち込んだかのようであった。身体がこわばる。神経質に手を顔のあたりに当てる。

――黙って、お願いだ！　それ以上は！　ここではその名前を使っていないのだ。こちらの事情も考慮して貰いたい、ぜひともそうしてほしい。

低いが切羽詰まった声だった。

――わかりました。そういたしますとも、ミスタ・ジョイス。二度とお名前は口にいたしません。それにしてもあなたほどの偉業を成し遂げられた方と直接お目にかかれるとは。まことにこれにまさる歓びはありません。あなたのお名前は世界に冠たるものがあります。あなたこそ最も卓越した作家にして新生面の開拓者、ダブリンが誇る比類なき古文書保管人なのです。

――どうも、どうも、そうまでおっしゃられるとかえって痛み入ります。

――本当にそう思っているのです。

――わたくしの人生はいささかあわただしいものでした。あちらへこちらへ転々としたのです。この前の戦争は誰にとってもまことに不幸な事件でした。世も人も常ならぬがその定めと申しましょうか。ヒットラーの君臨は忌まわしいかぎりでした。そうです、人々は苦しみました。

抑えた声ではあるが、今は打ちとけた話し振りだし、安堵感さえうかがえる。

――現場から遠く離れたこのアイルランドにおいてさえも、その衝撃は感じとれたと思います、とミックは言った。あの、もう一杯シェリーを頂けるとありがたいのですが……

――どうぞ。

――それから、何か一緒に飲んでくだされば光栄ですけれども。

――いいえ、御好意は嬉しいけれど。時には嗜(たしな)みますが、ここではどうも。

彼は壜からシェリーを注いだ。

――先程わたくしの作家活動について好意的な言葉を頂きましたが、と彼は改まった口調で言った。

しかし言わせてもらいますなら、わたくしの真価を問う作品はまだ世に出ていないのです。それに、さまざまな事がわたくしの責任に帰せられました——そうです——まったくあずかり知らぬことまでわたくしのせいにされたのです。

——なるほど。

——ヨーロッパの動乱はわたくしにとって非常な支障となりました。貴重な書類を失ったのです。

——それはたいへんな障害ですね。

——まったくです。

——あなたは新作に取りかかっていらっしゃるのですか？……温めていると言うべきでしょうか。何か新しいものを書いておられる？

ほんの束の間、彼はかすかに微笑した。

——書くというのは適切な表現ではありません。組み合わせるというところかな——あるいは寄せ集めると言ってもよろしい。わたくしが取り組んでいる作業は素材たる精神的概念の言語への翻訳であると言えばおそらく妥当でありましょう。翻訳、つまり言い換えだという点に御留意ください。それは解説とは別種のものなのです。ある事を伝えるのにほかの事を以てする……しかも、あの……まったく懸け離れた事を以てする、そういう仕掛けになっているのです。

——たしかに困難なお仕事ですね。しかしあなたは微妙な、あるいは抽象的な事柄の表現に当っても戸惑うことのない力量を備えていらっしゃる。

——過分な讃辞を頂いて恐縮です。でも刊行されたのはごくわずかでして。

ミックは話題を変えようと思った。

——幸運にもあたしが存じあげている偉大な先駆者として、あなたは二人目の方です。

——それはそれは。この国におけるわが同僚とはどなたのことですかな？

——その名はド・セルビィ。あたしが知るかぎり、文学者ではありません。何を以て彼の本領と看做すべきか、これはなかなかの難問です。彼は数理物理学者、化学者にして力学の権威でして、時空四次元の世界の考察において驚くべき結論に到達した異才です。実のところ彼は時の経過あるいは流れを制御することに成功したらしい。申しあげていることがいささか一貫性に欠けているようで恐縮なのですが、彼はどうやら時を逆行させることが出来る模様です。そのうえ彼は神学者でもあります。

熱心に聞き入っているジョイスの表情は関心の度合を明らかに示していた。

——そのド・セルビィという人ですが、と彼は言った。その方はどちらにお住まいで？

——ドーキーの近くです、と言ってもおわかりになるかどうか。

——ああ、ドーキーですか？　ええ、面白いところですよね。よく知っています（ジョイス『ユリシーズ』のスティーヴンはドーキーの小学校の臨時教員である）。

——ヴィーコ・ロード沿いの林に囲まれた静かな家で独り暮しです。傑出した知性の持主ですが、その態度は丁重慇懃です。いわゆる狂気の科学者といった趣はまったくありません。

今や好奇心をかきたてられたジョイスはしばらく考えこんでいた。

――たしかに興味ある人物ですな。教職についておられるのかな、大学か何かで?

――いえ、そうではないようです。普通の意味合いからすると、何か仕事を持っているようには見えません。金のことは決して口にしない人なのですが、おそらくたっぷり持っているせいなんでしょう。

ジョイスは目を伏せ、思いに耽った。

――金はあり、才能には恵まれ、思いのままに好きな道を進むことができるわけですね? 結構な身分じゃありませんか。

相手のしんみりした調子に、話の運びはこれでいいのだとミックは思った。

――あたしはこれまであなた自身もそういった人種の一人だと思っていました、と彼は真摯な調子で言った。あたしはこれまであなたの作品にはあわただしさといった感じがないように思えます――ぶざまな激情の爆発、造りものの緊張感、そういったものとはいっさい無縁なのです。あなたにはとってつけたような不自然さがない。あたしの意のあるところは御理解頂けますね?

――いや、いささか買いかぶりの趣があるようですな。科学的努力は言うまでもなくすばらしいものです。わたくしの一家はかつて政治に熱を入れておりました。それから時には音楽に夢中だったりしたこともあります。

――そのようでしたね。いずれにしてもすべて精神にかかわる事柄です。ド・セルビィは科学的探究に熱中しておりますが、だからといってもっと抽象的な事柄への関心がないわけではありません。

実際の話、あなたに会うことが出来たら、彼もさだめし大喜びでしょう……

ジョイスはひっそりと忍び笑いを洩らした。

——わたくしに会う？　とんでもない！　その方は妙なことを思いついたあなたにお礼の言葉の一つだって言うもんじゃありますまい。

——でも真面目なところ——

——いいですか、素材の大半が頭のなかにあるという意味で、わたくしの仕事は非常に個人的なものなのです。したがって残念ながら仕事に関してはどなたともわかち合える点がありませんし、どなたの力もお借りするわけにはいかないのです。しかしそういう話を別にすれば、優れた方にお会い出来るのは常にわたくしの歓びとするところです。

——わかりました。あなたの新作にはもう表題がついているのですか？

——いや。コトバということになると、五里霧中というありさまでしてな。思想なり思考なりという点でしたら的確に押さえているつもりですが……考えを英語で明確に伝達するというのがわたくしにとっての問題点なのです。御存知かと思いますが、認識論の媒質として一方に英語を置き、もう一方にヘブライ語とギリシャ語を据えますと、その間には非常なる偏差が存在するのです。

——あなたが多種多様な言語そのものに興味をお持ちなのはもちろん存じてはおりますけれど……

——わたくしの考えは斬新です、その点はおわかりですな。そこでわたくしが心配しているのは
……

――心配なさっているのは？

――斬新のあまり表現の域を超える傾きがあるということなのです。

――おやおや。話がどうも抽象的になりました。ここらで足を地に着けて、何か堅固で実体のある話題に目を向けましょう。そう、『フィネガンズ・ウェイク』について語りたいのですが。

ジョイスはかすかにびくっとした。

――驚きましたな！　あれを御存知で？　わたくしどもの若い頃にはあれでもかなり有名な歌でしたが（ジョイス最後の作品の表題はアイルランドの俗謡「フィネガンの通夜」に由来している）。

――いえ、本になったほうのことを言っているのですが。

――知りませんでしたなあ、あの歌が活字になったとはねえ。ああ、その昔、わたくし自身も歌を歌うのが大好きだった。アイルランドの歌曲、歌謡、そして俗謡。わが心いまだ若かりし頃、とでも言おうか。

――でもあの名前の本はたしかに御存知のはずですが――『フィネガンズ・ウェイク』という作品ですよ。

――忘れてもらっては困りますが、わたくしは長いことこの国を留守にしていたのです。誰かが古い曲をもとにしてオペラでも作ったというのでしたらそれは歓ばしいことだし、その成功を祈りたいと思う。トム・ムア（トマス・ムア。『アイルランドの歌』の詩人）にはいつも心を惹かれてきました。「夜のしじまに」なんかは美しい歌です。

――感傷的ですよね、あれは。

――たいてい人はそんなふうに言いますね。悲しいことです。胸をうち感動させるものは、感傷的だというひとことで片づけられてしまう。古くから伝わる正真正銘の民謡、わたくしはそういった歌も大好きなのです。

この人の心はあてどなくさまよっているのだろうか？　ミックの時計は閉店の時間が近いのを知らせていた。必要とあれば今晩はスケリーズ泊りにしようと彼は決心した。

――これだけは伺っておきたいのですが、と彼は言った。あなたとこうして話し合ったことをあたしからド・セルビィに打ち明けてもかまわないでしょうか？　もちろんあなたの住所は伏せておきます。それから、こうも言いたいのですがよろしいでしょうか？　あなたは彼と会うためにドーキーまで出向いてくださる、あるいはここか、それともあなたの御都合のいいどこかほかの場所で彼に会ってくださる、こんなふうに伝えたいのですが。

ジョイスは考え込んだ。カウンターを指で神経質にこすっている。おそらく事態があまりにも急速に流動しているせいであろう。彼はかすかに眉をひそめた。

――その方が思慮分別をわきまえた人だということに間違いがなければ、ぜひお会いしたいものです、と彼はゆっくりと答えた。しかしここに来て頂くのは御容赦願いたい。

――わかりました。

――その方もなかなか面白そうな人物ですな。ひょっとすると、心にあるものを書き記そうとするわたくしの試みに手をかしてくだされるかもしれない。というのもこの仕事に必要な複雑きわまる創意創案は、一人の人間の理性の働きだけでは手に負えなくなるおそれがあるからです。この種の新奇な難問の解決に難渋していると、清新柔軟な精神が投げかける光によって、えてして新局面が開けるものなのです。

――すぐおわかりになると思いますが、ド・セルビィの精神は不毛でもなければ、いかなる型にもはまってはおりません。

――そうでしょうとも、きっとね。

――たとえばドーキーで彼にお会いになるとしたら、御都合がいいのはいつか、お洩らし願えないでしょうか?

――今それを決めるのは時機尚早ではありますまいか。それより前にもう一度あなたと話し合う必要があります。

――結構でしょう。今晩はこの町のホテルに泊って、明日早々お会い致します。

――いや、明日はここにおりません。非番なのです。あなたのお友だちに会う前に、まずあなたとじっくり話し合いたいものです。というのは、はじめに説明しておかなければならない事が幾つかあるからです。わたくしはかなり誤解されている人間です――中傷され、非難され、侮辱され、誹謗(ひぼう)されているのです。耳にしたところによると、アメリカにはわたくしを笑いものにしている無知な連中もいるそうです。かわいそうに、わたくしの父さえ無事ではすまなかった。ゴーマン(ハーバート・ゴーマンは二冊のジョイス伝を著している）という男は「彼はいつも片目に片眼鏡をかけていた」なんて書いています。ばかばかしい！

――そういった話はあたしも聞きました。

――忍び難いことです。

――あたしでしたらそんな連中のことは気にしませんがねえ。

――ああ、言うは易し、ですな。ここでは誰もわたくしの素姓を知らないわけですが、それでもやっぱりわたくしはペテン師と看做されている始末です。それもなんということはない、わたくしが毎日ミサに出るからというのが原因なのです。カトリック教国アイルランドに欠けているものが一つあるとすれば、それはキリスト教的愛にほかなりません。

ミックは軽く会釈して賛成の意を表した。

――同感と言うほかありません、と彼は言った。アイルランド人にもいろんな人がおりますからね。しかしながら……ダブリン行き終列車に乗るとすると、もうおいとましなければなりません。駅までかなりありますから。明日またお会いするのは出来ない相談、そういうわけですね。では、御都合のいい日はいつでしょうか?

――しばらく間を置くことになりましょうな、それに場所もここではないほうが。来週の火曜日なら具合がいいのですけれど。

――わかりました。この町のホテルはなかなかこぎれいなところと見受けました。おそらくバーもあるでしょう。あそこでは如何で？

ジョイスは前かがみになってしばらく黙っていた。

――そうですね、結構でしょう……正午に奥の部屋で。

――承知しました。それから、ド・セルビィにあなたにお会いしたことを打ち明け、文学作品共同制作の可能性がある旨を伝えてもよろしいでしょうね？

――そう、まあいいでしょう。

――では火曜日にまたお目にかかります。いろいろありがとうございました。

――さようなら、神のみ恵みを。

14

スケリーズから夜更けに戻ってきたものの、翌日は休日でもあるし何もすることがなかった。それでもいつもの出勤時間になるとふらりと家を出た。本能は彼にドーキーには近づくなと命じていた。来たる金曜日、あそこでは重大な仕事が彼を待ち受けている。今日は予備日というべきか。いったい何をしたらいいのだ？

まず聖スティーヴンズ・グリーンに向かい、ベンチの空席を探す——早い時間なので造作なく見つかる。グリーンは市の中心近くにある柵で囲まれた方形の公園である。花壇と泉水が自慢だ。美しい池の中央には橋がかけ渡してあり、小さな島が幾つか浮かんでいる。ここは水鳥の本拠。見慣れぬ種類も多く、生彩ある色どりを花と競っている。グリーンには人の往き来がたえない。この公園の対角線を通れば、ユニヴァーシティ・カレッジのあるアールスフォート・テラスとグラーフトン・ストリート——すなわちダブリンの中心街への入口——とを結ぶ近道になるからである。奇妙なことに、この喧騒にみちた安息所（時にはそんなふうに思うしかないのだ）は回想と思案にうってつけの場所なのである。あたかもそのざわめきには麻酔剤的効果があるかのようなのだ。おそらくは人ごみの只中（ただなか）

にあって孤独にひたるということなのだろう。

　彼はベンチの背にもたれ、目を閉じて、これから為すべき幾つかの事柄について瞑想に耽った。いずれも重大事ではあるが、手がつけられぬほど入り組んでいるわけではない。事態に処するわが腕前の巧みさは自慢してもいいくらいだ。実際のところ、ある意味では現世を超越しているほどの難問題ばかりなのだから。まずド・セルビィの悪魔的策謀に待ったをかける。しかも喜歌劇調のペテンにかけるという頭のよさだ。次に、天才的作家ジェイムズ・ジョイスは世上一般に信じられているように死亡したのではなく、その生国で生きており、そのうえかなりうまくやっているという事実。おれ、すなわちミックはこの事実を立証しうる立場にある唯一の人間なのである。正直のところ、この点に関する彼の手の内はあの酒好きのお喋りドクター・クリュエットに目星をつけられてはいるのだが、後者が自分の口から語った情報を信じているかどうかあやしいものなのである。いずれにしてもドクターは立証するために何らの努力もしなかった。ただのものぐさのせいで何もしなかったのかもしれない。しかしこの際、怠惰は言訳にはならないし、当方の関知するところでもない、と考えてミックは満ち足りた思いを味わった。

　いや、まったく、この件に関して積極的かつ敏速に行動した者ありとすれば、それはミック以外の何者でもない。じかに面談したことは別としても、彼はジョイスの精神状態が不安定だという事実を探り出したのである。『フィネガンズ・ウェイク』の完成ならびに刊行を憶えていないところをみると、かなりの重症にちがいない。まだ手を加えるべき草稿が作者の知らぬうちに間違って印刷されてしまったというような推測は、あまりにもばかげていて問題にもならない。出版者が底の見えすいた茶番狂言を演ずるとは考えられない。とりわけて今度のように定評ある重要人物がからんでいる際には絶対ありえないことなのだ。それにしても、スケリーズのあの居酒屋ではジョイスの態度にも話にも一見したところ常軌を逸している点はうかがえなかった。あんな仕事をしているとはたしかに意外ではあったけれど、けっこう落着きはらって、てきぱきやっているようだったが。ド・セルビィもまた狂気の人なのだろうか？　もしそうだとすると、すぐれた教養を備えた二人の狂人が一堂に会するとき、如何なる事態が生ずるであろうか？　二人は意気投合して穏やかな実り多い合体を成就するであろうか、それとも、両者激突してすさまじい修羅場が展開されるであろうか？　この二人の合流を計画するとはミック自身もいささか頭がいかれかげんなのであろうか？　いや、まさか。ド・セルビィは直ちにそれとわかるような狂気のしるしは見せなかった。それどころか、聖アウグスティーヌスとの会見の際には、彼に備わる力および彼が付き合う人たちは少なくとも超自然的であるという証拠を示しさえしたのだ。D・M・Pの脅威が実在する以上ミックとしてもうかつに危険は冒せない。自分には人類に対する義務というものがある。たとえいかなる臆病者であろうと優柔不断の徒であろうとも、この義務だけは否認しえないであろう。

しかもなお、ミックの胸のうちは穏やかではなかった。ジョイスとド・セルビィはその唖然たるほかない複雑多様な精神を結合して驚天動地の新作を生み出すのではあるまいか？　聖書にとってかわらんばかりの作品が出来上がるかもしれない。というのは、ド・セルビィであれば、おそらく天使たちの力をかりて、信じ難い素材を集めるくらい容易なわざであろうし、一方巨匠ジョイスはこの世ならぬ腕前を発揮して筆を進めるであろう。ただしここで問題になると思えるのは、文学あるいはネオ神学にド・セルビィが関心を持っていないという点である。いや、彼はこの世界およびその住民を改善し美化する如何なる行為にも興味がないのである。彼の目的は世界と人類の破壊にある。当然ながららこの途方もない絶滅計画には彼自身およびジョイスの抹殺も組み込まれているのである。当然ながら

ミックがジョイスをド・セルビィに引き合わせるとして、その時点で後者がたまたま例の樽の紛失に気づいたとすると、如何なる事態になるであろうか？　彼はジョイスに責任ありとして殺害の挙に出るであろうか？　控え目な表現を使うとしても、それはまことに遺憾な事態と言わざるをえない。そしてミックとしてもその流血の惨事に彼自身かかわりがあった事実を否認する（少なくとも自分自身に対して）ことはおそらく不可能であろう。そうだ、彼の立場はたえず危険にさらされている。ほかに途はないのである。ド・セルビィの件に関してはあともどりをしようにもすでに時は遅い。一方、ジョイスを今の状態のまま放置し、小さな町スケリーズを永遠に脳裡から消し去るのは、理屈の上からだけ言えばミックにも可能であろう。しかし可能性に照らして考えてみると、それで決着がついたことにはなるまい。というのは、ド・セルビィという名前およびドーキーという住所を彼はジョイスに洩らしてしまったからなのだ。彼の手引きなしにジョイスが現場に姿を現わすことだって充分に考えられるではないか。事態の展開としてそれはまことにおぞましいことである。つまり、そうなるといっさいはミック個人の力では抑え切れなくなるからだ。こう考えてくると、スケリーズのジョイス

を再訪するという約束は是が非でも守り通す必要が生じてくる。頭脳に変調をきたしている男の行動は端倪すべからざるものがあるとはいえ、練りに練りしかも意表をつく説得作業によって巧みにその行動を制御しうる見込みがないわけではない。でもあの男は本当にジョイスなのだろうか？　世評によれば神をあくまでも軽蔑していたとされる男が、今や態度を一変して異常と思えるほどに信心深くなり、教会の一員としての務めを小心翼々として遵守しているなどということがはたしてあり得るものだろうか？　明らかに最近になって身につけたと思われるこのように敬虔な態度は、『ユリシーズ』にみられる錯雑にして誇大な糞便学的傾向と、いったいどのようにして結びつくのであろうか？　そして、倒錯の時に露出されるあのモリー・ブルーム（ジョイス『ユリシーズ』の主要人物）のごとき卑俗な人物像といかにして両立しうるのであるか？

ああ、モリー・ブルーム！　折角ひまもあり気楽な今日という一日。メアリに連絡するとしようか。ブティークだか何だか知らないが、彼女の店に電話してみたらどうだ。ふと気がつくと眉に皺が寄っている。虚脱感が全身に忍び寄る。正確さが必要なこの肝心なときなのに、ふやけたことを考え感情に流されているとは。彼は厳しく自分に言いきかせた――理性的に振舞え、そして銘記せよ、決断の時に当って決定はすべからく論理的かつ確定的でなければならぬ。迷いは禁物。

スケリーズの初老の男、あれは確実にジョイスその人。ナチ支配下のヨーロッパにおける恐怖の経験によって彼の精神のある部分は錯乱している。彼は文学的営為との関係を否認はしなかった。しかしバーテンという畑違いの職業についている今――おそらく臨時の仕事だろうが――かつての彼の関心事について詳しくは語りたがらないとしても責めるわけにはいくまい。そうは言っても教会の息子としての現在の模範的生活をどう説明する？　これは心理的、精神病的、そしておそらく神学的分野にかかわりのある問題である。事がこのような領域に及ぶとあれば、自分には判断を下す資格がない、とミックは思った。そうだ、かの聖パウロの困惑もこの関連において考慮に入れなければなるまい（ダマスコへの途上でサウロ――すなわちパウロ――は大いなる光に照らされ、イエスの声を聞き、その後三日の間盲目となる。「使徒行伝」九章一―一九ほか）。

ジョイスとの再度の会見がすめば、彼をド・セルビィに会わせる予定になっている。ミックとしてはそれまでに段取りをつけておかねばならない。精神のいずこかに狂気を宿してはいるものの知的巨人と称すべきこの初老の男二人が相会するとき、彼らはその営みに相通ずるものを見出し、その信ずるところにおいて思いもよらぬ共通性を認め合うことになるかもしれない。たしかに両者はウィスキーの何たるかを心得ている。かの恐るべき容器が紛失してもド・セルビィはあのウィスキーをつくり続けることが出来るだろうか？　わずか七日間しか寝かせていないのにみごと完熟しているあのウィスキーを。ド・セルビィ・アンド・ジョイス商会の設立を期待しうるであろうか？　蒸留酒製造、麦芽製造、ならびに卸販売。例の高級酒を全世界の市場に送り出し、莫大な利益をあげる。ミックは微笑した。しかしすぐさま自分の心を叱りとばした――妄想に走ってはならぬ。

次はメアリの件。せっかく気ままに過せる今日という日に、わざわざ彼女に会うことがあろうか？電話する必要もないではないか。自分はメアリを深く、身も世もないほどに、愛している。彼は長いことそう考えてきた、いや、それを自明のことと思いこんでいた。はたしてそうだろうか？　人は、恋は盲目と称して、この種の問題を簡単に片付けがちなものであるが、今や自己への誠実さにおいて厳しさを増しつつある彼はあえてこの厄介な問題を直視したのである。問題の第一点。メアリは飽くことなく彼の内心に探りを入れ、こざかしい訊問の手をゆるめない。厳密に彼自身にのみかかわる問題についても彼女は遠慮ということを知らないのである。彼女は細心の配慮をめぐらして自立性を強調し、男友達たる彼への依存度を過小評価する。しかも控え目とは無縁の強引さで彼女自身の意見を表明する——芸術、風俗、習慣、さらには政治、その他もろもろの人間的営みについて語り続ける。彼女自身の意見だって？　どの程度自分の考えやらわかったもんじゃない。彼女が勤めているファッションの宮殿とやらにはもっともらしい雑誌がやたらに置いてあるのだろう。それに気のきいた会話習得法なんていうものは目新しくもない。ここぞと思うときには、おそらく彼女だってマラルメかヴォルテールからの引用の一つや二つはひねり出せるだろう。彼を軽蔑しているというのが彼女の本音なのだ。こちらにはそれを立証するに足る充分な論拠がある。ありていに言えば、あの女は虚飾にみちた売女（ばいた）以外のなにものでもない。おそらくほかの男どもをぞろぞろ引き連れて。献身的な取り巻きたち、いや、奴隷かな、それとも、操り人形たちと言うべきか？

　このところ彼は通常ならざる人物（あるいは存在）と空前絶後の接触を重ねてきた結果、おのずから頭脳的集中力のすべてを外部に向ける傾きを生じ、自己の内面を考察する機会が皆無となる憾（うら）みがあった。これは弁解の余地がない過失であり、明らかな怠慢である。自己の本質ならびに力量をその細部にいたるまで知悉（ちしつ）あるいは熟知していないかぎり、他者の動きに処する充分な対応は期待し得ないのだ。人はみなその力、その持てる力のすべてを発揮する手立てを心得ていなければならない。当面の問題はド・セルビィである。ハケット、そしてミック自身にしても、D・M・Pおよび時間停止能力に関するド・セルビィの言説はいいかげんな出任せだろうと思っていた。しかし彼はそうでないことを証明したのである。次の点は明らかな事実である。すなわち、彼には一般に理解され得ない能力が備わっていること、彼はきわめて狡猾であること、そして瑣末な事柄に関しては平気で嘘をつくこと（ただしこの点は普通人と同様である）。さらに彼は俗事については巧みに言を左右にして結局何も言わないので、最も鈍感な者でさえ好奇心をかりたてられるほどである――たとえば、彼はどこから金を手に入れるのか？　彼にしても飲み食いはしなければならないのだし、装置やら化学薬品を買う必要があるし、地方税も出さなければなるまい。陳腐とはいえ不可避的なこの種の責務を果すだけの貨幣を彼はどこから持ってくるのか？　すでにひと財産かかえこんでいるのだとしたら――よろしい、ではどうやってその財産を築いたのか？　アメリカ合衆国でひと仕事やってきた銀行強盗なのだろうか？　獲物は莫大、左団扇でひっそり暮す。山分けするのは面倒とばかり、仲間をあっさり射殺して。ド・セルビィは謎の人物である。彼にまつわる独特な雰囲気はそれが邪悪な謎であると語っている。

　ミックは彼自身の職能および身分がこのところ瞠目するにたるほど重要性を増してきたことに着目した。なにしろ、正気のほどは明らかに疑わしい不確定的才能の持主を二人も監督している身分なのだから。明らかに、疑う余地なく、この仕事は全能の神によって彼に委託されたのである。そうなると彼は司祭の身分を与えられたことになり、その点に関してはコブル神父と同格なのだ。ミックはド・セルビィと同調してあの神父に愚者のレッテルを貼っているのだが、遺憾ながらこちらには正規の聖職者免許が欠けている。しかしそれは時間をかけるならば解決可能の問題である。祝福された植物といえどもある一時期はぶざまな姿に耐え、泥にまみれながら力を尽して努めなければならない。そのあとにこそ救済の芳香を漂わす魅惑的な花がこの世に咲き出ずるのである。聖職につこう、そして、かの古き葡萄園（霊的努力の場所を指す。「マタイ伝」二〇章一に「天国は労働人を葡萄園に雇うために、朝早く出でたる主人のごとし」とある）にて最善の努力を尽そう、という思いが心にはじめて浮かんだのは、聖スティーヴンズ・グリーンにおけるこのひとときなのである——と彼は考えた。もっとも後になってみるとそれほど確信は持てなくなったけれど。

彼は立ちあがり、曲がりくねった小径を心ここにあらずといった様子で歩きまわった。とりとめのない気分で彼はこの際放棄すべきものの数々に思いを馳せていた。母のことはどうしよう？　あのしっかり者も今は年老い、その健康もたしかに衰えを見せている。しかしドロイーダには彼女の妹がいる。これもまた未亡人だが、けっこう裕福にやっている。そうだ、老いた母と離れて暮すことになっても支障はいささかも生じないだろう。それどころか、息子が司祭になろうとしているという思いは、消え行く彼女の晩年を蠟燭の光のように照らし出すであろう。

それから放棄断念すべきこと、もう一つ。自由になる金を酒に使いすぎる。といっても酒浸りの暮し、あるいは酒色に耽る生活を送っているわけではないのだが。まずいことに居酒屋というものが到るところで彼を待ちうけているのだ。ダブリンにおいて誰かと何かについて話し合おうとすれば、その話題が重要であろうとなかろうと、とにかく必然的に居酒屋が会合の場所となる。この件は社会的悪弊であり、共同体的発展における神経症的欠陥であって、かかる状況は気候風土の不安定性がおそらくはその重大要因であると看做しうるのである。喫茶店やコーヒー店だってたしかにあることはある。それにホテルのラウンジに行けばシェリー・グラスを優雅に傾けることが出来る。しかし、どういうものかこういった場所の雰囲気はいずれも男同士の話し合いにはふさわしくないのである――黒ビールが飲めないからというわけでもないのだが。何をするにも時と場所というものがある。これはたしかに陳腐な言い草ではあるが、それでもやはり正鵠(せいこく)を得ているのは否みがたい。その気になれば入浴中にアコーディオンを弾くことも出来よう。しかしおそらく実際にそれを試みた人はいないのだ。だしぬけに彼は足をとめ、ベンチに腰をおろした。だいぶ歩いたがここでもグリーンの眺めは平凡だが美しい。急ぎ足で行く人たち。飛びまわり、ちょこまかと歩き、鋭い声で鳴く小鳥たち。そして孔雀(くじゃく)一羽、低い茂みの陰をひっそりと歩く。申し分なく整然としているものにはいつも何かはかない思いがつきまとっているのではあるまいか？

　醒(さ)めた目で直視すれば、メアリとの関係は実のところまことに皮相かつ卑小なものであった。おそらくは陳腐なという表現がより適切であろう。たしかにそれは罪に汚れた関係ではなかった。たとえばハケットという名前から連想されるようなたぐいの行為はいささかも含まれていなかったのである。この関係に終止符を打っても彼としてはなんら失うところがないであろう。しかしあまり唐突な幕切れは考えものだし、派手な愁嘆場は願い下げにしたい。もう信じていない以上、かつての忠実の誓いを無効にしたからといって問題はないはずだ。

彼は足許の小石をけとばした。さてどういうものかな――どの修道会に入ろうか？　ここで問題になるのは細部にかかわる点だけである。通例の修道院外僧団は選択の対象からはずしてよい。なぜならその種の僧団の一員となるためにはマヌース学寮における多年の研鑽を要するからである。学寮は英国政府によって創設された。設立の趣旨は、向上心に燃えるアイルランドの聖職者たちがパリあるいはルヴァンといったその方面での中心地に赴いて、修業および学習の実をあげるのを阻止せんとする点にあった。その学寮を修了すればC・C、すなわちカトリック司祭補となり、たとえばスウォンリンバーといった教区に任命されることになる。彼としては言いにくいことだし、またあえてそれを言うについては神の許しを願いたいところなのだが、これまでに会ったC・Cの大半は無知無学というほかないのである。おそらく普通程度の神学教育は受けているのだろうが、芸術一般についてはまったく不案内だし、ギリシャ、ラテンの偉大な古典作家に親しんだ形跡がない。無風流、没趣味の沼地に頭まで浸かっているというていたらくなのだ。そうは言っても、おそらく彼らはキリストの軍勢における歩兵としての取り柄はあるのだろうし、あまり綿密な個別的吟味を加えてはかえって気の毒というものかもしれない。

とにかく明らかに彼には閉鎖的修道会がふさわしい。ではどの修道会にするか？　これは難問。彼の気持はまだはっきりかたまっているわけではないのだが、おおよそのところ普通以上に峻厳で禁欲的な修道会が望ましいように思えるのだった。これを聞いて寛容な微笑を浮かべる人もいるだろうが、実のところ彼は厳しい修道会といってもどれくらいの数があるものやら知らないのだし、それぞれの修道会における厳格な規則がどのように違っているのか見当さえもついていないのである。ただ一つ、彼にも確信が持てることがある。聖ヨハネ修道会では終生無言の修道誓願を課するという。このグリーンで陽気な騒々しさに囲まれていると、沈黙の誓いを立てるのはむしろ楽しみなくらいだ。たまには目先を変えて静かな生活をするのもいいものじゃないか。その点、シトー修道会も結構だし、それにカルトジオ修道会も。さきほど「閉鎖的修道会」という言葉を使ったが、これはいささか誤解を招きやすいし、事実、誤解されている点もあるかもしれない。ここで閉鎖的といったのは完全な禁欲的隔絶を意味しているのではない。無情とも思えるほどに質素な食事、真夜中に木のベッドから起き出して祈禱を唱え、労働時間に着用するのはごわごわの粗末きわまりない僧衣。もちろんこのような苦行に毅然として耐える真の修道僧もいることはいる。しかしあえて言わせてもらうならば、この種の規定はむしろ罪深い徒労ではなかろうか？ 労働は祈禱なり（ラボーレ・エスト・オラーレ）（ベネディクト会士のモットー）、たしかに。しかし、その逆も真なりとは言いかねる。たとえば聖霊会について考えてみよう。彼の知るかぎり、あれもいわゆる閉鎖的修道会に違いはないのだが、その神父たちは教鞭（きょうべん）をとっているし、司教職に就く資格もあり、外国伝道にかかわりを持ってもいる。こう考えてくると、教会一般の構成、組織ならびに運営について自分はほとんど無知にひとしいという事実を彼は残念ながら認めざるを得なかった。この調子で始めたのでは教皇たるの途（みち）は遥かに遠い、と彼は思うのだった。

このようにして混沌たる瞑想に耽っている間ずっと彼の目は大きく見開かれ地面に向けられていた

のであるが、何も見てはいなかった。しかしあまりきれいとは言えぬ黒い対象物が二つ彼に接近し、視野に入ってきたとき、目はその働きを取り戻した。焦点を定めると一足の靴。中に足が入っている。足を辿って視線を上げると、そこにはにこやかな丸顔があった。たしかこれはジャック・ダウンズとかいう男。妙ににやにやしている。一見してそれがどこかの田舎で形づくられた顔だとわかる――見目うるわしい雌牛たち、のらくらものの雌豚は仔沢山、純朴な雌鳥は新鮮な卵を産み――そんな仲間の住むあたり。年はたしか二十二歳、医学生、ダブリンの仲間うちでは「番長」と呼ばれている。これは少々彼の分に過ぎている。というのはこの通用語があてはまるのは次のような男なのだから。すなわち、しょっちゅうぶらぶらしていて、カードにうつつをぬかし、酒をくらっては女にちょっかいを出し、なんでもかんでもやってのけるが教科書を開くことと授業に出ることだけは絶対にしない、そんな男を指して用いられるのである。ところがこのダウンズときたらすでに医学課程の三年間をみごとな成績で乗り切っているのだ。医術の奥義と黒ビールとを同じようにやすやすと摂取する彼の離れ業には、たいていの人が頭をひねっている。ハケットもその例外ではなくて、時にはダウンズ症候群などという術語を口にする始末である。この症候群とは「発せられたる質問に対してまったく筋違いの情報をひねりだすことが可能であり、しかもその情報を伝えるに当って極度に精巧綿密な装飾音を以てするがゆえに当初の質問者をしてその解答は誤りなりと指摘する気力を失わしむるがごとき高度のばかばかしさ」ということになる。これもまた妥当ではない、とミックは思う。しかしながら、大学における勉学は不毛な活動であるというのがもともと彼の持論なのである。それでなくともダブリンにある二つの大学は悪ずれした田舎居酒屋の息子たちで満員のありさまではないか。

――おやおや驚いたな。だみ声のダウンズは楽しそうに言った。あんたこんなところにひっこんで何をしているんだ？　妙に陰気な顔なんかしちゃってさ。

――やあ、ジャック。一息入れているところだ、それに考え事もあってね。

――やだねえ。もう十二時近いんだぜ。ベッドから這い出して三時間は経ってるんだろうに、まだ一息入れてるってのか？　暮しの足しになるようなことでもしたらどうなんだい？　せめてどこかの礼拝堂でアヴェ・マリアの祈りでも唱えてりゃいいのに。それでもアイルランド人のつもりなんだろう。まるっきり穀潰（ごくつぶ）しもいいとこじゃないか、マイケル。

――いいかげんにしろよ、とミックはつっけんどんに言った。朝っぱらからそんな話を聞かされちゃかなわないね。あんたのもったいぶった、あつかましい、馬鹿まるだしの、こしゃくな話なんかをね。それに、朝っぱらじゃなくたって、宗教を馬鹿にしたような与太を飛ばされちゃかなわない。

――あはあ、何やら頭が痛いことでもあるんだな。

そう言いながら彼は待望の援軍来たるとでもいうような身振りをして、ベンチに腰かけた。

――くよくよしなさんなって、と彼は言った。ことさらに優しげな口調だった。気楽にいけばいいってことさ。そうすりゃ胸に抱いた悩み事もいつのまにやら雲散霧消、すっきりなくなっちまうってもんだよ。プランクが確立した量子論ってのを知ってるか？

――知らないな。

——そう。そうなるとエルグ（エネルギーの単位）について話しても無駄ですな。ではチャタム・ストリートってのは知ってるか？

——もちろん知ってる。

——そいつは上出来。あそこはすぐ近くだし、ニアリといういい店がある。立ちて、わが逞(たくま)しき腕に縋(すが)りたまえ。われすなわちそこへ導きて、一パイントを持て成さん。実はね、ぼくも一杯ほしいところなんだ。

——要するに、何はともあれ飲もうってわけか。

ミックの声にはまぎれもない当惑の響きがあった。この誘いは先程来の夢想の趣旨に相反するところであったのである。

——ジャック、いつもの調子で始めるについてはちょっとばかり早すぎはしないかな？　一時半頃にはウィスキーをたらふく流し込んでることになりかねないぜ。

——いや大丈夫。その心配はまったくない。とにかくあんたに話したいことがあってね。こんなところで喋ってたら盗み聞きされるおそれがある。

——こんどの試験はいつなんだ？

——十一月。時間はたっぷり。

——腹のなかに黒ビールを流し込むひまがあるくらいなら学説の一つか二つ頭のなかに流し込んどいたほうがいいんじゃないのかねえ？

――さあ、どういうもんでしょうかね。とにかく行きましょうや。

彼は立ちあがった。かろやかな身のこなしだが、有無を言わせぬ強引さがあった。ミックとしては従うほかなかった。今はもうどうともなれという気分だった。彼も席を立ち、二人はぶらぶらとグリーンを抜けてグラーフトン・ストリートに向かい、間もなくニアリに入った。通りの奥まったところにある静かな隠れ家といった雰囲気の店である。ジャック・ダウンズはミックの好みを聞く手続きを省略してさっさと黒ビールを二杯注文した。そしてそれが来ると一息にグラスの半分ほどもあけ、それから手近の椅子に足をのせた。

――さあ、話してくれよ、ミック、さあ、と彼は熱をこめて言った。いったいどんな面倒に巻きこまれているんだい？

ミックはくすくす笑った。

――面倒だって？　あんたが勝手にそうきめこんでいるだけじゃないか。あたしには別に心当りはないがね。

――なんてこった！　グリーンでへたりこんでいたあんたはひどくみじめったらしかったぜ。まるでかみさんをなくした案山子（かかし）みたいだった。

――そりゃまあ悩み事の一つくらいはありますがね。でもすぐにすっきりすると思うよ。ここんところ便秘気味でね。

――ええい、くそ！　ダウンズはいまいましげに言った。誰にしたってその気味はあるもんさ。原罪ってところかな。それに比べてこのぼくときたら。本当に困っているんだ。

——どうした？

——どうもこうも。今晩キングスブリッジ駅へ行かなきゃならないんだ。六時ちょっと過ぎの列車でおやじがやってくるもんだから。

——そりゃまた結構なことじゃないか。お父さんとうまくいってるのはあたしも知っている。それにこうしてわざわざやってくるときには、言われなくとも小遣いを持ってきてくれるんじゃないか。そのうえ大学でのあんたの成績だっていい線いってるし。

ダウンズは唸るような声をあげた。

——ところがひどくややこしいことになってるんだ、と彼は言った。この前この町にやってきたとき、おやじはかけがえのない家宝の金時計を取り出して、どうも具合がおかしいようだと言ったんだ。二人してある時計屋へ行ったところが、これが腕のいい奴ですぐさま不調の原因を見つけ出した。時計屋は修理代の見積りを言い、おやじはそれを支払った。一週間したらぼくが時計を受け取って、安全無事に保管するってことになった。

——そうしたんだろう？

——然（しか）り、而（しこう）して、然らず。間違いなく受け取ってきた。調子はいいし、一級品だ。まもなくぼくはばかげたことをやらかした。

——まさかなくしちまったんじゃないだろうな？

——いや、質に入れた。

話を聞きながら、ミックは飲みたくもない黒ビールをたっぷり時間をかけて片付けていた。おれ自身を含めて、人間というものは真底愚かなものじゃないか、まったく。

——どこへ質入れしたんだ？　かなりの間を置いてから彼は訊ねた。

——カフ・ストリートのメレディス質店。

それは学生たちがよく通う質屋である。ミックは状況を熟考した。彼にはたいして重大な局面とは思えない。

——幾らで入れたんだ？

——二ポンド十シリング。借りたのはそれだけだ。

——質札は？

——ここに持ってる。

ちょっと探してから彼は質札を取り出した。見たところ本物らしい。

——泣きっ面に蜂ってんだろなこれは、とダウンズは陰気な声で言った。すっからかんなんだ。すってんてんの一文なしさ。おやじの第一声は、時計はどこだ、に決ってる。ないとわかったら只じゃすまない。ひと騒動持ちあがるどころかまさに修羅場だな。駅のまんなかでぼくは目も当てられないさらしものにされるだろう。

——お父さんには一度それもほんのちょっとだけしかお会いしてないが、それほどひどい人とは思えなかったがね。

――あの時計のことになるとまったく手に負えなくなるんだ。それを思うとうまい作り話もひねり出せない始末さ。

ミックは短い笑い声を洩らした。

――目下の状況をまともに考察するならば、と彼はもったいをつけて切り出した。問題はまことに単純明快だと判明するはずだ。あんたの学業はうまくいっているし、下宿代も前払いしてあるそうじゃないか。そういうことならお父さんだって息子はよくやっているとばかり十ポンドほどの小遣いを恵んでくれるだろう。この際あんたが為すべきことは時計を請け出すに必要なだけの金を借りさえすればいいのだ。借金が未払勘定になるのはその間わずか数時間にすぎない。単純にして明快！

――借りる？　でもどこから？　三ポンドがとこいるんだぜ。

――あんたにだって友人ぐらいあろうじゃないか。あはあ、まあまあ、そんなにあたしを見つめなさんな。われわれのグラスは空っぽで、おかわりを注文するのはあたしの番、わかってますよ。あたしはヴィシー・ウォーターにしよう。

彼はウェイターを招き寄せ、注文した。それと同時にズボンの右のポケットに入れてある有金を残らずわしづかみにして取り出した。半クラウン銀貨（二シリング六ペンス）三枚と小銭が少々。彼は右手をそのまま差し出した。

――わが名誉にかけて、ジャック、と彼は重々しく言った。あたしが身に帯びている金はそれで掛け値なしの全部なのだ。

ダウンズはそのささやかな貨幣コレクションに戸惑いの視線を投げかけた。

――たしかに、と彼は言った。昨年ぼくは妹が堅信礼を受けるので贈物をしたいと言って、下宿のおかみから二十五シリング（一ポンド五シリング）借りたことがある。もちろんその金は返したよ、でも、もう一度ってわけにはいかないな。ぼくには妹なんかいないってことを勘づかれたらしいんでね。

酒が来ると彼はむっつり黙りこんだ。一方ミックはこのちょっとした件に決着をつけようと考えはじめた。いろいろあるにしてもジャック・ダウンズはいい奴だ、助けるに値する男だ。この際とるべき明白な途（みち）が一つ残されている。もっとも下手をするとこちらの経済的均衡にわずかながら悪影響が及ぶおそれはあるが。ジャックの救済はこのポケットにあり。小切手帳、現段階においては未使用。

現時点において自分は超自然ならびに科学の領域を彷徨（ほうこう）する混迷の時の只中にある、とミックは再確認した。しかしながら、崇高なる人間性の真の発露たる惻隠（そくいん）の情を見失ってはならぬ。これに比べるならばその余の諸美徳は浅薄にして些細なものにすぎない。愛と憐憫はその別名である。ラテン語のカリタス、すなわち慈悲もまた同じ。野獣にすら惻隠の情なしとは断定しえないではないか。たとえ三ポンドを失うおそれありとしても、悩める魂の慰めとなることを思えば安いものではないだろうか？　しかもそのうえ家庭の不和を未然に防ぎ、幸福な状態の永続化に寄与し、他者の生涯における恒久的達成に資するところあるを思えば、この三ポンドも何ほどのことがあろうか？

そう、為すべきことは明白である。しかしいささかの配慮が要請される。この場で即座に小切手を切り、それを手渡すのは問題だ。ジャック・ダウンズの性格には衝動的要素が認められるからである。自分の発案になるものであるからには、最後の最後まで見届ける責任がある。彼はついに口を開いた。

——ジャック、と彼は切り出した。あんたに見せたのがあたしの有金のすべてだということにいつわりはない。予想のつくわずかばかりの出費を考慮に入れても、一ポンドもあれば一日二日は何とかしのげるものなんだ。でもほんの少しだがあたしには隠し金があってね——ほんの少しだよ、勘違いしないでくれたまえ。万一の場合に備えてのことなんだけれど……

ダウンズはぽかんとして彼をみつめていた。やがてその顔に微笑めいた表情が浮かぶ。

——つまりあんたは——

——つまりあたしは小切手帳を持っている。これから持参人払いの小切手を切ろう。それから二人してアイルランド銀行まで歩いて行くんだ。そうしたらあんたが銀行のなかに入る、裏にあんたの名前を書いて小切手を現金に換える。あたしは外で待つ。出てきたら、きみはその金をあたしに手渡す。それからわれわれは例の時計に関して打つべき手を打つ。

この率直、寛大なスピーチがダウンズに与えた効果はまことに心楽しいものであった。彼の顔はかすかに輝き、愛想のよさが全身からにじみ出ていた。

——ミック、あんたって人はまさに天使だ。一風変ってるし、髭剃りの必要もあるけどね。そう、神々しいばかりの呪術師だ。

ミックは小切手を切った。この話についてこれ以上語るべきことはほとんどない。ダウンズの姿が銀行のなかに消えたとき、ミックは自分の小切手第一号についてなんらかの疑惑が生じはしまいかと一抹の不安をおぼえた。疑惑は、生じなかった。待つほどのこともなく、きれいな紙幣が四枚、彼の手のなかにあった。

——次なる目標、ジャック、それはメレディス。歩こう。

三十分もしないうちに二人は足をとめ、別れた。ジャックのポケットには三ポンドから残った釣銭とともに崇敬すべき片ガラス懐中時計が収まっていた。彼はことさらに声を大にして返済の誓いを述べたてていたが、ミックはそれを押しとどめ、今晩お父上を出迎えるのだけは忘れるなと念を押した。ひとりになると、彼はにわかに足を速めて、とある地下食堂に飛びこみ、濃いブラックコーヒーとバンズを注文した。これこそまさによきサマリア人（苦しむ人の真の友の意）にふさわしい食事ではないか、と彼は考えた。新聞を買いはしたものの、とても読む気にはなれなかった。思い乱れてはいるものの幸福だった。メアリ、ド・セルビィ、そしてジョイス、彼らのことは断乎として頭のなかから押し出した。物事は順を追って、しかも平静に対処しなければならぬ。さて、どうしよう？　彼は映画館に入っていった。何を上映中なのか気にもとめなかった。午後五時前に入場の方は半額。

いつもの時間に帰宅した。空腹感があった。

——疲れてるようだね、と母が言った。今日もきつい一日だったのかい？

——ああ、そうだよ、母さん、と彼は言って椅子にぐったり腰を落とした。田舎から出てきた連中のなかにはひどく扱いにくいのがいてね。

15

問題の金曜の夜、八時四十分。時間どおりミックはドーキーの警察署の扉を押しあけた。今や行動が対話と論考にかわるべき時。彼は日直室に陣取るブラック巡査の挨拶にうなずき返した。赫ら顔をゆがめ、自分では微笑のつもりの皺くちゃづらを見せるのが巡査の挨拶である。

——ああ、とにかく結構な晩ですね、と言いながら彼はくっくっと笑った。これが勤務中じゃなけりゃ申し分なしなんですがね。さっそくラーキンの店に出かけてって黒ビールを二、三杯がとこひっかけるんだが。あの黒髪のむっちりした娘っ子と話しこむってことにでもなれば言うことなし。ロングフォードの出身だそうだが、司祭さんとこの台所にすっこんだきりだもんね、まったく。

ミックは愛想よくうなずいた。

——そんなもんですかね、ミスタ・ブラック。でも誰も彼もそういうことで頭が一杯というわけでもないでしょう。巡査部長とあたしは、このあたりの人たちに自転車競走への関心を喚起しようと考えているのです。健康的なスポーツですからね。

——そんなことより連中にパンク直し技術教程をとらせるほうが先だろうにな、ボスなら奥にいますよ。

――どうも。

フォトレル巡査部長は彼のいわゆる事務室にいた。自分の自転車のそばに跪(ひざまず)き、何やら調整中。自転車用ズボン裾(すそ)留めは着用ずみである。

――ごきげんよう。彼はちらりと目をあげて言った。

――仕度はよろしいですか、部長さん？　こんどの捜索は手ごわいですよ。

――用意万端抜かりなし、と彼は応じた。なおそのうえ万一の場合に備えてブラック巡査の空気ポンプを借りて行くことにしよう。

――なんですって？　まさか自転車を持ってくつもりじゃないんでしょうね？

巡査部長はやおら立ちあがり、厳しい目つきでミックを見すえた。

――今夜のわれわれは秘密の特命を帯びているのですぞ、と彼は秘密めいた調子で言った。したがって誰にもせよ差し出がましい関心をわれわれに注ぐがごときことありとすれば、好ましからざる事態と言わねばならない。わたしが自転車なしでこの教区内の小路(こみち)あるいは大通りを行くとすれば、それはズボンなしで歩きまわるよりもさらに人の目を惹く行為なのだ。

――それはわかります、でも……

――わたしはこれまで一度たりとも自転車なしで公衆の面前に出たことがない。といっても、それに乗るの愚を犯すほどに救い難い愚者ではないのだが。

これは慣例の問題ではない、鋼鉄のようにかたくなな信条にかかわる扱いにくい問題なのだ、とミックは納得した。こちらとしては巧妙な外交的手腕を発揮して如才なく立ち回る必要がある。肝心なのはド・セルビィの容器を手に入れそれを一晩できるだけ人目につかない場所に隠すということなのだ。この際、議論あるいは論争を挑むのは下策の最たるものであろう。

——さすがですね、部長さん。かたわらに自転車を押して行くというのは一種の偽装になるんですねえ。よくわかりました、妙案ですよね。そういえばちょっとした考えがあたしの頭をかすめたんですが。

——ああ、超短波がかすめたってわけですな。どんな？

——ふと思いついたのですが、あなたはあたしの自転車を独房に拘禁していらっしゃる。あたしもそれを押して行くというのはいい手じゃないでしょうか？

巡査部長は眉をひそめた。どうやら自転車使用儀式ならびに慣例にかかわるややこしい問題点に触れてしまったらしい。ミックは唇を嚙んだ。

——いや、それはまずい。巡査部長はゆっくりと言った。本質的な観点からすれば、あんたは何らかの形で自転車と交渉を持つに及ぶ場合、必ずそれに乗るタイプの人間なのだ。ところがわたしはそれとは異質の信条を捧持（ほうじ）する部類に属する。わが生涯においてわたしは自転車の上に位置したことはないし、永世の長きにわたってこれからも決してそのようなことはないであろう。

——よくわかりました、とミックは同意した。では出かけましょうか。きめた時間どおりに事を運ばなくては。

こうして彼らは出発した――裏口から、巡査ブラックに気づかれることなく。闇はすでに深まっていた。ドーキーの狭い通りを行く二人はほとんど人目を惹かなかった。ゆらめくガス灯の光は弱く、人の往来も絶えている。通りすがりの居酒屋の灯りだけがやけに明るい。そこから洩れてくるかすかな物音。人の世はまだ平穏無事なのだ。やがて彼らはヴィーコ・ロードのゆっくりした上り勾配にさしかかる。コルザ・ホテルの前を通りすぎてからだいぶたっている。二人のうちどちらもそれを口にしなかったし、ホテルがそこにあるとうなずき合うことさえしなかった。フォトレル巡査部長はさりげなさを装ってはいるものの、必要以上にあたりを気にして、妙に黙りこくっている。もっとゆったり構えていてくれたほうが具合がよさそうだ。ミックは低い声ながら気楽な調子で話しかけた。

――部長さん、あたしたち二人は有意義なことをしているんですよね、と彼は言った。あのド・セルビィという男から奴が抱えこんでいる恐るべき細菌容器を奪取するのは価値ある倫理的行為にほかならないと思います。

――われわれはわれらが貴族的鷹揚（おうよう）さによってわれら自身に栄光を与えているのだ、と巡査部長は答えた。要するにミックの意見に同感だと言いたいらしい。ミックは愛想のいい低い声で応じた。

――鷹揚ということでしたら、あたしだってこれでもあえて個人的犠牲を払っているのですよ。御存知のようにあたしは公務員です。

――卓越せる逞しき力、国政を司る選ばれたる器、と部長は謳いあげた。

――ええ、まあ、最善は尽しております。公務員は年間に然るべき賜暇期間を与えられているのですが、あたしのはきっちり三週間です。申請すれば一年分の休暇をまとめてとることもできますし、ちびちび休んでもいいのです。

――なるほど、ちびりちびりといくわけですな、と巡査部長が言った。彼の自転車の低く舌打つような囁きが二人の話に合の手を入れた。

――でも肝心なのは、とミックは話を続けた。一日は一日だし、一日の休暇は一日の休暇だということです。土曜日には一時で仕事が終ります。それでわれわれの大部分はその日を半日と考えています。そのとおりなんですよね。ところが半休というきまりはないのです。あたしの言いたいことはおわかりでしょうね?

――細部にいたるまで抜かりなく。

――われわれがド・セルビィの例の物件を取得しそれを路傍に隠匿するとなると、翌早朝の回収が必要となります。週末にかけてそれを放置することはあまりにも危険が多すぎます。そんなことは三十秒だって考えられるものではありません。

巡査部長は唸り声を発して同意を表した。

――三十秒の十分の一だってだめだ。科学の悪魔的所産たるこの奇跡的物質の重量が許容限度内であれば、おそらくわれわれはそれをわたしの自転車に載せて運び去り、署のベッドの下に隠しておけるのじゃないかな。

無責任の極致たるこの提案にミックは仰天した。

――とんでもない、部長さん、そんな無茶な。そんなことじゃ人類はド・セルビィの破壊的陰謀の危機にさらされたままじゃないですか。まずこの週末あんたが外出中をいいことにしてブラック巡査が見つけるおそれがありますよ。彼のことだ、りんご酒の樽か何かと考え違いして、それこそこじあけかねませんからねえ。

巡査部長はくすりと皮肉っぽく笑った。

――司祭補のカミンズ神父は病気の母親を見舞いにティペラリ州へ出かけている。わずかな隠密的配慮を以て行動すればわれわれは例のものを教会内の告解聴聞室に安置できるだろう。狂気の人ででもなければ、そこに何かがあるなどと考えつくことはあるまい。

ヴィーコ・ロードを行く二人は柵のわずかな切れ目に近づきつつあった。そこをすり抜ければド・セルビィ宅への接近が可能だ。二人は立ちどまった。ミックが部長の自転車を押しとどめたためである。ここでひとつ念を押しておかなくては。

――フォトレル巡査部長。彼は押し殺した声に力をこめて言った。この計画は細部にいたるまで充分に練ってあります。それからはずれるのはまずいと思います。われわれはド・セルビィの物件をこの柵のところまで持ってくる、必要とあれば転がしてきましょう。それから一晩だけここに隠しておく。明日の朝早く一台のタクシーがあたしの家のすぐそばに停って待機する。あたしが合流し、ここまで車を走らせ、物件を回収し、それを永久に安全な場所に運ぶ。どうです、簡単なものでしょう?

二人は歩き出した。巡査部長としてはこの案に異論がなかったからである。まことに当然のことながら、彼は公共の利益のために行われる家宅侵入にかかわる専門的助言者を以て任じているらしいのだ。柵の切れ目に到着すると彼は驚くべきほど巧妙迅速に自転車を茂みのなかに隠しおおせた。

ひっそりと静まり返った上り坂を木立の間を縫いながら、ミックは部長の袖(そで)をつかんで先導する。屋敷には灯り一つ見えない。人の気配はない。隣接する木は切り払ってあるので、建物の輪郭はある程度細かい点まで見分けられる。玄関の扉がそれと認められた。しかし部長はそちらには目もくれず、今度は彼のほうからミックの袖をつかんで、茂みのかげをかいくぐり、おぼつかない足取りながら先に立って裏手へ回った。

小さめの窓が二つ彼らを誘った。それぞれ二枚のガラス枠が上下する上げ下げ窓である。屋敷の周囲を回ってみてわかったのだが、正面から見たのとは案に相違して驚くべきほど小さく奥行きもない建物である。

巡査部長は窓の一つを選ぶと、ポケットから薄刃のナイフを取り出した。それから掛け金のあたりに目をこらし、窓枠の両側をがたがたやっていたが、唖然たるミックの目の前で、ナイフの世話にもならないで窓の下枠をするりと持ち上げた。そのあとにはおおよそ二フィート掛ける一フィート半の大きさの四角い穴が口を開ける。そこへ大きな頭を差し入れて彼はそっと声をかけた——

——どなたかいらっしゃいますか?　どなたかいらっしゃいますか?

闇からの応答はなかった。彼は頭を引き抜くと、それを大きく動かしてミックに合図した。それから穴へ大きな右足を差し入れ、素早くしかもひどく複雑な動きで身をねじると見るまにすっぽりなかへ入りこんでいた。あとに続いたミックはさんざん苦労して身をもがきながら、この無謀な侵入は書物にみられる暗黒街の連中の手口ならびに手際とはだいぶ様子が違うという感想を抱いていた。実際のところ、彼の知るかぎり、二人のうちどちらも武器を携帯していないではないか(部長のポケットに収まっているあのナイフは計算に入れないとしてのことだが)。巡査部長は用心深く、音も立てずに、窓を閉めた。

ミックは小さな懐中電灯を取り出して部屋を点検した。光度は充分だが、照らす範囲は極度に狭い。ここはどうやら台所のようだ。こぎれいにきちんと片付いている。磨きあげた頑丈なテーブル、食器戸棚、小さな包みや缶を並べた棚、冷蔵庫、小型電気コンロ、それに椅子二、三脚。充分に注意の行き届いた部屋のたたずまいだ。

ミックが押すとドアはほとんど手応えもなく内側に開いた。そこで彼は巡査部長の前例に従って「どなたかいらっしゃいますか?」とそっと声をかけたが、こんどもまったく手応えなしであった。短い廊下、その先はもう玄関ホール。先に立って居間に入る。懐中電灯で照らす。ここにも人の気配はない。床には何枚かの新聞紙、肘掛け椅子には膝掛け。マントルピースの上にはポットと小さいコップがあって、わずかに濡れた跡がついている。彼はいつぞや手に入れた鍵を握りしめ、まっすぐ戸棚に歩み寄った。鈍色(にびいろ)の金属製の樽はこのまえ見かけたときと同じところに置かれてある。彼は巡査部長に身振りで合図し、無言のまま懐中電灯を手渡した。ちょっと押しただけで樽は簡単にかしぐのだが、跪いているので持ちあげるのは難しい。力をこめて手前へ引きずり出した。戸棚の底板は床から一インチほど高くなっている。樽は薄い絨緞を敷いた床に横ざまに転がり落ちた。歪みのない見事な形の樽なので、横腹のふくらみの真中で床に接し、両端は宙に浮いている。彼は樽をもうひところがしておいてから、戸棚の扉に元通り錠をおろした。彼は立ちあがり、巡査部長から懐中電灯を受け取り、樽を持ちあげテーブルの上に置くよう手まねで指図した。この指令を部長は迅速かつ容易に実行した。

ここまでやれば今までの張りつめた警戒心をわずかにゆるめても差しつかえあるまいと思われた。

——重いですか？　ミックは囁いた。

——ちっとも。その声は静寂を刺し貫いた。囁いたつもりなのだろうが、これではドーキーにまで筒抜けになりかねない。生まれて一か月の羊くらいの重さってところかな。

生まれて一か月？　それなら仔羊って言えばいいものを。ミックは自分も試してみようと樽に手をかけた。驚いた、見掛け倒しとはこのことだ。およそのところ中型タイプライターくらいの重さだろうか。

——交替で運びましょう、と彼は囁いた。木立を抜ける難所ではあたしが先に立って歩きます。今度は玄関口から外へ出るとして、とにかくゆっくり慎重にね。最初はあんたが持ってください。ドアの開け閉めはあたしがやりますから。

――適切なるおもんぱかり、とひとことあって巡査部長は頑健な両腕に獲物をかかえこんだ。由々しき重荷担いつつ、めざすは路傍の柵なりと、降りゆく二人の道行きの足取りは遅々、思いは細心。藪のなかへの隠匿の手際はまさに迅速、丁寧。手違いはただの一つもなかった。それでもミックの心臓はこの道行きの間じゅう激しい動悸を打ち続けていたし、どこからか取り出してきた自転車を押す巡査部長と一緒にさりげなくヴィーコ・ロードを歩いているときもまだその動悸は静まりきってはいなかった。

――御存知かな、と巡査部長は秘密を打ち明けるように声をひそめて言った。知ってるかな、あんた？　明朝六時に何が起きるか、あんた御存知かな？

――いえ――何が？　訊ねかえすミックは突然の恐怖を感じていた。何を、いったい何をおれは見落していたのか？

――おおよそ六時かそこらの頃合と思って頂こうか、と巡査部長は改まった調子で言った。かの西風はその残酷な唇をすぼめ、旋風とともに豪雨をもたらすであろう。雨は篠を突き、篠を乱す。収穫の済まぬ農夫たちはびっくり仰天、度胆を抜かれ、見るも恐ろしいどしゃぶりにめそめそ泣き言を呟くばかり。

この予言を聞いてミックはいささかほっとした。常に前向きの姿勢を旨とする巡査部長にとっては今夜の大仕事も一件落着、すでにけりのついた過去の出来事なのだ。それは読み終えた本、食い終った飯。二度と口にすべきではなく、思いを寄せるべきでもない。こうした単純明快な態度はミックのように思い切りも纏まりも悪い屈折した精神の持主には理解しにくいところがあったが、それでも部長が事態をそんなふうに見ているのはありがたかった。いろいろと奇妙な心配事を抱えているミックは彼の態度に気の置けない親しみを感じていたのである。

彼は天候の話に調子を合わせた。そのおかげで、許しがたい自然の気まぐれによって生じた遠い過去の悲劇的事件に関する高説を拝聴する羽目になった――暗黒の一八四〇年代にアイルランドで発生したじゃがいも大飢饉は何週間にも及ぶ人類史上最悪の降霜が直接の原因だったのである。彼らは警察署に着いた。ミックは感謝と別れの意をこめて握手の手を差し出したが、巡査部長は彼の肩を押して署内に導き入れた。

――二人ともまずは熱い紅茶の一杯も欲しいところじゃありませんか、と彼は精一杯愛想のよい声で言った。それからプラック巡査がパンクのことで鼻声のよろよろ声で何を言っても気にしないでください。

よろよろ声？　ああ、おろおろ声か。

16

その晩警察署を出たとき、ミックはまだ十時少し過ぎなのに気づいて意外な感じがした。そのせいもあって、彼はこれからコルザに行き、ド・セルビィに直接会って違約の詫びをしようと決心した。間に合わせの口実が幾つも群をなして彼の頭に浮かびあがってきた——今夜御足労をお願いしましたのはあなたと著名な作家ジェイムズ・ジョイスとの会見の日取りを決める心積りがあったからなのです。こちらに歩いて参ります途中、目の前で自転車の衝突事故が起き、自転車に乗っていた人が負傷しました。警察の執拗な要請により、あたしは署まで足を運ばされ、証人としての供述書を書かざるをえない羽目になりました。警察での事務処理はなんとも緩慢無能でして。おかげで今晩のあたしの予定はめちゃくちゃになってしまいました。どれもあたしとはまったく関係のない事故のせいなのです。あなたには失礼してしまい恐縮に思っております——

コルザ・ホテルは本来であれば十一時まで店を開けていられる。しかしミセス・ラヴァティーの職業的良心の伸縮性と彼女の時計の不確実性とは両々相まって閉店時間を不確定的なものにしていた。ドーキーの居酒屋の主人たちが鬼と怖れるフォトレル巡査部長も、事この店に関するかぎり、時折飲みに訪れる以外はまったく干渉しない。この店で酔っぱらう者があるとしてもただそれだけのことで、風紀を乱すといったとんでもない違反行為に及ぶことはないのである。

ミックが店に着いたのは十時十三分であった。少しばかり酔眼朦朧(もうろう)の気配が見えるハケットがバーにいた。ミセス・Lはカウンターのなかで編物をしている。どういうものかこれまでの高い基調音が低音部に転調したように感じられた。誰に言うともなく今晩はと挨拶してから彼はカウンターの席に着いた。ミセス・ラヴァティーはヴィシー・ウォーターという奇妙な注文に応じる。

——あんたって人はいつでもちょっとタイミングがずれるという点にかけてはたいした才能の持主だよな、とハケットがいささかおぼつかない口調で言った。そういえばあんたのおふくろさんがしてくれた打ち明け話を思い出すよ、あんた八か月で生まれちまったっていうじゃないか。例の男はほんの十五分ばかり前に出て行ったぜ。

どういうものかミックはこれを聞いてほっとした。

——どうも、ハケット、と彼は言った。あんたの協力はありがたいと思ってるよ。実のところここで彼に会おうと会うまいとあたしにとってはどっちでもよかったんだ。

——あんたのほうはもくろみどおりにいったのか?

——そう思うよ、うん。

——それで当該人物の所有物件はどこへやったんだ?

——ま、いいから、いいから。気にすることはない。安全このうえなしのところさ。もう心配はいらない。

ハケットは眉をわずかに寄せて、また酒のほうにとりかかった。むっつりとしてむら気なところが見える。「スラム」の奥の席にいる彼はこっちへ来いよとミックに手まねで合図した。ミックはそれに従った。

――惜しいことをしたな、ド・セルビィに会えなくて、とハケットは言った。あの男のほうではあんたに会いたがっていたぜ。何か曰くがあったらしい。どんな用向きなのかあたしにはあまりはっきり言わなかったがね。あの薬品はどうするつもりなのか、そこんとこにあんたが不審を抱いているのはわかってる、とかなんとか言ってたぜあの男は。ほら聖アウグスティーヌスの一件で奴が使った薬品のことさ。不審に思われても仕方がないところだったけれど、あれからすっかり考えを変えたってことをあんたにわかってもらいたいそうだ。かつては悪い影響をもろに受けていた、外的な力に左右されっぱなしだった、今になってみるとそれがはっきりわかる、と彼は言っていた。しかしある奇跡――あるいは一連の奇跡――によって彼の心は浄められた。あんたにそれを知ってもらいたい、そして心配するのはやめてほしいそうだ。「数日以内に」と彼は言ってた、「わたしは見誤る余地のまったくない方法で自分の過ちを撤回するつもりです。実験はすべてきっぱりやめにして、温順な市民としてブエノス・アイレスに戻ります。あちらでは従順な妻がわたしを待ちわびているのです。金はたっぷりあります、いえ、まっとうな金ですよ」……

ミックは目を丸くして彼を見つめた。

——驚いたな、これは、と彼は言った。啓発的というよりはむしろ不可解きわまる。そんな話なんかひとことだって信じられやしない、とても納得できるもんじゃない。

ハケットはミセス・ラヴァティーに身振りでおかわりを注文した。

——いいかい、この件であたしが直接かかわりを持ったのはだね、と彼は言った。聖アウグスティーヌスとの例の会見であんたやド・セルビィと同席したあのときだけなんだぜ。前にも言ったようにあたしはあれが幻覚じゃなかったとは断言できないんだ。ド・セルビィにしたって自分が練達の呪師だってことを否定はしないんじゃないかな。おそらくあのときは一服盛られたのさ。麻薬ってのは際限なく幻想を誘発するそうだからな。

——ハケット、その問題は前に二人で話し合ったじゃないか。どんな麻薬にしても別個の二人の人間に同一の幻想を引き起こすことはありえない。科学のあらゆる分野——化学、医学、心理学、神経精神病学——いずれの分野の専門家もその点では意見が一致しているのだ。

ハケットはミセス・ラヴァティーが運んできた黒ビールの代金をむっつり支払った。

——いいかい、あんた、と彼は言った。ド・セルビィみたいなふざけた野郎にゃ会わなきゃよかった、あたしはしんそこからそう思ってるし、奴にもはっきりそう言ってやったんだ。あんたなんか好きになれないし、どんな結構なものでもあんたからの貰い物じゃこちらからお断りだってそう言ってやったのさ。もっとも、そんなふうに険悪な空気になる前に、あの男はいろんなことを話してくれたっけ。彼の家には密閉した部屋があるそうだ。ヴィーコ水泳クラブ附近の海底洞穴が海水で密閉されているのと同じくらい完璧な密室だそうだ。どうやら彼はあの家で呼吸用マスクを着用に及び、ほとんど毎日いわば自家製永遠のなかに入りこみ、死者たちと話を交しているらしいんだ。相手は例外なく天国の住人のようだが、これは少しおかしいんじゃないかな。なぜって、あの男はサタンから力を与えられたと主張しているんだものね。あんたどう思う？

——さあどういうものだろうな。彼の話し相手についての最新情報はまだ聞いていないものだから。

ハケットはうなずいた。

——あたしに出来るのは彼の話の要点をかいつまんで言うくらいのことなんだが。そうだ、一つ言い忘れていたことがある。彼がここへやって来たときにはもうすっかり出来上がっていてね。無理強いしてでも彼に酒を飲ませろってあんたは言ってたけど、あのざまじゃその必要もなかったんだ。さらに飲みたがる彼を押しとどめるのがあたしとしては精一杯だった。さもないとぐにゃぐにゃに飲んだくれて眠りこみそうな気配だったからなあ。ミセス・Lもひどく困った顔をしていたよ。ティーグ・マクゲティガンに介抱されて、十五分ばかり前にやっと出て行った始末さ。しようがないからあたしが馬車を呼んだんだ。あの男、正体もなく酔ってたな。

ミックは頭を横に振った。これはまったく予想外のまずい成行きになったものだ。それが何を意味しているのか彼には見当もつかなかった。おそらくなんということもないのかもしれない。それが本当のところなんの意味もない行為で、まともに考慮するに値しないとしても、ド・セルビィほどの人物が酔っぱらってわめき散らしたとなると、もうそれだけで不気味で、ただごとではないという感じがするのだ。しかし、それにしても……

――誰にしても時にはやらかすけれど、彼もその例に洩れず羽目をはずしたってところかな、とミックは言った。そして自家特製ウィスキーの無茶苦茶な効き目のほどを御披露に及んだわけだ。ところで彼の家にあるという神聖実験室ではどんな人物に会っていると言っていた？

ハケットはポケケットのなかをかきまわしはじめた。

――何人かの名前は書き留めておいたんだ、と彼は答えた。アウグスティーヌスにはほとんど毎日会っているらしい。まるであの家に専属の司祭みたいなもんだ。

――ほかには？

ハケットは眉根を寄せて皺くちゃの紙片を見つめている。

――あんまりはっきりしない名前もあるんだ――耳にしたとおりそのまま書きなぐったのが大部分なんでね。アンティオキアのイグナティオス、キュプリアーヌス、ダマスカスのヨアンネス……

――これはどうも！　ギリシャの教父も入っているのかしら？

――ヨハンネース・クリュ一ソストモス、モプスエスティアのテオドロス、ナジアンゾスのグレーゴリオス……

――ハケット、白状するけれど初期キリスト教の教父についてあたしはあまり造詣が深いほうじゃなくってね。生まれも信条もこれほどに多種多様な教父たちと話し合うなんて、ド・セルビィの狙いはいったい何なのだろう？　それにしても今回は相手を教父に限定しているようだな。あたしが知っているところでは世評に高い教父の最後の人といえばグレゴリウスあたりかな、たしか六〇〇年頃に亡くなったはずだが（ローマ法王グレゴリウス一世は六〇四年に逝去）。

ハケットは笑った。彼の精神と音声はアルコールによる変化のきざしを示していた。

――よくあることだけど、と彼は言った。何とか言う調査委員会はその権限において随意に参考人を召喚したり参考書類を提出させたりしてるじゃないか。ところでド・セルビィが司祭さんやらローマ教皇礼讃者やらを呼び出す力ときたら、あのての調査委員会も顔まけというところだよな。密談の席への出頭を命ずるために彼が発行する召喚状は個人宛とは限らないんだ。ある朝どんな連中が呼び出されたと思う？

――どんな？

――トレント宗教会議（一五四五―六三年の間不定期に開かれたカトリック教会の会議。改革派の教会を否定し教義の確立を計った）から何人もね――言ってみれば、ひとからげにまるごと引き抜いてきたのさ。そのなかには枢機卿たちもまじっていたが、彼らは新教徒を異端の徒として告発せよとの教皇の密命を体して暗躍し、会議を牛耳ろうとしていたのだ。

ミックは唖然とした。これでは少しやり過ぎというものだ。

――考えに入れとかなければいけないと思うんだがね、ハケット、こんなひどいことを口走ったときあの人は酔っぱらっていたんだろう、と彼は言った。

ハケットはうなずいた。

――それに話を聞いてるこっちだってまるっきりの素面（しらふ）ってわけじゃなかったのさ。あの男のいうことはたしかに混乱していたし、第一その言葉遣いもしどろもどろだった。あたしの聞き違いじゃなけりゃあの男は聖アウグスティーヌスに酒を一杯おごったとか言ってたな。なんだかひどく冷える朝だったそうだ。

こんなことではミックが綿密に案を練った計画も調子が狂ってしまうおそれがある——もしかすると台無しになってしまうかもしれない。このありさまではド・セルビィもとうてい冷静な科学者とは看做しえない。鋼鉄と鋼鉄とが相まみえるような冷徹な対応は望みえないではないか。どうやら今晩の彼は口角泡をとばして喋りまくる手のつけられない酔っぱらいそのものであったらしい。

——あたしのことで何か言ってなかったか？

ハケットはまず自分のからっぽのグラスを指さし、それからとろんとした目で彼を見た。

——あんたのことで何か言ってなかったか？　彼は鸚鵡返しに言った。あの男はあんたに会うためにここへのこのこやって来たんだろう？　あんたがその約束をしたんじゃないか。

——そのとおりさ、でもね、あたしが来なかったので何か別の手筈についての伝言でも残していったかと思ったのさ。たとえば、あたしのほうから訪ねてきてくれとかなんとかさ。

——別に。はっきりしたことは何も。今夜会えなくてひどくがっかりしていたのは確かだ。どうも今夜が最後の機会だったらしいぜ。

——そいつは眉唾物だな。

——いや、そうとばかりは思えなかったがね。彼の話しぶりから察すると、大きな変化が今にも起ころうとしているらしい。彼自身の旅立ちとか、あの家のなかで着々と進行中だったすべての計画の廃棄とか。そう……よくわからないけれど、何かどえらい変革をもくろんでるみたいだったな。

ミックは溜息をついた。ハケットの話が冗談事でないとしたら、状況は如何ともしがたいほど流動的かつ混沌たる様相を呈するに至ったことになる。しかしそれにもかかわらずまだ打つべき手が一つ残っている、とミックは考えた。もしウィスキーの秘法が信ずるに足るものであれば、おそらく今頃ド・セルビィはティーグ・マクゲティガンの手で服を脱がされている時分であろう。やがてベッドに崩れ落ち、むっとするアルコールの子宮内に包みこまれる。日が改まりそして太陽がすでに天頂をきわめている頃になってやっと彼の意識は戻るだろうが、戻ったところで朦朧たる脱け殻同然の身に変りはない。何らかの行動に出たりあるいは何らかの決断を下せるようになるまでには、たっぷり四十八時間を要するであろう。ところがミックのほうは明朝起きぬけに例の仕事を片付けてしまう段取りになっているのだ。

――さあハケット、と彼は言った。もう一杯あたしが持つとして、それでおつもりにしよう。明日の朝あたしは今日やったことにけりをつけなくちゃならんのだ。そのあとにでもド・セルビィに連絡をとってみるとするか。

彼はウィスキーとヴィシー・ウォーターを注文し、とってつけたように笑い声をあげた。

――元気を出せよ、ハケット、と彼は晴れやかにほほえんだ。ド・セルビィみたいな異例の変人に出くわしたからといってふさぎこむことはあるまい。いつもの迸るような活力はどこへいった。あんたが心に重荷を抱えていると一緒に飲んでいても一向に面白くない。気に病むことは何もないんだ。すっきり忘れてしまえよ。

ハケットはかすかにほほえんだ。

——そうだな、と彼は答えた。あんたには悪いと思っている。でもね、たっぷりきこしめしてすっかり出来上がってる奴と同席する羽目になると、あたしはいくら飲んでもどうにも意気があがらなくなっちまうんだ。片腕を背中にくくりつけて喧嘩してるみたいな具合でね。

二人はグラスをかちんと合わせた。それをきっかけにするかのように、ミックの口からわれにもあらずすらすらと長台詞が流れ出しはじめた。それを聞いてハケットはびっくりしたが、話している当人もそれにおとらず度胆を抜かれたのである。

——ハケット、と彼は言った。あたしはこの超自然的茶番劇にどっぷり浸かってきた、あんたよりもずっと深く巻き込まれてきたのだ。どっちにころんでも、間もなく幕がおりる。しかしあたしはあることを学んだ——深遠で貴重な教訓を得た。第一点、彼岸なるものは存在する。もっともあたしはかの別世界を一瞥したにすぎないし、しかもそれは不確かで歪んだものではあったけれど。第二点、あたしには不滅の魂が備わっている。それなのにあたしはこれまでそれを守る手立てを何一つ講じてこなかった。第三点、現在までのあたしの生活は不毛であり、そして、実際のところ笑うべきものにすぎなかった。

ハケットはくすくすと笑った。

――言い得て妙の噴飯もの。

――同じことはあんたについても言えるのだ。もっともあんたの人生はあたしの場合ほど無目的ではないのも事実ではあるけれど。とにかくあんたにはあの玉突きトーナメントに優勝するというはげみがあるのだから。

――つまり、玉突きは罪深い行為だと言いたいのか？

――いや、ただし無意味だとは言える。あたしは出来るだけ早い機会に現在のくだらない仕事を投げうって聖職につくつもりだ。

おそらくその声にこめられた真剣な響き、その真摯な態度にうたれたのであろうか、ハケットは座り直した。

――あんたまさか……まさか熱に浮かされてるんじゃあるまいね、大丈夫か？　あんたの年で？

――あたしは真面目だ。この考えはわが胸の底のここに絶えず脈打っていたのだ。たとえ如何に忙しくその余の事にかかずらっていようとも、その思いは一瞬の絶え間もなく――目には見えぬが疲れを知らぬ電動モーターのように瞬時も休むことなく息づいていたのだ。神の恩寵はあたしを見捨て給(たも)うことがなかった。

――なるほど、そういうもんですかねえ。これであと五、六年もすると、あんたに会ったら帽子をあげて挨拶しなきゃならない、そういうことになるってわけかい？　あんたも先刻御承知のように、あたしゃ帽子をかぶったことなんかありませんがね。

ミックは寛大な微笑を浮かべた。彼自身は大真面目だったけれど、この場の雰囲気が壮大、壮重に過ぎて滑稽の域に近づくのは避けたかった。場違いの笑いはえてして重大事を台無しにするものなのである。

——その点の懸念は無用だよ、ハケット、と彼は明るい声で言った。聖職者としての然るべき修業を経たのちのあたしがあんたと顔を合わせる折りはまずないだろうからね。実際のところそれはありえないことなのだ。

——どうして？　あんた海外向けの伝道師にでもなるつもりなのか？　ザンジバルとか何とかそんなところで黒人たちに福音を説いたりしちゃってさ。

——いや。そういうのはあまり気がすすまないな。あたしだってもういい年なんだから、向き不向きくらいわかっているつもりだ。あたしは閉鎖的な修道会の一つに入ろうと思っている——受け入れてもらえるものなら、最も厳しい一派がいい。

——この国のなかだとすると、どの修道会かな？

——シトー修道会、通称トラピスト……

ハケットの口からくっくっくっという奇妙な音が洩れてきた。この音は少しずつ大きくなり、やがて壮絶な哄笑になった。

——まいった、まいりました。忍び笑いとともに彼は言った。こいつは乾杯ものだ、酒はおれが持つよ。こんどはウィスキーにしろよ。二つ、ミセス・L、と彼は叫んだ。注文を受けて腰をあげながらミセス・ラヴァティーは言った――

――もうそろそろ閉めますよ、ミスタ・ハケット。

ハケットはしばらく黙りこんだ。思いに耽る風情である。酒が来るときっちりその代金を支払った。乾杯の身振りをしながら彼は打ち明け話でもするようにミックのほうへ身を寄せた。

――妙なもんだね、まったく。どんなことが乾杯のきっかけになるかわかったもんじゃないんだから。今日はもうだめだなってあきらめかけていても、不思議なことに必ず乾杯のきっかけが生まれるんだものね。この種のきっかけの発生過程を表すには宿命とか予定説とかいったばかげた言葉が持ち出されるもんだがね。

――それよりはむしろ摂理と言ったほうがぴったりするんじゃないかな。

――もう十年ほどになるかな、とても気のきいた詩を書いたことがある。あたしはそれを胸のなかにしまいこんでおいた。奇跡的とも言うべき絶好の機会が到来するまでは公開無用と思い定めたのだ。あたしの言いたいことはわかるね？

――わかる、わかる。

――それが即興詩を歌いあげるわが才能をめぐる過分の名声に屋上屋を架すの仕儀になるかどうか――それはあたしの関知するところではなかった。そんなことに心を煩(わずら)わすあたしではなかったのだ。ただ、いざという時に使いたかった、誰かがエースの札を出したらこちらは切札で対抗したいというわけさ。わかる？

――ちょっと鼻持ちならぬ趣ありですな。

――いいか！　今がそのいざという時なんだ。あんたはトラピスト会修道士になるつもりだという。いいだろう。ひと昔も前にあたしの詩が書かれたのは、あんたがこの声明を公にする時あるを期してのことなのだ。これぞまさに赤裸なる宿命のなせるわざにほかならぬ！　しかし群なす聴衆の面前でないのがお互いになんとも心残りだなあ。

――いいからその詩の朗唱にとりかかってくれよ、とミックは促した。

壮重な声を張りあげての朗吟であった。結びの一句にはミックも笑いを誘われた。いささか猥雑の傾きはあろう。しかし卑猥そのものではない。

昔ラ・トラップに若き僧ありて
陰湿なる淋疾(りんしつ)を患(わずら)いぬ、
　彼は唱えたり、主汝(なんじ)とともにあり、
　口惜(くや)しやわが尿のともにあらざるは――
つまりしはいずこぞ、そはつまり
わが樽の……この飲み口。（ラ・トラップはフランスにある修道院。トラピスト修道会創立の場所）

おかしな詩だ、たしかに。その夜、帰途につくミックは深い思いに沈んでいた。彼がハケットに語

った言葉に嘘偽りはなかった。彼の平信者としての日々はすでにいくばくも残っていないのである。

17

翌朝早くミックは起き出した。前夜のなんとなく陰鬱な気分は消えうせ、胸には満足感が充ちる。何故なのかその理由ははっきりしない。こんぐらかった頭がすっきりしてくるのが感じられる。前途は平坦、遮るものはない。

彼は上等の服を着た。大急ぎで整えた朝食は簡単なものだった――目前に控えているちょっとした仕事同様に簡単なもの。約束の時間にそっと家を抜け出す。タクシーは指定した場所にいた。運転手のチャーリーは新聞を読んでいる。彼の車で何回か遠出をしたことがあるので顔見知りの間柄だ。金があるときはチャーリー、ないときはティーグ・マクゲティガンに頼むというわけだ。

――結構なお日和で、ありがたいことに、とチャーリーが言った。

――まったくね、とミックは助手席に乗りこみながら応じた。こんな日には一日がかりでアークローあたりへ海釣りに出かけたいところなんだがねえ。きみだってそんな旅行なら文句なしだろう、チャーリー?

――わしはリング鱈一本槍でしてね、旦那。マテラダムに行ってきたばかりですよ――ところがすけとう鱒、鯖、黒平目、それに真鱒まで釣れちゃってね——釣りたいのはいつもリング鱒。鰻ばかり釣りあげる鱒釣り師みたいなもんですよ、あげく釣道具台無しにしちまってね。ヴィーコ・ロードまでですね？

——そう、ヴィーコ・ロード。どこで停めるかは向うで指示する。

九時になっていた。もうそれほど早い時刻でもないのに、モンクスタウンを経てダンリアリからドーキーに到る道のりは、まだ眠りこんでいる街並を行くかのようだった。たまにがたごと行き過ぎる古ぼけた市街電車のほかには、人の行き交う気配も車の往来もほとんどなかった。

ヴィーコ・ロードには人っ子一人見当らなかった。ミックはチャーリーに目ざす場所のかなり先まで車をやらせ、それから戻って、柵の切れ目から十二ヤードばかり離れたところで停車させた。

——ここでちょっと待っていてくれないか、チャーリー、と彼は指示した。それからこっち側のうしろのドアを開けといてくれたまえ。友人のところから扱いにくい品物を持ってこなくちゃならんのでね。すぐに戻る。

——かしこまりました。

ミックはちらりと目を走らせただけで、例の樽が置いていった場所にあるのがわかったが、そのまま木立の間を縫って登って行き、とある岩肩に腰をおろした。暫くの間わざと手間どったほうがいいと判断したのである。

戻り道では両腕に樽をかかえて道路際まで運んだが、思ったほど骨は折れなかった。そうはいっても車のところまで辿りつくと、やはりどさりと地面に落とさざるをえなかった。

——こいつはやけに重くてね、チャーリー、と彼は運転手に声を掛けて新聞から目を離させた。うしろの席に運び入れてもらえるかね？

——もちろんでさ、旦那。

彼は慣れた手つきでやってのけた。

——新式の電気機雷みたいですね、まったく。二人が元の席に着いたとき彼は言った。第一次大戦の頃、あんなのが海中から引きあげられるのをずいぶん見たもんです。

——そういうものじゃないと思うよ。ミックは浮き浮きした調子で答えた。もっともこいつの持主は電気関係の仕事をしてはいるけれど。その男はこれをアイルランド銀行に安全に保管しておきたいと思っている。危険が一切ないように。次に寄ってもらうのがその銀行だ。彼は発明家なんだよ。

——そういう人ってのは何百万もの金をもうけられるんでしょう、わしらが小銭をかせぐのにあくせくしてるってのにねえ。

しばらくすると、樽を抱えたチャーリーを先に立ててミックはアイルランド銀行に入っていった。まるでトラピスト会修道院に入っていくような感じだ。銀行にはもしかするとある種の修道院的雰囲気があるのかもしれない。金銭における聖なる象徴、すなわち金と銀。

——そのサイドテーブルのわきにでもおろしてくれないか、チャーリー、と彼は言った。ところで、これだけあればきみの骨折り賃になると思うが。

愛想のいい出納係はすぐにミックのことを思い出して挨拶した。個人的な用件があるのだが、役員室のほうのどなたかとちょっとお話できないだろうかね？　いや、支配人をわずらわすほどのことではない。でも誰か……そう、然るべき担当者と会えればいいのだが。かしこまりました、こちらへどうぞ。

ミックはびっくりするほどモダンな役員室に通された。ミスタ・ヘファナンはデカンターを取り出そうとしているところのようだった。かなり年輩の、ものやわらかな人物だ。席につき、勧められた煙草を断わると、ミックは早速用件を切り出した。自分では精一杯きびきびした態度のつもりであった。

——ミスタ・ヘファナン、あたくしとこちらとの取引きはまだ浅いものですし、あたくしの預金額もたいしたものではありません。実はここの銀行業務の一つについてお話を伺いに参ったのです。ちょっと小耳にはさんだことがありますので。つまり、安全貸金庫の件なのですが。

——それで？

——そちらでは内容が何であるか確かめずに、品物を安全に保管して頂けるというのは本当でしょうか？

——ええ。大手の銀行はどこでもそうしておりますよ。

——でもたとえばその——箱のようなもので、つまり、あの——実はとんでもない装置が仕掛けてあったりしたら？　時限爆弾とか何とか。これはまあ、たとえばの話ですけれど。

――そうですな、アイルランド一般の諸施設と比べましても、われわれのところはかなり格式があります。わがアイルランド銀行はいまだにここにこうして存在しているという事実が何よりの証拠と申せましょうか。突拍子もない、危険きわまるお客様だっていらっしゃるにもかかわらず、当行は健在を誇っております。

――しかし……時限爆弾は必ずカチカチ音のするものという古い考えは捨てねばならんでしょう。近代的方法によればですね、ミスタ・ヘファナン、玉葱（たまねぎ）みたいな格好でT・N・T一万トンにも相当する爆発力を持つ安直なものも出来ている御時世ですからな。

――そういうことでしたら、人の世が開け始めた頃からこのかた銀行業務なるものは必然的に危険を伴う企業であったような次第でしてね。申しあげられるのはそれだけです。もちろん、われわれの設備にも限界はあります。たとえば、保管品の外形は一定限度の大きさに合致するものでなければなりませんし、それにたとえば悪臭を放つといったような他人に迷惑を及ぼす物品は御遠慮願うことになります。もしあなたが古い機関車が大変気に入ってそれを買い取られたとしても、それを当行で保管品としてお預かりすることは出来かねるでしょう。しかし、常識的に見て無理のないものであれば何でもお引受け致します。

――それはどうも、ミスタ・ヘファナン、お話を伺っていてどっきりしたり、ほっとしたりですよ。

二人は係りの者に例の樽を持ってこさせた。これには電子工学にかかわりのある身内の者が作った小さな製品が幾つか入っておりまして。その男はひとかどの物理学者なんですが、独立して研究に専念しているものですから、安全保管の算段がつかなくなってしまったのです。なかに入っているのはごく小さな物ばかりですし、重量は樽そのものの重さと同じくらいでしょう。有害な放射能など出さないのは保証ずみです。

説明するミック自身にしてみればこんな話はわれながら何ともつじつまの合わないものに思えたが、ミスタ・ヘファナンはいかにも満足そうに耳を傾けていた。何枚かの書類に署名がすむと、銀行はド・セルビィの貴重品を受けとり、仮の管理者は再び通りに出た。そしてまもなく彼は冷たいヴィシー・ウォーターのグラスを手に沈思黙考していた。実務に従事する人たちが各人それぞれ実務に精通しているがゆえにかくも手際よくその実務を果しうるとは実際なんとすばらしいことであるか。

彼は気が抜けたというよりは手持ちぶさたを感じていた。火曜日までわが身をどう扱ったものだろう？　火曜日にはスケリーズでジェイムズ・ジョイスと二度目の会合だ。

その件についてさらに深く掘り下げ、より充分に考察するために、彼は二杯目を飲んだ。ふだんの彼であれば、たとえ障りのない飲み物であろうとも、こんな早い時間に口にするのは大いに異論があるところである。なにしろ午前中というのは充分に風に当り空気にさらされているとは言いかねるからである。しかし今の彼には心労が重くのしかかっている。しかも今や彼はいわば内閣閣僚に匹敵する重責をわが身に引き受けているのである。閣僚だって？　いやそれどころではない。内閣総理大臣という名称のほうがもっとぴったりする。幾つかの主要問題に関する最高方針の決定は彼の双肩にかかっている。彼は重大な決断を下そうとしている――下してしまった。余生をただひとり隠棲のうちに過そうという決心はなかんずく最も重大な決定であるかもしれない。ただしこれは彼個人ならびに彼の永遠なる魂にのみかかわる問題であり、そのかぎりにおいて重要であるにすぎない。それに反して、アイルランド銀行との今しがたの取引きは人類全体の運命にかかわる問題なのだ。現存する人類、そして、やがて生まれくる人類、これらすべての総体に関連がある重大事なのである。ではド・セルビィについては？　彼を殺すことはこの上なく罪深いことになろう、しかし穏健で、さほど残酷ではない中道的手続きが心に浮かんだ。これは疑いもなく彼の学究的思考形態のおのずからなる表れと言うべきものなのである。この週末はほかに予定もないことだし、ド・セルビィに関する事実を正確にそして穏当に記述することに専念しよう。ド・セルビィの化学研究、その悪魔的陰謀、それに対処して今朝までに講じられた措置のすべてが書き入れられる。そのうえでこの書類を自分が入ることになるトラピスト会の修道院長に手渡すとしよう。そうすれば、ド・セルビィ自身の未来と「ローンモーア」の仕事部屋に乱雑に置かれてあるに相違ない恐ろしい装置の運命に下される決断を、老練にして賢明なる頭脳にゆだねられる。

もう一つ。彼は、言ってみれば、洗濯物の面倒を見てもらう必要がまったくないということをメアリにわからせるという件。手紙ではまずいし、卑怯でもある。それにともかく彼の気持をこれほど徹底的に変えることになったきっかけは厳格で人を寄せつけない修道会の存在であったということを――つまりほかの女が原因ではないという点を――直接会って強調しておいたほうがいいだろう。月曜日か火曜日にでも、彼女にそのうちコルザ・ホテルで一晩付き合ってくれるよう頼んでみよう。最後の決着をつけるにしてもあのくらい辺鄙なところなら頭を冷やすのに都合がいいだろうし、それにいざとなればハケットだって頼りになる。あいつはいつだってあそこでとぐろを巻いているのだから。

　その頃までにはジョイスに関する第二次調査も終了しているだろうし、その結果、あの奇妙な男をめぐる問題にどんな手を打ったらよいかおおよその考えはまとまっているはずだ。あの男、そしてメアリとハケット。一晩のうちにこれだけの人数を相手にしてまともにこなすのは、盛り沢山すぎてとても手に負えるものではない。

18

火曜日の夕方、スケリーズ行きの鉄路の旅。彼は穏やかな気分にひたっていた。諦めの境地というほうが当っているかもしれない。そういえばキスクエ・ファベル・フォルテュナエ・スアエという決り文句があったな——すべて人はみずからの運命を拓く、か。しかしこの見解が自分に当てはまるとは思えない。彼は自分の立場がどっちつかずの曖昧さに包みこまれているのを感じていたのである。たしかに時折は自分が神に似た権威をもって事の成行きを左右しているかに思えることもある。しかし時には自分が冷酷非情な力にもてあそばれているかのように思える場合もあるのだ。今日のこの旅では自分はあくまでも受身の立場にまわって、ジョイス自身の口から出る説明に耳を傾け、ありのままの彼の姿を見てとらねばならない。とにかく好奇心をそそられる対象だ。表題もついていないし、その内容を推察するすべもないのだけれども、ジョイスは今も著述に取りかかっているという事実を明らかにしてくれたではないか。あの男はもしかすると偽者かもしれない。めったにないことだけれど、身体つきが酷似しているというだけのことかもしれない。しかし、見たところどうも本物としか思えなかったし、ヨーロッパ暮しの経験があるのは間違いないところだ。実のところ、あの男のことはミックが抱えこんでいる重大事の一つに勘定するほどの問題ではない。他人の私事に干渉することにかけて今や熟達の士となった彼にしてみれば、この一件はどちらかといえば興味ある気散じ程度のことでしかない。彼に自宅にしろ勤務先にしろこちらの住所を明かさなかったのはまことに当を得た処置であった。それにこの件に関しては今のところとくに気をもまねばならぬ事態は起こりそうにないのだから。

ホテルは粗末な造りで、バーはなかった。応対に出て来たのは物腰といい服装といいこれといった特徴のない老人で、臨時の雇い人なのか経営者なのか見わける手掛りもない感じだった。彼は廊下を先に立ってミックを「応接室」に案内してくれた。「殿方はみなさんこちらでお飲みになりますんで」さほど大きくないその部屋の照明は薄暗く、リノリューム張りの床にはあちらこちらに小さなテーブルと椅子が幾つか置いてあり、炉の火格子では炎がちらちらしていた。客はミック一人だった。この時節にしては今晩はひどくひまでしてという老人にうなずいてみせてからミックはシェリーを注文した。

――ここで友人と落ち合うことになってましてね、と彼は付け加えた。

ジョイスは時間どおりにやってきた。音もなく部屋に入ってきた彼はひっそりとその場に佇む。服装は非常に地味で、物腰も落着いている。こぢんまりした禁欲的な面立ち。その上にはこれもこぢんまりした黒い帽子がのっかっている。手にはがっしりした杖。軽く会釈して席につく。

――勝手ながら、この席に着く前に注文させて頂きました、と彼はうっすらとほほえみながら言った。職業柄、同業者に無駄足をふませたくなかったものですから。あなたのほうは甲種一級の体格とお見受けしますが？

ミックは思わず笑った。

――調子は上乗です、と彼は言った。なにしろ駅からここまで歩くだけでも結構な強壮剤になりますからね。ああ、あなたの飲み物がきました。それはあたしに払わせてください。

ジョイスは黙って黒い細巻シガーに火をつけようとしている。

――わたくしはいささか当惑しております、と彼はしばらく間を置いてから言った。あなたはこの国にずいぶんお知り合いがあるようですね。うらやましいですなあ。わたくしにも少しばかりの知人はありますが――でも友人となると。ああ！

――おそらくあなたは生まれつき普通の人よりずっと孤独なタイプなんでしょうね、とミックがとりなすように言った。概して人付き合いはあなたの性に合わないんじゃありませんか。あえて言わせて頂ければ、興味ある人物にはめったにお目にかかりませんね。どちらを見てもうんざりする連中ばかりで。

相手は薄暗がりのなかでうなずいたようだった。

――アイルランドの数ある欠点の一つは、と彼は言った。この国にはアイルランド人が多すぎるということなのです。おわかり頂けますね、この意味は？　もちろん当然といえばそれだけの話です。動物園に野獣がいるようなものなのですから。それにしても今日のヨーロッパのようなごたまぜの世界で暮してきた者にしてみれば、これはなんともしんどいことなのです。

うまいことに話題はミックが訊ねたいと思っている核心に迫ってきた。ミックはなだめるように低い声で言った。

——ミスタ・ジョイス、あなたを非常に尊敬しているあたしといたしましては、何かお役に立てれば光栄の至りと考えております。作家としてのあなたの名声を思い、世界のほかならぬこの地にあなたがおいでになるという事実を前にして、あたしは少しばかり戸惑っております。あなた御自身について何かお話し頂けないでしょうか——もちろん、絶対に他言は致しません。

ジョイスはいかにも心は許したというふうにうなずいた。

——もちろんですとも。もっともたいしてお話しすることもありませんが。わたくしの過去は単純きわまりないものです。ところが未来は——わたくしにとってそれは遥かに遠く困難な途のように思えます。

——なるほど、ヒットラーの一党によってスイスから放逐されたのですね？

——いえ、フランスからです。妻と子供たちはあの恐怖を前に大挙して逃れた人々と一緒でした。わたくしのパスポートは英国籍になっておりました。わたくしは逮捕され、おそらくは虐殺されるだろうと覚悟していたのです。

——御家族はどうなりました？

——わかりません。ちりぢりになりましたので。

——亡くなったのでしょうか？

——息子が無事でいるということ以外はほとんど何もわかっていません。まったくの混乱状態だったのです。精神病院さながらでした。鉄道は破壊され、電話線もずたずたというありさまです。いたるところその場しのぎの行きあたりばったりでした。トラックに乗せてもらったり、畑をよろよろ突っ切ったり、一日二日は納屋のなかで息をひそめていたり。兵士やゲリラや人殺しどもが国中いたるところをうろついていました。いえまったく、ひどいものでした。それでもうまいことに生粋の土地っ子たちはそれと見わけがつきました——勇敢で素朴な人たちです。わたくしのフランス語はかなりちゃんとしたものなので、ずいぶんたすかりました。

——それであなたが目指したのはどこだったのです？

彼は少し間を置いた。

——そうですねえ、と彼は説明にとりかかった。わたくしは何をおいてもまずああいったドイツ人たちと縁のないところへ行きたいと考えました。それでアメリカへ行こうと思いたったのです。当時アメリカはまだ参戦していませんでしたからね。しかしどんなことにもせよ人の目を惹くような大きな動きは出来ませんでした。大物小物とりまぜてあらゆる種類のスパイ、ゲリラ、暗殺者などがうようよしていたのです。飲み食いというもっとも単純な問題にしても骨の折れる大仕事でした。

——そうでしょうとも、戦争とは悲惨なものですからねえ。

——わたくしは戦争という言葉でフランスの流血の修羅場を美化しようとは思いません。それにあの闇市場ときたら。ひどいものだった！

——それからどうなりました？

——まずロンドンに辿り着きました。あそこの引きつったような雰囲気は恐ろしいほどだった。身の安全は感じられませんでした。

ミックはうなずいた。

——連中があなたと同じ名前の人を吊したのをおぼえていますよ——デマをばらまいたジョイスという男です。

——ええ。わたくしはこちらへ逃げてきたほうがいいと判断しました。小さな貨物船でなんとかこっそり海峡を渡ることが出来ました。ありがたいことにわたくしはまだアイルランド人で通るのです。

——御家族はどうされました？

——ある友人に頼んで内密の調査を進めてもらっています。おかげで息子の無事はわかりました。もちろん直接の問い合わせをするような危険はおかせませんが。

会話はそれなりに手ごたえのあるものだったが、ミックの狙いどおりに運んでいるとは言えなかった。この人はジェイムズ・ジョイスなのだろうか？　国際的名声を誇るダブリン生まれの作家なのだろうか？　それとも何者か知らないがあの人になりすましている男なのだろうか？　ことによると誰にもせよ苦悩が重なって本当に錯乱してしまったのだろうか？　最初からしつこくつきまとっていたこの疑惑がまだすっきりと解消してはいなかったのである。

――ミスタ・ジョイス、『ユリシーズ』執筆をめぐるお話を伺いたいのですが。

彼ははっとして顔をこちらに向けた。

――あの汚らわしい本、猥褻な言葉の寄せ集めについてはいやというほど聞かされてきました。ところが、わたくしはあれとはまったく無関係なんだといくら言っても誰にも聞いてもらえないのです。いいですか、あの本に関してはどんなことでもうっかり信ずるとひどい目にあいますよ。ところで実はわたくしある本にかかわりがありまして。小さな本ですが、それには自分の名前をのせています。

――とおっしゃいますと、何という本でしょう？

――もうだいぶ昔になりますなあ。二人がまだよく付き合っていた頃オリヴァー・ゴガティ（ダブリンの詩人・医者。青年時代からジョイスの友人でライヴァル。『ユリシーズ』のバック・マリガンのモデル）とわたくしは短篇小説を幾篇か共作したことがあります。飾りけのない物語でしてね。ダブリン素描とでも言うところでしょうか。それでもちょっとした取柄があったと思いますよ。あの頃は世間も落着いていましたしねえ……

――ゴガティとそんなふうに付き合っていて何か問題はありませんでしたか？

ジョイスはそっと含み笑いをした。

――あの男はたしかに才人でした、と彼は言った。でもちょっと手をひろげすぎたきらいがありましてね。彼は何よりもまず座談の名手でした。そしてある程度は酒が入ると話術の妙がぐっとさえてくる、そういう男でした。いっぱしの酒飲みでしたが、飲んだくれというわけじゃない。なにしろ目端のきく男でしたからねえ。

――それではお二人の仲もよかったわけですね？

――ええ、まあそんなところでしょうな。しかしゴガティはえてして下品な冒瀆的な言辞を弄(ろう)したがる男で、その点でわたくしとは性が合いませんでした。おわかり頂けるでしょうな。

――その共作に当ってはまったくの五分五分の関係だったのですか？

――いいえ。実質的な部分はわたくしが書きました。この国の人々の魂の核心に迫ろうと努めたものです。ゴガティはもっぱらいわば陳列窓を飾り立てるといった役割を引き受けていました。気のきいた言い回しはお手のもので、これみよがしの才気煥発ぶりでしたが、どうもうわすべりの感がありましてね。二人の意見が食い違って、よく言い争ったものですよ、ええ、毎度のようにね。

――その本の題名は？

――わたくしたちは『ダブリンの人々』としました。ところが土壇場になってゴガティはタイトル・ページに自分の名前が出るのは困ると言い出したのです。医者としての名前に傷がつくからいやだというわけでした。あれは取り越し苦労というものでした。その後何年もの間どこの出版社も引き受けてくれなかったのですから。

――興味深いお話ですね。それはそれとして、ほかにお書きになったもので主なものといいますと？

ジョイスはシガーの灰をそっと落とした。

――印刷されたものということになると、主にアイルランド・カトリック真理協会のためのパンフレット類です。先刻御承知のことと思いますが――どんな教会でも入ってすぐのところの小卓に置いてある信仰に関する小冊子です。持ち帰り自由という例のやつですよ。結婚、悔悛(かいしゅん)の秘跡、謙譲、アルコールの害、こういった主題について書いたものです。

ミックは目を丸くした。

――驚きましたな。

――もちろん時折はもっと野心的なものを書く努力もしました。一九二六年のことですが、わたくしはスラヴ人に布教した伝道者聖シリルについて伝記的エッセイを書きまして、アイルランド・イエズス会刊行の季刊誌「学究」に発表しました。筆名を用いたのは言うまでもありません。

――なるほど。でも『ユリシーズ』は？

耐えがたいと言いたげな低いうめきが薄暗がりに響いた。

――わたくしはあの曲芸じみた作品については話したくないのです。あの頃は一種の悪ふざけだとばかり思っていて実のところあれについてはあまりよく知らなかったものですから、わたくしの名前をひどく傷つけることになるかもしれないなどとは思ってもみませんでした。事の起こりはシルヴィア・ビーチ（彼女が経営するシェイクスピア書店は『ユリシーズ』をはじめて出版した）というパリ在住のアメリカ女性にありました。どうもいやな言い方で恐縮ですし、わたくしも口にしたくはないのですが、真相を話せとのことですのであえて言わせてもらいますと、彼女はこのわたくしを恋してしまったのです。驚いた話じゃありませんか！

彼はわびしげに微笑した。

——彼女は書店を経営していました。わたくしは偉大なフランス文学を翻訳するという計画を持っていましたので、その関係からあの書店へはよく行ったものです。わたくし自身の翻訳で浄化されたフランスの文学作品はアイルランド人に霊感を与えるだろうと思っていました。なにしろアイルランド人ときたらいまだにディケンズやニューマン枢機卿、ウォルター・スコット、それにキッカムなどに惑溺しているありさまなのですから。それに比べるとわたくしは遥かに広い範囲に目を向けておりました——パスカルとデカルト、ランボー、ミュッセ、ヴェルレーヌ、バルザック、さらにはフランチェスコ会修道士、ベネディクト会修道士にして医学得業士たるかのラブレーに至るまで……

——結構ですな。でも『ユリシーズ』は？

——面白いことにボードレールとマラルメは——二人ともエドガー・アラン・ポーに取りつかれていたのです。

——ミス・ビーチはどういうふうにあなたへの愛を表したのですか？

——あはあ！　シルヴィアとは何者か？　彼女はわたくしに誓いました、きっとあなたを有名にしてみせる、と。はじめはその手段を口にしませんでした。それにこちらとしてはどっちみち子供じみたお話にすぎないと思っていたのです。しかし彼女は着々と計画を進めていました。『ユリシーズ』と名付けられた作品をでっちあげ、ひそかにそれを市場に流し、わたくしをその原作者に仕立てようというわけです。もちろんわたくしだって最初はそんな気狂いじみた計画をまともに受けとりはしませんでした。

――それで事態はどんなふうに進展したのですか？

――わたくしはタイプライターで打った原稿の一部を見せられました。不自然な技巧がやけに目立つごつごつしたしろものだ、と思いましたよ。わたくしはあまり興味を持てませんでした。悪達者な素人たちのお遊びとしてもたいしたことはないと思ったのです。当時わたくしが熱中していたのは、スカリゲル、ヴォルテール、モンテーニュ、そしてさらにはあの奇人ヴィヨンなどの悪の背後にひそむ本質的なる善という問題だったのです。これらフランス人は教養あるアイルランド人と心情においてまことによく相通ずる点がある、とわたくしは思ったものでした。ところで、ああ、そうでした、問題の作品の抜粋をわたくしに見せたのは、もちろんシルヴィア・ビーチではありませんでした。

――誰だったのです？

――金に目がくらんだ卑劣で薄汚いごろつきどもですよ。奴らはこの素材をまとめるために雇われていたんです。醜聞専門の暴露屋、春歌作者、ぽん引き、ホモのごますり、人間の屑みたいな色情狂のゴシップ屋。どうかその連中の名前を明かせとはおっしゃらないでください。

話に聞き入るミックは呆然とするばかりであった。

――ミスタ・ジョイス、この年月あなたはどうやって暮しを立ててきたのですか？

――語学を教えていました、主に英語です。骨が折れるばかりで退屈な仕事でした。よくソルボンヌあたりをうろついていたものです。とにかくあの辺ですと飯にありつくのも簡単でしたからね。

――カトリック真理協会から報酬は出なかったのですか？　小冊子を幾つもお書きになったのでし

ょう？

——一文も。そういうものなんでしょうね。

——『ユリシーズ』についてもっと話してください。

——ある日その一部を見せられるまで、あれに関心を払ったことはほとんどありませんでした。その個所というのは、およそ人間の頭に浮かびうる最も汚らわしい思いに耽りながらベッドに横たわっている女を描いたものでした。エロ文学、猥談、頁(ページ)の上に吐きちらかした反吐(へど)、どう言ったらよいものやら、とにかくダブリンの馭者仲間で一番の下司(げす)野郎だってあれを読まされたら顔を赤らめるにちがいないというしろものでした。わたくしは十字を切ってあれを火のなかにくべてしまいましたよ。

——それであなたのおっしゃる『ユリシーズ』の全巻はすでに出版の運びになったとお考えですか？

——そのようなことがないようにと心から願っております。

ミックはほんの数秒ためらって、それから係りを呼ぶベルを押した。何と言ったらいいのだろう？この際率直な対応が望ましいように思えた。

——ミスタ・ジョイス。彼はしかつめらしい声で切り出した。あなたは長いこと世間の動向とは無縁の暮しをしていらっしゃった。いいですか、『ユリシーズ』の完本は一九二二年パリで刊行されたのですよ。タイトル・ページにはあなたの名前が記されています。しかも偉大な作品という評価を受けました。

――神があなたを許し給(たま)うように。あなたはわたくしをからかっておられるのですか？　年老いたこのわたくしを？　こんな年寄りをからかうなんて。

ミックは老人の袖を軽く叩いた。そしておかわりを持ってくるよう給仕に合図した。

――刊行当初は酷評されたりもしましたが、そのうち世界各国で出版されるようになりました。アメリカでも出ています。何十人も、そう文字通り何十人もの著名なアメリカの批評家たちがこの作品に関する学術論文をものしているのです。あなた自身について論じあなたの方法について考察する何冊もの研究書が書かれてさえおります。『ユリシーズ』の著作権料はすべてあなたの名義で帳簿に記入されているに違いありません。あちこちの出版業者の頭痛の種はあなたの所在が不明だという点なのです。

――神の御使いたる天使がわれわれをお護(まも)りくださいますように。

――あなたはおかしな人ですね、ミスタ・ジョイス。駄作をものしたくらいで大得意になっている三文文士は掃いて捨てるほどいます。ところがあなたときたら世紀の傑作に著者として名前が記されているというのに、自分の生活を恥じ、神の赦(ゆる)しを願っているんですからねえ。まったくなんとまあ。ちょっと失礼してすっきりしてきます。どうやら潮時のようですので。

――けしからん、あんな下卑(げび)たものをわたくしの著作に仕立てあげるなんて。

それを聞き流してミックはそっけなく席を立ち、上記の目的を果すため殿方用の場所に向かった。しかし心は乱れ動いていた。率直な対応、あれは言ってみればはったりをきかせたようなものだったが、ほとんど効を奏さなかった。ジョイスは本気になって否定していたし、本の形になった『ユリシーズ』を見ていないというのも嘘ではないらしい。こうなったら次はどんな手を打つべきなのだろうか?

彼が席に戻って腰をおとすと、ジョイスは声をおとして真剣な調子で口早に話しかけてきた。

——あの、話題を変えてもお気に障らなければいいのですが、と彼は言った。わたくしにとって重要なのは将来のことだとさきほど申しました。本気でそう思っているのです。そのことであなたの力をおかりしたいのですが。

——さきほど申しあげたように、よろこんでお手助け致しますよ。

——晩年になってからの一念発起の例はお聞きおよびのことと思います。いささか遅きに失したきらいがありますし、それだけの資格がないかもしれませんが、わたくしはイエズス会に入りたいのです。

——何ですって? これはまた……!

ミックの声は驚きのあまりひきつれた。彼の脳裡にジョイスのもう一冊の本『若い芸術家の肖像』が浮かんできた。あのなかでは家族、宗教、そして生国でさえも否定され、沈黙と亡命と巧智を武器とするという宣言がなされていた。あれはいったいどうなってしまったのか? 饒舌と帰郷と純真に看板替えになったのか? それはまあ天才といえども心変りがするということもあろう。しかもその天才の心が平衡を失いかけており、記憶が衰えのきざしを示しているとしたら、無理もない話ではないか。数ある修道会のなかでも最も知的と目されているイエズス会に身を置きたいという望みには、まったく意表をつかれたというほかないし、真面目に受けとめていいものかどうかもさだかではない。そうはいってもこの老人にだって彼自身の不滅の魂を保護する務めはあるのだ。それに、ほかならぬミックにしてもトラピスト修道会という聖域に足を踏み入れようとしているのだから、信仰の生活に入りたいというこの老人の願望に疑問をさしはさめる筋合ではあるまい。あの忌まわしい文学作品が彼の著作と目されているうえに年も年だという事情もあって、この老人が今になって修道会に入ろうと希望してもおそらくは認められないだろう。しかしその決定はイエズス会管区長が下すべきものであって、ミックにはかかわりのないことなのだ。

——わたくしのフランス計画——先にお話ししたフランス文学の翻訳の仕事をそう呼ばせてもらいますが——あの計画は修道会に閉じこもる時まで引きのばすと致しましょう、とジョイスは言葉を続けた。あの計画のためにわたくしは多くの資料を集めましたが、妙な話ですけれど流血沙汰にかかわったあの三人の無頼漢——つまりマラ、ロベスピエール、ダントンの三人ですが、彼らは端正にして見事な著作をものしているのです。不思議なものですな……汚物の山に芽生えた百合の花を思わせる作品ですよ、あれは。

ミックは思いに耽りながらグラスを傾けた。的確な意見を述べるために考えをうまくまとめようと努めていたのである。

——ミスタ・ジョイス、と彼は言った。イエズス会の神父になるには十四年の歳月を要すると思います。長いものです。それよりも遥かに短い年月で医者にだってなれるというのに。

——たとえ二十年かかろうと、神が命を長らえさせてくださるならば、わたくしは聖職志願者たることをやめるつもりはありません。この涙の谷間で過すくだらない歳月に何の意味があるでしょうか？　イエズス修道会にどなたか個人的なお知り合いはいらっしゃいませんか？

——そうですね、少なくとも一人とは親しい間柄です。コブル神父。住まいはリーソン・ストリート。イギリス人ですが実に聡明な方です。

——ああ、それはすばらしい。紹介して頂けますね？

——それはもちろん。当然のことながら、あたしに出来るのはそのへんが精一杯のところです。と申しますのは、教会に関する事柄は教会が決めるべきですからね。もしもあたしが、何と言いますか、その……差し出がましいことを言ったり押しつけがましい態度に出ようものなら、自分の分をわきまえるよう警告されるのは目に見えていますからね。

——その点はこちらでもよく心得ております。わたくしが求めているのは、あなたのように相当な立場にある立派な方に後盾になって頂いたうえで、イエズス修道会の神父さんとじっくりお話ししてみたい、とまあこれだけのことなのです。それからあとのことは神父さんと、わたくしとそして神にすべてをゆだねてくだされぱいいのです。

彼の声には満ち足りた思いがこめられているようだったし、薄暗がりではっきりとはわからないが、微笑しているような気配であった。

――さて、話の首尾は上乗のようで結構ですな、とミックは言った。

――そうですね、と彼は呟いた。近頃わたくしはクロンゴウズ・ウッド・カレッジ（ジョイスはイエズス会系のこの学校に六歳から九歳まで在学した）時代のことをよく思い出しているんですよ。言うまでもなくばかげた考えだと承知してはおりますが、計画どおりイエズス修道会の一員になれたとしてですね、その場合わたくしの晩年においてでもクロンゴウズの校長に任命される見込みが少しでもあるだろうか――ま、あくまでも仮定の話ですが――そんな見込みは絶対にないとは言い切れないいんじゃなかろうか、どんなものでしょう、ありうることでしょうか？

――もちろんありうることです。

ジョイスはマティーニのグラスに指をかけてぼんやりとそれをもてあそんでいた。彼の心は別の問題に集中していたのである。

――この際率直に、しかも慎重に申しあげておきましょう。わたくしがイエズス修道会の神父になりたいと発心したについてはそれ相当の動機があるとお考えでしょうな。そのとおりです。わたくしは改革したいのです。まずイエズス修道会を、そしてこの修道会を通してキリスト教会全体を。過ちはすでに忍び寄っております……堕落した信仰……恥しらずな迷信……聖書の言葉によって是認されることのない無分別な推論……これらの過ちがすでに忍び入ってしまっているのです。

ミックは眉をしかめて考えこんだ。

――つまり教義の問題ですか？　となると混みいったことになりますね。

――神の御言葉に真直ぐ耳を傾けるならば、とジョイスは応じた。すべての邪悪なこじつけは見破ることが出来るものです。ヘブライ語を御存知ですか？

――残念ながら。

――まあ知っている人はほとんどいませんからね。ルアックという言葉が非常に重要でしてね。呼吸とか息を吹くというほどの意味です。ラテン語のスピリトゥスに当ります。ギリシャ語ではプネウマ。これらの言葉に意味のつながりがあるのはおわかりでしょう？　すべて生命を意味している言葉なのです。生命、そして生命の息吹き。人間のなかに吹きこまれた神の息吹き。

――これらの言葉はすべて同じことを意味しているのですか？

――いえ、ヘブライ語のルアックは人間以前の神的存在を表すのみでした。やがてそれは神の息吹きによって創り出された人間の燃焼を意味するようになったのです。

――あまりよくわかりませんが。

――そうですか……この地上の言葉を媒体にして天上界の概念を理解しようとするには経験が必要なのですね。ルアックという言葉は後には神の内在的エネルギーではなく、人間へ神聖なる内容を授ける神の超絶的エネルギーを意味するに至っているのです。

――つまり人間は神の分身だというのですか？

――キリスト教以前の古代ギリシャ人ですら神の無限にして全能な特質を示すためにプネウマという言葉を使っていました。そして人間の肉体的感覚のすべてはこのプネウマの内在によるものなのです。神の意志により人間はプネウマを注ぎこまれるのです。

——なるほど……その点に関しては疑念をさしはさむ者はいないと思います。あなたのおっしゃるプネウマとは人間を獣とわかつものなのですね？

——お好きなように解釈なさって結構です。しかし、神の御恵みによってルアックあるいはプネウマを有する人が神の分身になるというのは間違いです。神は二つの位格からなります、つまり父と子と。これは三位一体の位格となって存在しております。そのことは新約聖書における神の二つの位格についての言及からみてもきわめて明白なことです。特にあなたの注意を喚起したいのは聖霊、すなわち三位一体の第三位についてなのです。

——で、聖霊はどうだとおっしゃるのですか？

——聖霊は初期教会の教父のなかでもかなり無謀な人たちの創案だったのです。ここには思考と言語の混乱が認められます。そうした哀れにも無知な人たちはプネウマを自分たちが聖霊の働きと呼んだものと結びつけて考えたのでした。実のところそれは父なる神からにじみ出たものにすぎないというのに。それは現存する神の活動にほかならないのであって、そこに位格の第三位たるものの存在を認めるのはいたましくも恥ずべき過ちなのです。言語道断のばかげた考えというほかはない！

ミックはグラスをとりあげ、穴のあくほど見つめた。すっかり当惑していたのだ。

——となるとあなたは聖霊の存在を信じていらっしゃらないのですね、ミスタ・ジョイス？

——新約聖書には聖霊とか三位一体に関する言葉は一つとしてありません。

――聖書研究ということになりますとあたしはあまりその……造詣が深いほうではありませんので。

ジョイスは何やら低く呟いたが、意地の悪い響きはなかった。

――それも無理はありませんな。なにしろあなたはカトリック教徒として育てられたからです。それにカトリックの聖職者たちにしてもあなたと同じ程度なんですよ。一括して初期教会の教父と呼ばれているあの古代の論争家、雄弁家、神学研究者たちはなんとも取るに足りない連中でして、くだらぬ考えばかり思いついては神の啓示によってその考えに導びかれたと決めてかかったのでした。アリウスの異教論議に結末をつけようとして、三六二年のアレクサンドリア会議は子の特質は父と同等同質なりとしたうえで、聖霊に対する第三位格の譲与を宣したのです。不満の声ひとつなく、討議すら行われることなしにですよ。あきれた話じゃありませんか。あの連中にしたってもう少し思慮分別を働かせてもよかったろうにとは思いませんか？

――神は三位からなるものとばかり思っていましたが。

――いいですか、あなた、頭をすっきりさせてくださいよ。聖霊は三八一年のコンスタンチノープル会議まで公式には案出されていなかったのですよ。

ミックは指先で顎を撫でまわした。

――なるほどねえ、と彼は言った。聖霊修道会の人たちはその点をどう考えるでしょうねえ？

ジョイスはけたたましくグラスを叩いた。給仕がそばに寄ってくる。ジョイスは何やら低い声で言った。給仕は空のグラスを持って引っこむ。すると彼は勢いよくシガーをふかした。

――あなたもこれは御存知でしょうな、と彼は訊ねた――ニケア信経ぐらいは？

――それなら誰だって知ってます。

――そうね。父と子はニケア会議において細心に議定されました。そして聖霊はその際ほとんど問題にもなりませんでした。初期教会にとってアウグスティーヌスは由々しい重荷でしたし、テルトゥリアーヌスはそれを大きく分裂させました。聖霊は父と子から派生すると彼は主張したのです――またもやというところですかな。東方教会でしたらそのような教理上の逸脱にかかわるようなことは何もしないでしょう。教会分立の悪しき報いですよ。

ジョイスは二人分のおかわりの支払いをしてまた腰をおろした。彼の声は生き生きとしていた。議論が楽しくてたまらないといった様子である。アウグスティーヌスの名前が出たのでミックの頭はにわかにすっきりしてきた。そしてまだはっきりとはまとまっていない或る考えをなんとか言葉にしようと苦慮していた。彼はゆっくりシェリーを味わった。

――プネウマという言葉なんですがね、ミスタ・ジョイス
――それがどうかしましたか？

――あのですね、あたしの友人ド・セルビィのことをおぼえておいででしょうか？　いつぞやお話しした人物ですけれど。

――おぼえていますとも。たしかドーキーの。

――あのとき申しあげたかと思いますが、彼は自然科学者であり……それに神学者でもあります。

――ええ。おもしろい取り合わせですな。いえ、別に矛盾しているというつもりはありませんが。

――この話を信じて頂きたいと申しあげてもおそらく一笑に付されるのが落ちでしょうが、実はド・セルビィと一緒に聖アクグスティーヌスにお会いしたのです。

ジョイスのシガーがうっすらと赤い光を放った。

――なんですって――一笑に付すですって？　とんでもない。健康状態とか……麻酔剤……それにガス――さほど強靭でもない人間理性を乱す方法はいくらでもあるのですからねえ。

――痛み入ります、ミスタ・ジョイス。アウグスティーヌスについては別の機会にお話し致しましょう。しかしあの方との出会いに際してはド・セルビィ独特の方式が作用していたのです。彼はその方式によって時の流れを停止あるいは逆行させうると主張しております。

――それはまた大変な主張ですな。

――まったく。ところで彼が自分の研究を説明するのによく用いていた言葉というのが「気体（ニューマテイック）化学（ケミストリ）」なのです。おわかりでしょう？　ここでも例のプネウマという言葉とのかかわりがありますよね。

――まさしく。生命、呼吸、永遠、過去の想起。このド・セルビィという人物についてはまともに考えなおす必要がありそうですな。

――あなたが真面目に筋道を通して考えてくださるのはうれしいと思います。プネウマに備わる神聖なる様相は聖アウグスティーヌスの出現にいささかのかかわりがあったように思えるのですが。

――何事にもせよ、事に処するに当って、それがとてもありえないことのように思えるというだけのことで、度を失ってはなりません。

ミックの思いは、まったくありえないとは言えないまでもまずありそうもない状況を露呈する別の事態に向けられていた。

――ミスタ・ジョイス、と彼は切り出した。あたしはこのプネウマにかかわりがあると思われるもう一つの異様な体験をしたのです。

――なるほど。よくあることですよ、なにしろこれは大命題ですからね。一般にニューマトロジー、つまり聖霊論といわれております。

――そうですね。それはそうとあたしの知り合いに、これもやはりドーキーの者なんですが、フォトレル巡査部長なる人物がおります。彼は自転車乗車に伴う危険について複雑精緻な理論を樹立したのです。たとえその自転車に空気入り（ニューマティック）タイヤが取りつけてあってもなおかつ危険だという説なのですが。

――ああ、自転車ねえ、わたくしはその種の文明の利器にはまったく愛着を感じられないのですよ。外出の際わたくしの父は昔ながらのダブリンの辻馬車を愛用したものでした。

――ところで、その巡査部長の考えはこうなのです。タイヤにプネウマが入っていようといまいと、自転車に乗る者は激しい震動を蒙（こうむ）るわけで、その際自転車原子と人間原子との間に交換あるいは混合が行われるという見解なのです。

ジョイスはひっそりと飲んでいた。

――なるほど……わたくしはその可能性を全面的に否定するものではありませんが。その場合プネウマは生命維持的機能を果しているると看做しえましょう。つまり自転車に乗る者の肉体的統一性を保持するという意味においてです。この際たとえ三十分ほどでもいいですから実験室におけるテストの結果がわかれば大いに助かるのですが。人間の肉体組織の細胞と金属成分との間に交換現象が生ずるとはまことに驚くべきことでにわかに信じ難いような思いがしますが、もちろんこれは事実の裏づけを欠く純理論的反論にすぎません。

――わかりました。どっちみち巡査部長はその点に関して疑念を抱いたことはないのです。彼の個人的知り合いのなかには職業上の必要に迫られて毎日自転車に乗っている人たちがおりまして、そのうちの何人かを彼は人間としてよりは自転車と看做しているのです。

ジョイスは低く含み笑いをした。

――とるべき途は二つに一つですな。霊的探究か自転車的探究か。わたくしなら霊的のほうをとりますね。ああ、まったく……ささやかながらわたくしが抱えている悩みは巡査部長のそれより遥かにこみ入っているのです。わたくしはイエズス修道会に入らねばならない、いいですか、ねばならないのですよ。神およびカトリック教会から聖霊を一掃するという使命を果さんがために。

話が途切れた。ミックの為すべきことはもはや終ったようであった。短い夕べではあった。しかしながらジョイスの打ち明け話――過去および現在にわたる――は決して取るに足らぬものではなかった。ジョイスは椅子にかけたままもぞもぞと身体を動かした。

――伺っておきたいのですが、と彼は言った。コブル神父にはいつごろお目にかかれましょうか？

――いつごろ？　いつでも。あなたの都合がつけばいつでも。ああいう方々はたいていいつでも会えるものですよ。

――明日ではいかがでしょう？

――そりゃまた！

――それはですね、わたくし今のところ三日間のひまを貰ってきているものですから――バーテンの仕事を休めるのはその間だけなのです、熱いうちに鉄を打つことはできましょうかな？

ミックはこの緊急の要請について熟慮した。考えたあげく出た結論は――まあいいじゃないか、であった。

――そうですね、あたしは明日の晩ドーキーで人に会うことになっています。でも六時半かそこいらに市内のどこかでお目にかかれれば、ごいっしょにコブル神父のところを訪ねられると思います。昼のうちに神父に電話して約束をとりつけておくことにしましょう。

――結構ですな、願ってもないことです。

――落ち合うのは何時ということにしましょうか？　場所はグリーンに面した聖ヴィンセント病院の前あたりがいいかと思いますが。時間は？

――そうですね。あの病院なら知っています。夕方の七時ということでは？

ミックはこの申し出に同意した。その時間なら自分の予定にもぴったりだ。二人は黙ってグラスを干した。ほかに半ば私的な性質の事柄で訊ねておきたいことはなかったか、とミックは思いめぐらした。明日になれば打ち明け話のできる機会などまずないとみなければならないのだから。そうだ、あった。確かめたいことが一つ。

——ミスタ・ジョイス、と彼は言った。あなたにとってこの話題がこころよからぬものであることは存じておりますが、ほんのちょっとだけあの『ユリシーズ』に話を戻したいのですが。いえすぐすみます。よろしいでしょうか?

——ええ、ええ、構いませんよ、でも退屈で汚らしいだけの話題なんですがねえ。

——あなたは御自分の文筆活動に関して代理人は置いていらっしゃらないとお見受けしますが?

——何の為にそのような者が要るのです?

——それはですね、つまり——

——カトリック真理協会を営利本位の出版業とお考えですか、金儲け一本槍の?

——まさか、そんな。あなたの著作に関する代理人としてこのあたしを御指名願えませんか?

——お望みとあればどうぞお好きなように。わたくしにはどういうことなのかとんとわかりませんが。

——それはこういうようなわけでして。あなたはお気づきにならないようですが、出版業者の帳簿には『ユリシーズ』の売りあげのうちからあなたの貸方に記入されている金が眠っているはずなのです。おそらくは数千ポンドにのぼるでしょう。当然あなたのものである金額を請求してはならないという理由はどこにもありません——あなたの為にあたしがそれを請求してはいけないという理由もね。

——あなたは妄想にとりつかれている、ひとりで想像をたくましくしていらっしゃる、こんなふうに言ったらおそらく気を悪くなさるでしょうねえ。

ミックは彼を安心させようと明るく笑ってみせた。

——わかって頂きたいもんですね、とミックは言った。ちょっとおっちょこちょいなところのある人間というのはすぐ調子に乗るものなんですよ。

——そう、そうですね……気まぐれな子供たちをうまく扱うにはおだてるにかぎりますものねえ。その手を使えば面倒がなくていい。でもあなたを子供扱いにするわけにはいきませんよ。だいぶ酒をたしなまれるようだけれど、まさかそんな手なんか使えるものじゃない。

二人はすっかりくつろいでいた。

——あなたの代理人としていろいろと穿鑿しても悪意はまったくないのですから。ところで何か気にかかるようなことでもありますか?

——この件に関連して道徳律に反するがごとき趣はいささかなりともあってはなりません。これは肝心なことです。それからわたくしの住所だけは決して人に洩らさないで頂きたい——とりわけて、好色、猥褻な下司野郎には絶対に洩らさないように。

ミックは音をたててグラスを傾けた。

――何かほかにもおっしゃりたいことがあるんじゃありませんか、と彼は穏やかに言った。『ユリシーズ』のおかげでざっと八千ポンドほどの大金が転がりこんでくるということがはっきりしてきたのですから。

ややや間を置いてジョイスは口を開いた。その声は低く、妙に引きつっていた。

――いったいわたくしにその八千ポンドをどうしろというんです？　と彼は詰問した――明日にでもイエズス修道会に第一歩を踏み入れようとしている者にですよ？

――彼らはイエズス修道会とは言わずイエズス会と称えているということは前にも申しあげたかと思います。ついでにこのことも申しあげておきたい。もしも彼らがあなたを受け入れるなら、それは貧しかろうと裕福であろうと、あるがままのあなたを受け入れるということなのです。いいですか、創立者ロヨラは貴族だったのですよ。それからもう一つ……

――何です？

――パリやらどこやらで、いろんな腹黒い悪党どもがあなたの書きもしないものをあなたの作だと言いふらして、立派なお名前に泥を塗ろうとたくらんでいるとしましょう。そのあげく奴らの卑劣な仕業があなたに莫大な現世的利益をもたらす結果になったとしたら、それこそまさに神の摂理というものではありますまいか？

ジョイスは苛立たしげにシガーをふかした。

――でも本当に金なんか欲しくもないし、必要でもないんです。

――いやそうともかぎらないでしょう。新たに受け入れるについてイエズス会としてはたくさんのなかから選ぶのです。とりわけて貧乏人だけを好むということはまずないでしょうからね。

ジョイスは黙りこくっていた。なにやら新しい考えを思いついたらしい。それからやっと口を開いた。

――わかりました。あなたのおっしゃるあのおぞましい本のせいで本当に八千ポンドという金が手に入るのなら、しかも合法的にわたくしのものになるのでしたら、その場合には全額をイエズス会に寄附致します。ただし五ポンドだけは別にとっておいて、はばかりながら聖霊に捧げるとしましょうか。

まもなく二人は別れた。ミックは駅に向かってぶらぶら歩いていった。ほっとした気分であった。彼にはイエズス会が、ほかの点はさておき、あんな老人を受け入れるとは到底思えなかった。おそらくほかの修道会ならば平修士として受け入れてくれるかもしれない。ほかの修道会ならば。いや、トラピスト修道会は別だ、と彼はあわてて自分に言いきかせた。あの老人と一緒だなんて。ジョイスのいるところでかりそめにもその名を口にしてはならない。

19

病院のほうへ向かってグリーンを抜けて歩きながら、ミックは灌木の植込みと鉄柵との網目模様を通して向うをすかして見た。そうだ、やっぱり。ジョイスが立っている。まだ自分が見られているのに気づいてはいない。ミックは歩みをとめ、夕暮の弱い日射しを浴びている彼を見守った。今はもう見知らぬ他人ではない、それでも独り立ちつくすその姿にはどこか胸をつかれる。円熟した男の落着きが漂う。小さな帽子からこぼれる鉄灰色の髪、それは人生のゆっくりとした引き潮の象徴。経験の、智恵の、そしておそらくは不幸の象徴。身だしなみよく清潔で、手にはステッキを携えている。ダンディといったらよいだろうか？　いや違う。人や車が騒々しく往き交うなかで、彼の頭の動きは視力の衰えを示していた。もしも知らない人がジョイスを職業的に分類するとしたら、おそらく学者タイプの人間ということになるだろう――数学者というところか、さもなければ疲れた上級公務員。どう間違っても作家とは見ないだろう、それもどうやら頭がおかしくなったらしい大作家だなんて。ついでながら、ミックはジョイスが本当にカトリック真理協会のための小冊子を何冊か書いたという事実を疑ってはいなかった。なぜなら、まがいものを書いたり、もじったりするのはたいていは知的才能に恵まれた者の腕の見せどころなのだから。それに実際これはまず間違いのないところなのだが、病的大脳原質によって命じられた役割を演ずる際の精密さは、精神的に異常をきたしたおおかたの人間の特徴なのである。ナポレオン、シェリー、あるいはミケランジェロといった人物のいかにもそれらしい態度や話し振り、それぞれの型にはまった身振りなどを前にするとき、誰にしても憐憫と讃美とが入り混じった感情を覚えるであろう。

それにしてもここにいるジョイスその人は『ユリシーズ』および『フィネガンズ・ウェイク』創作になんらかのかかわりがあったに相違ない。あれはおそらくは彼の幻覚なのだろうが、シルヴィア・ビーチによって原作者に祭りあげられたとかいう話以上の深いかかわりがあったのは確かなのだ。この二つの作品は非凡な才能を持つ数人の作家がとてつもない労苦を注いだ共作かもしれないという可能性はある。しかしその場合にしても全体の統一をはかる中心的人物の存在は不可欠であろう。ジョイスが狂ってしまったのは身におぼえのない原作者というレッテルを貼りつけられたせいではない。仕組まれ押しつけられた名声に調子を合わせようとしてただひとり苦闘し続けてきた結果、ついには彼の心の微妙な平衡が崩れ去ってしまったのである。それでもジョイスについて一つだけ気を引き立てることがある——彼は悪意のない男なのだ。不愉快な人物でもないし、彼自身にとっても他人にとっても危険な存在ではない。カトリックの司祭になりたいという望み（しかも、ああ、数あるなかでも最も知的かつ明敏と看做される修道会で）、この望みはもちろん現実離れがしている。しかし、かりにイエズス会が彼を受け入れるとするならば、それは比類のない慈悲の表れというものであろう。

ダブリン近郊およびアイルランド全土（海外のことは考慮に入れないとして）に散らばるイエズス会修道会には、彼が平穏に暮せるかもしれない奥まった一隅、ちょっとした閑職がきっとあるにちがいない。そういえば彼らが愛用するモットーにこういうのがあった――より大いなる神の栄光のために（アド・マヨーレム・ディ・グロリアム）（このイエズス会の標語はたとえば『若い芸術家の肖像』第一章などで用いられている）。人を助けるのは彼らの務めなのだ。今は堕ちてしまったとはいえ、かつてその教育を引きうけた人を救うのは彼らの義務なのである。『フィネガンズ・ウェイク』におけるジョイスの混乱ぶりは否定しがたい。したがって彼の思考の脈絡が書物や著述とはまったく無縁の領域に導き出されるのは望ましいことなのだ、とミックは考えた。是非ともそれに手をかしてやろう。それから聖職者との談話の席でジェイムズ・ジョイスという名前を使うのはまずい。その点は確認しておかなければならない（これはジョイス自身にもわかっているらしいが）。ダブリンおよびウィクロー周辺で最もありふれた名前はバーンである。ヨーロッパ生活の経験がある引退した教師ジェイムズ・バーンということにしたらどうだろう（ちなみにジョイスにはジョン・フランシス・バーンという友人がいて、『若い芸術家の肖像』のクランリーのモデルである）。もっともこの妙案は今になって急に思いついたわけではない。ミックはジョイスの件でコブル神父に電話したとき、すでにこの名前を使っていたのである。

彼は通りを横切り、ジョイスの腕に手を触れた。相手はそれではじめて彼に気づき会釈した。

――ああ、と彼は言った。どうも。今日は気持よく晴れましたね。

――まったく、とミックは答えた。快適な夕べを楽しみたいものです。あたしの言いたいことはおわかりでしょうね。つまりですね、コブル神父との約束の時間にはまだ少々間があるってことですよ。

ジョイスはわびしげにほほえんだ。

——コブル神父が手厳しい方でなければいいのですけれど、と彼は思いつめたように言った。

——御心配なく、とミックは答えた。あの人はイギリス人だと申しあげましたでしょう。厳しいどころか、むしろ唯一の危惧は彼にはちょっと鈍いところがあるかもしれないということくらいなのです。

彼はジョイスの腕をとって歩き出し、角を曲がってリーソン・ストリートへ入って行った。

——二、三、簡単なことですが、とミックは言った。前以て心に留めておいて頂きたいことがあります。グリーンのなかを歩きながらお話ししてもいいのですが。とにかくここで立ち話もなんですから、グローガンの店にでも参りましょう。

二人がその居酒屋に入りかけたとき、ジョイスは何かはっと思い当ったように立ちすくんだ。

——あのですね、と彼は言った。わたくし軽く飲むのは大好きなんですが、神の御業にかかわる会見に酒気を帯びて臨むのは、どんなもんでしょう——なんとも無分別な振舞だと思うのですが？

ミックは彼の肩を押して席につかせるとベルを押した。

——まず第一に、と彼は答えた。コブル神父自身、たいていのイエズス会士同様、その手にウィスキー・グラスがある時に臨んで、われら何を為すべきかと思い煩うことはいささかもありません。第二に、われわれはウィスキーではなくジンを軽く引っかけることに致します。ジンは匂いません。いや、少なくともそういうことになっております。しかも舌の回転を滑らかにし、想像力をかきたてるに資するところ大なのです。あたし自身に関して言わせて頂くならば、この際わが意志をあえて曲げましてあなたの御相伴をつとめるつもりです。あたしは断乎完璧に禁酒するつもりなのです。おそらくは今日この時を限りとして。

彼は二杯のジンを注文した。トニック・ウォーターも一緒に。

ジョイスは黙って彼の意見に従ったが、どうもこれまでにジンという名前を耳にしたことがないかのようであった。おそらくジニーヴァ（オランダ製のジン）とでも言えばわかりがよかったのだろう。

——ところで、よろしいですか、とミックはきびきびした口調で言った。これからさきあなたの名前はジェイムズ・バーンです。アナタノナマエハ、じぇいむず・ばーん。よろしいですね？　おぼえられますね？

ジョイスはうなずいた。

——バーンというのは母方の分家の名前でして。もちろんおぼえられますとも。ジェイムズ・バーンですね。

トニック・ウォーターにだまされて、彼は一気にたっぷり口にふくんだ。そして自信をもってうなずいた。

——そう、わたくしの名前はジェイムズ・バーン。

彼はまた呷り、またうなずき、ベルを押し、おかわりを注文した。ミックはかすかな不安を覚えた。

——害のない飲み物ですが、あまりピッチをあげないほうが、と彼は助言した。ところでもう一つ、あなたは引退した教師で、フランスにしばらくいたことがあるということに……

——りょーかい。そういうことなら、どんな反対訊問にもへこたれませんぞ。

彼は落着きはらって、自信ありげで、幸福そうでさえあった。いつもより反応も敏感である。コブル神父みたいな可もなく不可もないくすんだような人間にも強い印象を与えること請け合いだ、とミックは掛け値なしにそう思った。彼の出生証明について問いただされるおそれがあるかもしれない。しかし当座しのぎにもせよ、おそらくそれも何とかうやむやに出来るだろう。

ローアー・リーソン・ストリート三十五番地の大きな建物のがっしりとしたものものしい扉をノックしたときには、二人ともそれ相応の落着いた物腰になっていた。もじゃもじゃ髪の口下手な青年が扉を開けて、二人を玄関ホールから待合室に案内した。なんとなく安っぽくて、それに陰気で、薄汚れてもいる、とミックは思った。聖賢と清潔とは必ずしも両立しえずか、と彼は考えた。でも、コブル神父を探しに行ったさきほどの若者が顔も洗わず身じまいを整えもせずでいいという理由はどこにもない。

——正真正銘の厳しさというものがここにはありますね、とジョイスは満足げに言った。

——そう、とミックは同意した。大昔の荒野の生活と似たりよったりでしょう。でも、神父さんたちは申し分のない食事をとり、正餐には赤葡萄酒をたしなんでいるのですから、心配はありませんよ。

ジョイスは心得顔にほほえんだ。

——しかし飲まなければならないというものじゃないのでしょう。フランスにいた頃、テーブル・

ワインのたぐいは口にしませんでした。安全な飲み水が得がたいからというのはおろかなフランス人の妄想ですね。

ドアが音もなく開いた。そして二人の前にコブル神父が立っていた。食事を済ませたばかりだな、御機嫌もよさそうだ、とミックは感じた。

——これは、これは、と言いながら神父は両手を前に差し出して歩み寄ってきた。わたしどものささやかな住まいへようこそ。

お義理に握手をかわすと神父は腰をおろした。

——神父さん、とミックが言った。こちらはあたしの友人でジェイムズ・バーンです。長いこと海外で教職についておりましたが、今は、そう、いわば羊舎に戻ってきたところなのです。

——ああ、ミスタ・バーン、はじめまして。

——今日のあたしの役割はですね、神父さん、とミックは言葉を続けた。こちらを御紹介するだけのことでして、それがすんだらお先に失礼するつもりです。ジェイムズはあなたと少しお話が出来ればと願っております。

——結構ですとも。この家にいるわたしたちはみなしもべですし、その呼び名にふさわしい者ばかりなのです。望む方がいらっしゃれば助言を致します……彼は言葉をとぎらせて、くすくす笑った。時には望まれなくともそうすることがありますけれど。

——あなたは本当に優しい方です、神父さん、とジョイスが言った。おかげでくつろげます。落着いた気分になれます。

束の間、話がとぎれた。それは誰かが今日の訪問の目的をわずかでも匂わせるようなことを切り出してはくれまいかと三人三様に期待しているような沈黙であった。とうとうコブル神父が巧みに話のきっかけをつけた。

——もしもあなたが信仰上の問題で悩んでおいでででしたら、ミスタ・バーン、と神父は言った。もちろん二人きりになってもいいのですよ。

——どっちみちあたしはすぐにおいとましますから、とミックはあわてて言った。

——告解のことをおっしゃっているのですか？　ジョイスは神経質に訊ねた。ああ、ちがいます、問題はそれではありません。ありがたいことに、今のところわたくしは告解の必要に迫られてはおりません。しかし、わたくしの悩みが、その、信仰上の問題であることは事実です。

コブル神父は励ますようにうなずいてみせた。

——そのですね、神父さん、とミックは思い切って口をはさんだ。ミスタ・バーンはあなたの属する修道会に入ることを願っているのです。彼は今その扉を叩いているのですよ。

ここでジョイスは熱をこめてうなずいた。

——おお、それはまた……なるほど、とコブル神父は言った。明らかにいささか戸惑っている。

——この人は見かけほど年をとってはおりません、とミックが助け舟を出した。

コブル神父は自分の華奢（きゃしゃ）な手をじっと見つめていた。

――そう、ここの状況はおおよそこんなふうなのです、と彼は説明しだした。教会本来のお勤めは別として、出版活動、教育活動、そしてイエズス会内部の行政問題――これは国の内外を問いませんが――こうした知的作業の全般にわたってわたしたちは責任を負っております。あえて言うならば、わたしたちはおおむね原始キリスト教会の方針にのっとって、すべてをみずからの手でまかなっているのです。ごく簡単な日常の用向きをやらせるのにわたしたちは施設の少年を置いてはいます。たいていは精神的に少々欠けたところのある子ですが、こういう環境にあれば本人にとってもいいことですし、幾分なりと進歩もするでしょう。そう、お二人に申しあげますが、わたしでさえ自分のベッドは自分で整えるのですよ。

ジョイスはちょっとした身振りを示した。それがどういう意志表示なのか即座にはわかりかねる曖昧な仕草だった。

――神父さん。彼はおずおずと切り出した。わたくしとしましては生活に困っているとか、まあそういったたぐいのことを申しあげたいのではないのです。飲食関係ですが、これでも相応の仕事をしております。問題はわたくしが信仰面で、その……五里霧中のありさまだということなのです。わたくしは積極的かつ直接的に全能の神にお仕えしたい、イエズス会の修道院に入り、そして……とにかくそこで働きたいのです。

――なるほど、とコブル神父は優しく言った。わかりました。しかしわが修道院の内規に照らし合わせてみますと、あなたのような方をうまくお引き受けするのはなかなかむずかしいですな、ミスタ・バーン。これもうちの修道院の一つなのですが、ラスファーナム・カースルのボールドウィン神父と相談してみましょう。それにミルタウン・パークのほうにも声をかけてみますか。わたしたちはどちらかというと無骨な人間でしてね、ミスタ・バーン。正直なところ園芸方面にはあまり熱を入れてないのですよ。

ジョイスとミックは顔を見合わせた。

——さいわいなことに尼僧院がわりあい近くにありまして、祭壇に飾る美しい花をよろこんでわけてくれるのです。

——実は神父さん、とミックは言葉をさしはさんだ。その種の事柄はもともとミスタ・バーンの念頭にないことでして。

——まあ、たとえばラスファーナム・カースルの場合を考えてみましょうか、と気のいい神父は話し続ける。いつだって草むしりとかそのての雑用が山ほどありましてね。修道院長は神父たちも手を貸すように勧めていますよ。新鮮な空気は信者たちばかりでなく聖職者たる者にとっても健康にいいからというわけです。しかし本当の庭造りとなると事情が違ってきます。あなた、庭師としての腕は確かですか、ミスタ・バーン？

ミックはジョイスの青白い顔にわずかな赤味がさしているのに気づいた。

——まったく確かではございません。彼は声を張りあげた。

——あそこには専属の庭師がおりましてね。もっとも近頃では少しばかり老いこんできましたが。

でも、あなた、ほかに何か手仕事の技術とか資格とかはお持ちなんでしょう、ミスタ・バーン？　フランスワニスを塗るとか、大工仕事とか、あるいは製本技術なんかは？

――いいえ、とジョイスはそっけなく言った。

――真鍮細工の手入れあたりは？

――いいえ。

コブル神父は寛大な微笑を浮かべた。

――さていいですかな、ミスタ・バーン、と彼は言った。この件について軍隊用語を使えば、われらいまだ敗北を喫せしにあらずなのですよ。まだ見込みありです。本当のところを打ち明けてしまいますとね、この国のすべてのイエズス会系修道院には、当会を責めさいなむ宿痾（しゅくあ）とも言うべき悩みの種が一つあるのです……

――宿敵ド・ラ・サール教職会からの攻勢ではありませんか？　にやにやしながらミックが言葉をはさんだ。

――ああ、いいえ。もっと日常的な問題で。つまり神父たちの下着の一件。

――そりゃまた、とジョイスは言った。

――この問題に関しては理論構成の必要はないと思います、とコブル神父は穏やかな態度を変えずに話し続けた。つまり全能の神はなにゆえある種の技術、技能を男女両性の間に振り分け給うたか、という問題についてですが。明白なる事実は何か、すなわち、編物、縫物、針仕事、これらはすべてひとえに女性の特技であるということであります。神父たちの下着は永久的壊滅寸前状態のうちに推移するでありましょう。しかるにわれらが宗規は女性雇用を厳禁しているのです。最も下賤な仕事にすらこれは厳として適用されます。諸君、よろしいかな、これこそ閉鎖的信仰生活の一端なのですぞ。今このときわたし自身の肌着を目のあたりにされるならば、諸氏も失笑を禁じえないでありましょう。大小とりまぜ穴だらけなのであります。

ジョイスは途方に暮れているようだった。五里霧中の面持であった。

――でも、神父さん、尼僧の方々が手を貸してくださるのでしょう？――つまりですね、慈悲の行為というわけで。

――いや、なかなか、ミスタ・バーン、わが宗規は家事の領域に関するかぎりその種のかかわりはいかなるものであれ認めないのです。祭壇を飾る麗花――ああ、あれならばたしかに。

――しかし神父さん、とミックが言葉をはさんだ。イエズス会系の学校出身者であればそういったことは引き受けてくれるのでは？　家に持ち帰って、ということです。家には妻も娘もいるでしょうから。

――それに母親や姉妹も、とジョイスは言い添えた。

コブル神父はかすかにほほえんだ。

――イエズス会にはですね、みなさん、それなりの威信というものがあります。

重々しいその言葉に三人とも口をつぐんだ。

――しかし困りましたな、神父さん、何か打つ手があるはずですよ――

――もしもこの点だけでもわかれば、とコブル神父は言った。つまり、なぜ汗はあれほど腐食作用が強いのかという点が判明すれば、わたしたちとしてもなんとか打つ手が見つかるでしょうがねえ。誓って言いますが、わたしの肌着はボロボロです。

ミックの顔は絶望でいささか曇ってきた。

――でも実際問題として、どうなさっているのですか？

――そう、ほとんどの神父は靴下のかがりかたを知っています。ダルボア神父、フランス人ですが、彼は下着類について思い切った試みをあれこれと実行に移しています。雑役夫にもなかなか有望なのがおりまして。しかしありがたいことに一点の光明が残されています。修道院長は新品交換にはこの上なく寛大なのです。神父たちの健康については大変やかましい人でして。百貨店の売場監督なみに目を光らせているのですよ。

ジョイスはまったく途方に暮れていたが、不意にほっとしたような微笑を浮かべた。

――コブル神父、と彼は言った。その種の家政的な問題は侮り難いものではありましょう、しかし、それを伺っても、わたくしの決心はいささかもゆるぎません。

――本当ですか、ミスタ・バーン？

神父は思いをめぐらすようにじっと彼を見つめていた。それからミックのほうを見た。

――あのですね、ミスタ・バーン、と彼は言った。お気に障るようでしたら許して頂きたいのですが――あなたのおかげで一つ考えが頭に浮かびました。われわれの悲しい実情はほかの修道院でもまったく同じなのです。もちろんイエズス会系の学校となると話は別です――クロンゴウズ、マングレット、ゴールウェイの学校のことですが。あそこには寮母も女性職員も認められております。ところがドリマウントのマンレサ修道院、ドニブルックのロヨラ修道院、ラスファーナム・カースル、ミルタウン・パークなどを考えて頂きたい。わたしの言うことがわかりますか、ミスタ・バーン？　神父の下着はこれらすべての場所においてヒラヒラとはためいているのです。

ミックは不安そうに身じろぎした。

――ミスタ・バーンにはですね、神父さん、と彼は言った。洗濯屋とかその種の人々に知り合いは一人もありませんよ。

コブル神父は忍耐づよくほほえんでいた。

――まあまあ、と彼はおかしそうに言った。考えが浮かんだといってもまだほんの思いつき程度のものでしてね、とにかくそれを修道院長に率直に提言するつもりではいるのです。

――その考えとはどんなふうなことなのです？　とミックは訊ねた。

――実に単純なことです。こういうことですよ、つまり……ミスタ・バーンは名目上われわれのところの用務員に雇われたということにして、ダブリン中の全居住施設における神父の下着の保存および補修の任に当ってもらってはどうかということなのです。

――そりゃまたなんと！　ミックはあえぐように言った。

——困難をものともせず、為しうる最善を尽せばいいのです。すなわち、ドニブルックやメリオンの善良なる尼僧に引きとられている貧しい少女たちに衣裳の件を請け負わせる手段を講ずればよろしい。神と理性が彼を導いてくれますように。さて、みなさん……

コブル神父は二人の訪問客に向かってこのうえなく晴れやかにほほえみかけた。

——みなさん、すばらしいではありませんか。

ミックは宙をにらんでいた。茫然自失の体であった。そしてジョイスは椅子にかけたまま不自然なほど身体をかたくしていた。まるで死人のようだった。やがて彼の声が聞こえた。あっけにとられたような、遥か遠くから伝わってくるようなその声——

——そ、それはどういう？　わたくしに……つくろう……イエズス会の……肌着を？

コブル神父は問いかけるように二人の顔を交互に見た。このわたしがイエズス会積年の難問題に敢然として立ち向かい、しかも、かなり手際よく処理しえたとは。彼自身、今はそんな自分にいささか戸惑っていた。この三竦みの状態にミックは激しい苛立ちを覚えていた。彼はだしぬけに立ちあがった。

——コブル神父、と彼はしかつめらしく言った。もう行かなければなりませんので、おいとま致します。あたしが出たあとで、ミスタ・バーンはどういう仕事につきたいかを充分に説明なさるでしょう。ひとことにして言うならば、彼は司祭の資格をとるという目的で勉強を始めたいという意向を持っているのです……それもイエズス会の司祭の資格をです。

コブル神父はよろよろと立ちあがった。

——何ですって？　何ということを！　聖母マリアも御照覧あれ！

ひとりジョイスは座ったままだった、身じろぎ一つしなかった。

——どういうことなんです、いったいどういう？　コブル神父は詰め寄った。

ミックは帽子をつまんで、頭に載せた。

——申しあげたとおりですよ、神父さん。ではさようなら、ごきげんよう。ミスタ・バーンをよろしく。じゃあな、ジェイムズ、またあとで。

通りに出てわれにかえると、名状しがたい解放感に包まれた。もっとも胸の内にはさまざまな思いが交錯していたし、かびくさい罪悪感もあった。おれは底意地の悪い遣り口でジョイスを物笑いの種にしてしまったのではないか？　故意にそうしたわけではない、それは確かだ。でもおれがもっと分別のある男だったら。ジョイスが生きていて、しかもアイルランドにいるという秘密をドクター・クリュエットが明かしてくれたあのとき、それを無視するだけの分別を持ち合わせていたら。ジョイスの精神状態は平静になるどころか今やおそらくずたずただろう。まあはっきりとは言えないが。それにしても、何はともあれ彼も今は人助けについては手なれた人たちの手中にある。救済策もいろいろと心得ている人たちだ。あの男だってもう宙ぶらりんでみじめたらしくじたばたすることもなくなったのだ。これまで彼はミックの心のなかの分類では「懸案」ということになっていたのだが、これで付け札の文字を「処理済み」に書きかえられる——「解決済み」とはいかないが。

さてこれからどうするか？　ドーキーのコルザ・ホテルへ直行、メアリに直言、そして隙間風のはいる扉さながらのあの一件に、はっきり決着をつけて、ぴしゃりと閉め切ることにしようか。市街電車のほうに向かって歩く彼の足取りはのろく、その表情は上の空。

20

ミックの頭のなかでさまざまな思いが、ドーキーへ彼を運ぶ電車のように、がたごとと揺れ動いていた。しかしその思いには古ぼけたこの電車に備わる心易(やす)さも目的地の確かさも欠けていた。

今、彼の人生における周到かつ決定的な侵略行為たるべきことに着手するに当って、彼の見通しはいささかの心許(もと)なさを示していた。これまでに起きた二つの挿話的事件はたしかに荒っぽくはあったが、満足のいかないものではなかった。まず彼はド・セルビィに由来する脅威を取り鎮めた、おそらく永遠に。ついで彼は信仰に悩むジェイムズ・ジョイスを然るべき場所へ送りこんだ。あそこであればジョイスが探し求めているささやかな慰めもおそらくは遠からずして与えられるであろう。あの男の頭は本当にいかれているのだということが判明したとしても、神父たちが面倒をみてくれよう。

それにしても今晩これからの事について漠然たる不安が感じられるのは何故だろう？　今までと違ってこんどは主として彼自身および彼の将来にかかわる問題なのだ。迷うことなくメアリに告げよう、簡潔に、いや、露骨にともいえる口調で——きみのために割くべき時間はもはやない、今をかぎりにこれでおしまい、これが最後。そう言って彼女との仲にけりをつけるのだ。すでに過ぎ去りし優しき思い出の数々、それに思いを馳せるのは単なる感傷にほかならない。無能で甘ったれな小学生じゃあるまいし、めそめそしたところで何になる。こちらはもう一人前の立派な男なのだ。だからそのように振舞わなくては。それにしても、このダブリンにシトー会修道院があるのかないのか確かめておくべきだった。これはばかげた手抜かりだ。おかげで今夜の彼は出て行く準備は出来ているのに何処(どこ)へ行けばいいのやら見当もつかないという奇妙な立場に立つことになってしまった。それから母親の件は？　彼が勤めをやめて修道院に入ってしまったら、彼女はどうやって生きて行くのか？　その問題は解決済みだ。彼女の妹と暮せばいい。あの叔母は裕福とは言えないまでも、下宿屋をやっているし、元気な娘もいるのだから。

　この際何よりも落着きが肝心。

　人との付き合い、誰彼の見境なく交際する――おかげでそれでなくとも単純素朴とは言えない生活がますます複雑になる。修道士、修道女は人生の挑戦から逃げ出した卑怯者にほかならぬという軽蔑的言辞にも幾分の真実があるかもしれない。彼らは眠り、食べ、祈り、そして子供じみた愚にもつかない「お勤(つと)め」をぐずぐずやりながら、それなりに満ち足りて死に至る。修道院とは単に孤立と隔離のために案出された仕掛けにすぎないのか？　隔離病院に似ていなくもないというわけか？　いや、ちがう、あれは神の家。修道院を非難するさまざまな考えはその根本においてよこしまなのである。たとえばハケットとの交際からどんな有益な恩恵を引き出しえたか？　それにまた、たとえばメアリとの付き合いからは？　一人はアルコール中毒を促進し、もう一人は色欲を刺戟したにすぎない。公務員としての生活で知り合った数多くの男女の場合はどうだろう？　感傷的で、軽薄な、取るに足りない連中ばかり。顔のない人の群、そして――さらに悪いことに――退屈きわまるやからなのだ。もしかするとあの連中から見れば彼もまた退屈な男というわけだろうか？　それがどうした？　他人の目に自分がどう映るかなどと思い煩う必要がどこにある？　トラピスト会修道士を志す者として、彼は快楽に背を向けねばなるまい。しかしそれはさほど容易なことではない。背を向けようにも快楽と名のつくものは実際のところほとんど何も知らないのだから。

電車ががたごとと終点に近づいたとき、眼下にドーキーの町並がぼうっと見えてきた。何軒かの店から灯がもれている。電車からよろめき降りながら、彼は不機嫌になっている自分に気づいた。何故だ？　いや、別にコルザでメアリに会う前に何か適当な飲み物（ジン以外の）を一杯やればすっきりするさ。もよりの飲み屋のカウンターで彼は琥珀色の魅力に彩られた一杯のウィスキーをとっくりと味わい、挙措進退に心すべしと改めて胆に銘じた。『フィネガンズ・ウェイク』ねえ、ふん、あのたわごとじみた駄作なんぞ糞くらえ！　文学の堕落に関するこの種の問題について教会はどのように説いているのか？　知らない。でもカトリック真理協会の刊行になる例の小冊子を読めばわかるかもしれない。定価二ペンス。

平静な気分がゆっくりと彼の上に舞い降りてきた。彼の使命は単純にしてしかも栄光にみち、第一義的目的は自己の魂の救済にある。どこかおかしいか？　いや、別に。しかし必要不可欠の告知にしてもその気になれば礼儀正しく為しうるものだ。丁重に行ったからといって迫力に欠けるということにはならない。わめき立てたり荒っぽい態度をとったところで人の胸を打てはしない。もっとも、粗野な無頼漢はこのかぎりではないかもしれないが。彼女が愁嘆場を演じたらどうする？　そんなことは考えられない。冷静、知的成熟、洗練――こういった彼女の態度はもしかするとまったくの見せかけなのかもしれない。しかし見せかけにもせよ長いこと身につけてきた態度を、まるで古い上衣のように、あっさり投げ捨てることなど出来るもんじゃない。悶着は起こるまい。この予測を浸みこませるかのように、彼はかりそめにも自分の快楽の一端と称しうるものの最後の一杯を注文した。間もなくこのわずかな楽しみにも永遠の別れを告げることになろう。そうだ、シトー修道会の一件は？　かんたん。明日にでも電話帳をぱらぱらっとめくれば、これら高徳の人々の住まいをつきとめられる。出来るだけ近いところがいい。彼はアイルランドの賢明な諺を呟いた――神の助けは扉よりも近きにあり。

コルザ・ホテルの扉をあけたとき、彼は自分が異様な沈黙のなかにころげこんだのを感じた。どうやら彼が話の種にされていたらしい。メアリとハケットは奥の片隅に二人きりで座っていた。ハケットがもうだいぶ時間をかけて飲み続けていたことは、そのだらんとした恰好ととろんとした目付きから明白であった。メアリは酔っていなかった――彼女が銘酊といえるほどの状態に落ちこんだ姿を彼はまだ見かけたことがなかった――しかしその顔は青ざめており、興奮している様子だった。ミセス・ラヴァティーはカウンターのうしろにいて、黙りこくっている。かえって奇妙と思えるくらい落着きはらっている。ミックは愛想よく、しかも、平然とした態度で一同に会釈してからカウンタ！

に座り、ウィスキーをと呟いた。

――デンマークの王子の御登場！　とハケットが大きなだみ声をあげた。

ミックはそれを無視した。飲み物をもらうと彼はメアリのほうを向いた。

――今日はどんな具合だった、メアリ？　と彼は訊ねた。楽しかったかな、それとも退屈だった？

あるいは取りたてて言うほどのこともない平凡な一日か？

――ええ、まああってところね、と彼女は生気のない声で答えた。

――夜が短くなってきましたね、とミセス・ラヴァティーが言った。

――今まで何をしていたんだ、悪党め、えっ？　ハケットが耳ざわりな声でわめいた。

――話したいことがある、メアリ……

――何かしら、マイケル？

マイケルだって！　この言葉は彼を打ちのめした。彼の名前はミック。鉄道の検札係だってそう呼ぶし、バーテンだってそうだ。マイケルと呼ばれるなんて――それもメアリに！　なんとまあ。彼が考えていた大芝居の幕あきとしてはまったく奇妙な具合だ。

――あたしの言ったことが聞こえたか？　とハケットが身体を起こして座りなおしながら、ぶっきらぼうに言った。ちょっとの間でいい、くだらんお喋りはやめてくれ。ちゃんと説明してもらいたいことがあるんだ。夕刊を奴の前に突き出してくださいよ、ミセス・ラヴァティー。

大儀そうにミセス・ラヴァティーは膝の上の新聞をカウンターの上へ移した。一番の大見出しはミックにとって何の意味も持たなかった。二段組の別の見出し文字が彼の目にとまった。「ドーキーで火災――邸宅一棟、外壁をわずかに残し焼失」彼ははっとして記事に目を走らせ、すぐにそれが間違いなくド・セルビィの隠れ家であることを確かめた。その記事によれば、邸宅の所有者はロンドンにいることが判明した、という。ダンリアリの消防団が出動したものの、消火用水の水圧が低いため猛火に放水が届かず、充分な消火活動は不可能であった、建物および内部の一切はほとんど壊滅、被害は周囲の木立にまで及んだ。気づかないうちに、ミックは手にした飲み物を飲みほしていた。それにしても大変なことになったものだ。しかもおれはここにこうしてひっそりとカウンターに座っている、D・M・Pを救い出した先見の明ある天才がここにこうして！

――あの件についてすっかりおれたちに話してくれてもいいじゃないか。ここにいるのは、メアリも含めて、みんなド・セルビィを知ってるんだぜ。あの家を焼いたのはあんたじゃないのか？　彼に指図されてさ。本当のところを教えてくれよ、ミック、頼むからさ。ここにいるのはみんな仲間じゃないか。

――恐ろしいことじゃありませんか。ミセス・ラヴァティーは信心深そうな静かな声で言った。グラスを彼女のほうに押しやって、ミックは火事が起きたのはいつかと訊ねた。

――今朝早くですよ。

――いったいどんな策略が行われているのかぶちまけちゃえよ。ハケットは執拗に言いつのった。事情をはっきりさせるのはフォトレル巡査部長の仕事ってことになるだろうが、少しくらいヒントをくれたっていいだろう。昔ながらの保険目当てにひと仕事ってやつなのか？

ミックの答えはそっけなかった。

――いいかげんにしろよ、ハケット。この酔っぱらいの金棒引きめ。

彼の口調には痛烈な響きがあった。それっきり座は静まりかえった。少なくとも暫くの間はハケットがグラスをべたべた舐めまわす音のほかにはことりともしなかった。しかし、そこでまたメアリの刺すような言葉がとびこんできた。

――何かお話があるって言ってたわね？

――ああ。

ハケットの前で話したって別にかまわないではないか。彼には何のかかわりもないことではあるし。取るにも足らぬ奴だが、証人がいるというのも悪くはない。

――ああ、そうさ、メアリ、と彼は言った。きみに大事な話があるんだ。別に内密にすることもないからみんなの前で話してもかまわないんだが。

――何をしてきたか知らんが、今夜のあんたときたらやけにきざっぽいな、とハケットが呟いた。

――何かしら、マイケル。さきほどと同じようにメアリは冷たく言った。あのね、あたしもあなたにとっても大事なお話があるの。まずあたしのほうからお話するわ。レディ・ファーストよ。

――さあて、お二人さん、火花を散らす丁々発止のやりとりも結構ですがね、とハケットが口をはさんだ。さっさと本題に入ったらどうなんだ。

――メアリ、それで？

――あたしの言いたいことはこうなの。今夜、ここで、ハケットに結婚を申しこまれました。あたし、いいわって答えました。あたしたち昔からの友だちですもの。

ミックの身体から力が抜け落ちた。彼はじっと目をこらした。腰掛けからずるずると滑り落ちそうになった。かろうじて持ち直して、もういちど座り直した。

――そのとおりだ、ミック、とハケットがぺらぺら喋り出した。二人は昔からの古い、古い友だちなんだ。そしてもう若くなれるもんでもない。だから思い切って飛んじまおうってわけなのさ。あとはばたばた羽ばたくばかりだ。悪く思うなよ、ミック。でもあんたとメアリは婚約してたわけじゃないもんな。メアリに指環も贈ってないことだし。

――そんなこと問題じゃないわ、とメアリが口をはさんだ。

――おれたちは芝居に行ったり、酒場に行ったり、ダンスをしたり、もう何週間も何週間もそういう付き合いをしてきた……もう何週間もね。メアリのことで大切なことを一つ――彼女は生きているんだぜ。あんたはそこんとこを考えてみたこともないんだ。たとえ考えたにしても、それを表に出さなかった。

メアリはハケットの言葉をぴしゃりとさえぎった。

――そんな話はどうでもいいのよ、と彼女は言った。この人の性格はあなたとは違うの。それだけのことよ。もう道化芝居はやめにしましょう。

――まったくだ、とハケットは言って、いささか仰々しく最後のグラスを呷った。まったくだ。こいつと一緒になってみろよ、きみが出かけたいと思っても、この男ときたら家にこもって哀れなおふくろさんのためにオートミールを煮てやるという寸法さ。

ミックはわれしらず腰掛けからずり落ちた。

――もういちどおれの母親のことを口にしてみろ、とミックは唸った。おまえのその薄汚い口を叩きのめしてやるぞ。

メアリは眉をひそめた。

――ミセス・L、とハケットは声をかけた。おかわりをおおいそぎで――みんなにだよ。おれたちみたいな人間が子供じみた喧嘩をするなんてばかげてるじゃないか。いいから、ミック、落着けよ。

ミックは腰掛けに座り直した。

――言いたいことがあったんだけど、メアリ、とミックはゆっくり口を開いた。でも、もうどうでもよくなった。たいしたことじゃないんだ。

メアリの顔は真青だ、と彼は思った。灯のせいかもしれない。目を伏せている。ミックは奇妙な胸のうずきを覚えた。

――ド・セルビィの一件が話の種としてまずいっていうのなら、あんたの例のジェイムズ・ジョイスについて何か話して聞かせてくれよ。ハケットはおもねるように馴れ馴れしく言った。

ミックはいわば骨抜きになったような感じだった。ハケットが注文したおかわりをおとなしく受け取りさえしていた。今さら何を話せというのか？　話すことなどありはしないじゃないか。

――そうね、とメアリの声がした。何かほかのことを話しましょうよ。

三人はぎごちなくグラスを傾けた。誰も口をきかなかった。

――ジョイスは、とミックがやっと口を開いた。今どこにいようと、どんなことを考えていようと、あの人は盛んな頃には偉大な作家だった。ふと思いついたんだけれど、あの人がメアリとあたしのことを素材にして小説を書いたらどんなものが出来あがるだろうな。

自分の口をついて出てくる言葉に耳を傾けていると、われながら奇妙な哀感に充ちているな、とミックは思った。メアリは青ざめて、上の空。ハケットはただの酔っぱらい。また喋り出した。

――ミック、あんたのミスタ・ジョイスはさておいて、もっといい作品を創れる人がいるじゃないか。

――だれ？

――ここにいるメアリさ。

――そうね、この人の才能が多産だってことはわかってる。

――ああ、それそれ、ぴったりだ。多産ねえ。

そこで彼女が話し出した。

――あたしが書いてみたいと思っているのはそういうたぐいの話じゃないの。自分自身にへばりついているようなのは書きたくないのよ。自分の身に起こったつまらないいざこざや悩み事にもっともらしい潤色を施しておさまりかえっている物書きなんてうんざりもいいところだわ。そういうのは一種のうぬぼれの表れなんだし、それにたいていはひどく退屈なんですものね。

そこでまた話がぷつんと途切れた。たしかに三人の振舞はばかげている——個人的な感情がからんで、ひょっとしたら暴力沙汰にもなりかねなかった険悪きわまる言い争いをしたあとで、すぐさま研究グループめいた穏やかな雰囲気で何事もなかったかのように本の話をしているのだから。これは不自然だ、まやかしだ。ミックはここへ来たことを後悔しはじめていた。ここで話したことも、かなり酔ってしまったことも今となっては悔やまれてならない。ハケットは顔をしかめている。きっとこんぐらかった頭のなかの迷路で迷子になってしまったのだろう。メアリはうなだれて、顔をわずかにミックからそむけていた。みんな気まずい思いをしているのだ、とミックは感じとっていた。沈黙を破ったのはハケットであった。自分自身に話しかけているような口調だった。

——メアリ、と彼は呟いた。あたしたちの約束は水に流しちまおうじゃないか。二人とも楽しい思いをした。でもあたしは役立たずだ。酔っぱらいだ。あんたのタイプじゃないんだよ。

彼女は顔をあげて男を見た。何も言わなかった。

——そこにいるいまいましい奴、こいつなら大丈夫だ。ハケットの呟きは続いた。それはあんたも先刻承知のことだ。見ろよ、こいつったら赤くなってるぜ。

そのとおりだった。ミックの心は乱れに乱れ、腑抜け(ふぬ)のような気分だった。事の成行きが筋道をはずれて何もかもでんぐり返しになったかのように思える。メアリがむっつり黙りこんでいるのもおれのせい。悪いのはみんなおれ。おかしなことに、彼は償いでもするような気持で、みんなにおかわりを出してくれとミセス・ラヴァティーに頼むのであった。席を立った彼はグラスを自分で盆に移し、それぞれに配ってまわった。乾杯の辞を述べる彼の声は大きかった。

——われら三人のために！

声もなく慎しんでみんなはそれを受けた。

——あれは本気じゃなかったんだね、メアリ？　ミックは小さな声で言った。

——あたりまえよ、ミック。あなたってほんとにお馬鹿さん。

——でもきみはそのお馬鹿さんと結婚するつもりなんだろう？

——そのようね。あたしこのハケットが好きよ、でも結婚したいって思うほどじゃないわ。

——そりゃどうも、おめでたい雌鳥さん、とハケットは苦笑した。

それで充分だった。家路に向かう電車に二人は黙って座っていた。その沈黙を二人は互いに理解し、大切に抱きしめていた。結局のところ何が起こったのか？　たいしたことは何も。彼らは愚かにも互いを見失っていた、しかしそれもほんの数時間のこと。メアリが話しかけた。

——ミック、あなたが今夜話そうとしてらした大事なことって何？

この質問が出てくるのは当然だ、とミックは考えた。でも答えは慎重を要する。

——ああ、おふくろのことさ、と彼は言った。だんだん弱ってきているんで、ドロイーダにいる妹と暮すことに決めたようなんだ。

メアリは彼の手首をそっと握った。

――ああ、立派なお母さんなのにねえ。するとあのかわいいお家は？　あたしたちあそこで暮せるわね？　住む家があるって本当にすてきなことだわ。古めかしい考えかもしれないけど、住まいというのは安全を意味するのよ――あたしたちと、そして、子供たちのね。

――子供たち？

――そうよ、ミック。あたし赤ちゃんが生まれるの。

解説

大澤正佳

マイルズ——居酒屋のスウィフト

アイルランド・ダブリン市の公吏ブライアン・オノーラン（Brian O'Nolan）（一九一一—六六）は文人として二つの筆名を使いわけていた。滑稽で苦く、前衛的でしかも土俗的な小説の作者としてはフラン・オブライエン（Flann O'Brien）、スウィフトを思わせる憤怒をとぼけた笑いにくるんだエッセイ「クリュシュキーン・ローン」（Cruiskeen Lawn）を二十六年間の長きにわたって「ジ・アイリッシュ・タイムズ」紙上に連載したコラムニストとしてはマイルズ・ナ・ゴパリーン（Myles na Gopaleen）。

一九三九年、ロンドンのロングマンズ社から刊行された小説『スウィム・トゥー・バーズにて』（At Swim-Two-Birds）は一部の識者の高い評価を得たものの、第二次大戦勃発という悪条件のためひろく世評にのぼることはなかった。刊行後、半年間にダブリンで売れたのはわずかに二四四部にすぎなかったという。さらに彼は処女作に優るとひそかに自負していた第二作『第三の警官』（The Third Policeman）の原稿をロングマンズ社に委ねていたのだが、戦時中のこととて出版を謝絶されたのだった。第二作出版の見込みがなくなったとき、彼はコラムニストとして筆を揮う機会を与えられた。「ジ・アイリッシュ・タイムズ」紙はプロテスタント系トリニティ大学と伝統的に結びつきが強かったし、英国支持の色彩をやや色濃く備えていた。一九三〇年代の終り頃、国内情勢の変化もあって、カトリック系大学ユニヴァーシティ・カレッジ・ダブリン出身の三人の逸材が同社内でいわば知的クーデターを敢行した。ニオール・シェリダン、ドナ・マクドナ、およびブライアン・オノーランの三人である。挑戦的な三人の青年に共通の文学上の師は同じ大学の先輩ジェイムズ・ジョイスであった。こうして一九四〇年秋からマイルズ・ナ・ゴパリーンの「クリュシュキーン・ローン」連載が開始された。当初は週三回アイルランド語のみで書かれたエッセイであったが、やがてアイルランド語と英語を一日置きに使う連日の掲載となり、ついには英語のみが使われるようになった。筆名のマイルズ・ナ・ゴパリーンとはアイルランドの作家ジェラルド・グリフィンの小説『大学生たち』に登場する人物の名前で「小馬のマイルズ」を意味するアイルランド語である（ちなみに『大学生たち』はブーシコウの戯曲『コリーン・ボウン』およびベネディクトの歌劇『キラーニィの百合』の底本となった作品）。エッセイの総題として用いられたアイルランド語「クリュシュキーン・ローン」はアイルランド民謡の表題を借用したもので「なみなみついだ小ジョッキ」の意である。

クリュシュキーン・ローン

農夫の自慢はその畑、

猟師の自慢はその猟犬、
羊飼いならその芝地、しっとり匂うその芝地、
それにくらべてこのおれは、神の恵みのたまもので、
昼でも夜でも幸せさ、こいつのおかげで幸せさ、
なみなみつがれた小ジョッキ、
うっとりするよなクリュシュキーン・ローン。

ジョイスは『ユリシーズ』のなかでクリュシュキーン・ローンというアイルランド語を一度だけ使っている。第十二挿話、すなわち一つ目の巨人「キュクロープス」の章である。ジョーと「おれ」は〈市民(シティズン)〉に会うためバーニー・キアナンの酒場に行く。

——ほら、いるぜ、とおれは言う。ごみためみたいなあそこにさ、おきまりのクリュシュキーン・ローンを手に、新聞をどっさり抱えこんで、主義のために闘ってやがる。

エッセイの総題を「クリュシュキーン・ローン」とするに当って、マイルズ・ナ・ゴパリーンはアイルランド民謡のほかに、右の『ユリシーズ』の一節を意識していたのではなかろうか。彼は陽気で気楽な民謡を表看板にかかげながら、その裏には屈折した〈市民〉の陰鬱な顔をひそませているのだ。うらぶれた酒場の隅っこで、独り言を言ったり、疥癬(かいせん)やみの駄犬を相手にしたりしておだをあげ、天からお

しめりが酒のかたちで降ってこないかと待ちわびる熱狂的国粋主義者〈市民(シティズン)〉の姿に、小説の筆を一時的にもせよ折らざるをえぬ羽目においやられ、新聞の世界に飛び込んだブライアン・オノーランは鬱屈した自分の陰画を見たに相違ない。

人間社会の虚妄を直撃するコラムニスト・マイルズの諷刺の筆はしばしばスウィフトのそれに譬(たと)えられている。しかしこの今様(いまよう)スウィフトが陣取っているのは、かのディーンの本拠たる宏壮な聖パトリック寺院ではなく、ジョイス描くところのうらぶれた居酒屋の片隅なのである。

フラン――トンネルのなかのジョイス

小説家フラン・オブライエンを論ずる場合、その作品にみられるジョイス的方法および主題が指摘され、彼は同郷の先達でほぼ三十歳年長のジョイスをいわば芸道の師と仰いでいたと力説される。しかし事情はそれほど簡単なものではなかった。オブライエンのジョイスに対する態度には敬意と反撥が相半ばしていたのである。

一九一一年生まれのオブライエンは、アイルランド内戦直後の幻滅期の作家たち（オフラハティ、オコナーなど）に続く世代に属し、芸術的にはジョイスの強い影響下にあった。彼がユニヴァーシティ・カレッジ・ダブリン（前に触れたようにジョイスはこの大学の先輩である）に入学したのは一九二九年であり、処女作『スウィム・トゥー・バーズにて』が刊行されたのは一九三九年であって、三〇年代のダブリンは彼の作品に色濃い影を落している。「三〇年代のダブリンは『ユリシーズ』の劣悪な剽窃(ひょうせつ)版さながらであった」という説はオブライエンの生涯における重要な十年間を的確に表現している。一般に大都会を機能的なホテルに譬えるならば、ダブリンは昔気質(かたぎ)の下宿屋という趣があって、そこでは誰もが顔見知りの仲であり、機知に富んだ会話が一種の芸術として重要視される。「当時のダブリンは世界でおそらく最大のそして確かに最も活気のある村落であった」(ニオール・シェリダン)。ジョイスやベケットはこの下宿屋の生活に窒息しかけてパリというホテルに移り住む。これらの脱出組、いわゆる「自発的亡命者」たちに対して、残留組たるオブライエンにしても気心の知れた下宿暮しの居心地よさに満足していたわけではない。ニオール・モンゴメリの言葉を借りれば「国内残留型亡命者(ホウムベイスト・エグザイル)」ということになるオブライエンの鬱屈した思いは、彼のジョイス観の変化にも端的に反映しているのである。

『スウィム・トゥー・バーズにて』の語り手は寝室の洗面器台の棚の上に何冊かの本を並べている。「それは現代文学の本質を理解しようと望む者にとって一般に不可欠と看做(みな)されている作品であって、ジョイス氏のものからA・ハックスリィ氏の著作に及んでいる」とあるように、芸術上の先達であり母校の先輩でもあるジョイスに対してオブライエンが少なくとも初期の頃には深い敬意を抱いていたことは疑問の余地がない。『スウィム・トゥー・バーズにて』が刊行されるや、彼は献呈の辞を添えた一冊を友人に託し、パリのジョイスに贈る——「作者ブライアン・オノーランよりジェイムズ・ジョイスに。三〇五頁に記せし思いをこめて」。三〇五頁を開くと「作者のはにかみ」という一句に下線が施してあったという。すでにサミュエル・ベケットが絶賛するのを耳にしていたジョイスは彼好みの複雑な多層構造を備えたこの滑稽小説を高く評価した。もっとも、ジョイスは極度に自己中心的な男であるから、この高い評価も自作『ユリシーズ』の喜劇性に着目する批評家が少ないという常々の不満の反動もあっただろうし、「泣くジャン」ベケットと「笑うジャン」オブライエンの両者を合わせて一本と見るジョイスの自信の反映とも思えるふしがある。ともあれ、かつてデュジャルダンを復活させ、イタロ・ズヴェーヴォをヨーロッパ文壇に紹介したときと同様の熱意をもって、ジョイスはこの新しい才能の出現をフランスの有力な批評家たちに伝えた。

「ジョイスの著作はわれわれのうち幾許（いくばく）かの者が遊び戯れることの出来る庭園である。とはいえ、われわれに判ると言い切れるのはその庭園のほんのわずかの部分にしかすぎないのだが」と述べるオブライエンはこの庭園から多くのものを得ている。たとえば『ユリシーズ』の第十五挿話は『スウィム・トゥー・バーズにて』のダーモット・トレリスの裁判に反映しているし、トレリスという名前そのものもジョイスに由来すると指摘する批評家（J・C・C・メイズ）もいる。かつてジョイスは『フィネガンズ・ウェイク』の構造に関連して友人にこう語った――「もちろんわたしはヴィーコの思索を文字通りに受け取っているわけではない。彼の歴史循環説を格子枠（トレリス）として用いているのだ」。すべての登場人物が互いに溶解し合い、永遠に反復を繰り返す『フィネガンズ・ウェイク』の「夜の論理」はオブライエンの諸作品を貫く基本理念なのである。

たしかにオブライエンはジョイスの強い芸術的影響下にあった。しかし倫理的基盤をアイルランド古来のゲーリックの伝統に求めるという姿勢の点でジョイスとの一線を画していた。その端的なあらわれを彼の筆名に見ることができるように思える。コラムニストとしてのマイルズ・ナ・ゴパリーンという名前の由来はすでに述べた。では小説家としての筆名フラン・オブライエンの場合はどうか。

アイルランドにブライアン・オリンを主人公とする滑稽な民謡がある。

ブライアン・オリンとおかみさん、それからかみさんのおふくろさん
みんなそろって橋わたりゃ
橋は崩れて落っこちる、三人そろって落っこちる――
今日は泳いで帰るとするか、ブライアン・オリンはそう言った。

ブライアン・オリン（Brian O'Lynn）のアイルランド語綴りは Brian O Fhloinn で O Fhloinn（オリン）は Flann の末裔の意である。オノーランはこれを逆転させて Flann O'Brien という筆名にしたわけだが、O'Brien のアイルランド語綴りは O Briain（オブリエン）で、これはブライアン（Brian）、すなわち、一〇一四年のクロンターフの戦いでデイン族を打ち破ったアイルランドの英雄ブライアン・ボリュの末裔の意である。

マイルズ・ナ・ゴパリーン、フラン・オブライエン――いずれもアイルランド色濃厚な衣裳を身につけたブライアン・オノーランにジョイスを論じたエッセイがある。彼はそこでジョイス論に名をかりてアイルランドの芸術家としての自分が置かれた状況を語っているのである。題して「トンネルで酒浸り」――夜の終着駅で切り離された食堂車に忍びこんだ男がいる。男はウィスキー罎を失敬してトイレにもぐりこみ、御丁寧にも錠をかけ、夜が明けるまではよかろうと飲み始める。それとは知らぬ転轍手はその食堂車をトンネルの中に収めてしまう。時計を持たぬその男、やけに長い夜だわいと酔眼もうろう這い出すと、すでに三日三晩たっていた――「おや、おかしいですか？　でもこれがアイルランドの芸術家というものです」オノーランはにんまりともせず言葉を続ける。「正装に威儀をただし、ひとけ

のない食堂車に不法侵入してトイレの錠は几帳面に内側からおろし、他人様のウィスキーをむっつり顔できこしめし、誰とも知れぬ転轍手のおかげでバッシン、バッシンと振り回され、それでもこの顰め面の気むずかし屋が閉じこもる密室のドアの外には憤然たる一語——使用中！　このイメージはジョイスにぴったりだと愚考する次第」

たしかにこのイメージはおそらくジョイスに、そして明らかにマイルズ、すなわち、フラン、すなわちブライアン・オノーランその人にぴったりであろう。ついでのことに、一周遅れの孤独な長距離ランナーがふと気がついたら先頭切って走っている——こんなイメージは如何でしょうと伺いを立てたら、トンネルの中からこんな答が返ってくるに相違ない——「わたくしどもは息せき切って走るなぞ、はしたない振舞はいたしませんのです。一点に立ってひたすらアイリッシュ・ダンスを優雅に舞いおる次第です」

『ドーキー古文書』——狂想的喜劇

マイルズ・ナ・ゴパリーンはトンネルのなかのジョイスよろしく一九四〇年から死に到る二十六年間にわたって「なみなみつがれた小ジョッキ」を傾けながら、「ジ・アイリッシュ・タイムズ」紙に「クリュシュキーン・ローン」を書き続けたわけだが、そのエッセイの主題としてジョイスがしばしば引っぱりだされる。たとえば、「二十年前、ジミー・ジョイスは純正英語の息の根をとめ、……わたしはゲーリック語同盟ラスマインズ支部を創設した」（一九四二年十一月二十七日付）、あるいは「慎みのある唯一のダブリン人はかのミスタ・ジョイスであった。なにしろ彼はダブリンに対してより効果的な中傷

を行わんがためわざわざこの町を離れるだけの節度ある男だったのだから」（一九四三年三月十七日付）

一九五〇年代後半になると後に『ドーキー古文書』（The Dalkey Archive）（一九六四年刊）に取り入れられることになる着想の数々が「クリュシュキーン・ローン」にあらわれはじめる。たとえば、一九五七年十二月二十八日付のコラムには『フィネガンズ・ウェイク』の著者はドーキーのヴィーコ・ロードにその名をとどめているイタリア中世の歴史哲学者ヴィーコその人であるという奇想が記されている。クリスマス・プレゼントという心づもりもあってのことか、六一年十二月二十三日付のコラムで、ジョイスがスケリーズに隠棲しているという着想を執筆中の小説に織りこむつもりだという楽屋話を披露している。六二年六月十九日には『ユリシーズ』の舞台となった「ブルームの日」（六月十六日）を話題にし、第一章を書きあげたばかりの小説『ドーキー古文書』のなかでジョイスと聖アウグスティーヌスを甦らせる予定だと述べている。なお『ドーキー古文書』においてジョイスと相並ぶ重要な役割を果たす聖アウグスティーヌスについて、オブライエンは出版者ティモシィ・オキーフィ宛書簡でこう述べている――「聖アウグスティーヌスがキリスト紀元においてあらわれた最大の道化師の一人だという点に疑問の余地はありません。彼は途方もなく己惚れ（うぬぼ）の強い男で、ヒッポ（Hippo）の司教としてヒッポクラシー（Hippocracy）の領域で驚くべき芸当をやってのけたのです」（ヒッポクラシーには偽善の意をはじめとしてヒッポ――地名および河馬あるいは馬――の支配の意がこめられているのは言うまでもない）

右にあげたマイルズのコラムによっても推察しうるように、フラン・オブライエンは『ドーキー古文書』の創作に十分な時間をかけ、完璧な校訂を施した。長らく絶版になっていた『スウィム・トゥー・バーズにて』が一九六〇年に再刊されたのに力をえて執筆した小説『ハードライフ』（The Hard Life）

（一九六一年刊）が意にみたないものであっただけに、彼は『ドーキー古文書』に小説家としてのすべてを賭けたのである。

この小説の幕開きは「聖なる景観に通ずる玄関先」ドーキーのヴィーコ・ロードである。すでに触れたようにヴィーコはジョイスの歴史観に大きな影響を与えた歴史哲学者であるし、ジョイスの『ユリシーズ』第二挿話でスティーヴン・ディーダラスが歴史の授業をしているのはドーキーの小学校である。ジョイスゆかりの地の「郵便配達夫以外のほとんど誰もその存在を知らない」ローンモーア荘にひっそりと棲む科学者にして神学者たるド・セルビィは、気のせいかジョイスその人の面影をしのばせるようだ。ド・セルビィとはなにものか。オブライエンの愛読書の一つにユイスマンスの『さかしま』（A Rebours）があった。日常的現実を拒否し、カトリック的中世にあこがれ、みずからがつくり出した夢幻の境にあそぶ貴族デ・ゼッサント（Des Esseintes）への関心が、ド・セルビィ（De Selby）なる奇矯な人物の創造に強い影響を与えたと推定しうる。デ・ゼッサントと対応するド・セルビィといういわくありげな名前の少なくとも一つの根拠は derselbe（同一の人あるいは物）にあると看做しえよう。

ド・セルビィという名前に表象されている同一性の概念、すなわち、登場人物相互間の同一性、および、繰返し生起する状況の同一性は、『スウィム・トゥー・バーズにて』以来のオブライエン世界を支配する基本原理である。第三章でドーキーに下宿さがしにやってきた「髪の黒い、ほっそりとした……分厚い眼鏡をかけている」若者は青年時代のジョイスの面影をとどめているが、その名前ニーモウ（Nemo）の逆綴りが意味するように、彼はスケリーズのジョイスの前兆（Omen）であろうし、名前について言うならばジェイムズ・オーガスティン・ジョイスは聖アウグスティーヌスと無縁の人ではない。

オーガスティン・ジョイスはアウグスティーヌスの回心に倣って修道院入りを願い、ミックの回心のあとを追うようにド・セルビィも同じ決心を明らかにする。アイルランド人の代表的名前としてマイケルの縮小形ミックは軽蔑的な意味をこめてアイルランド人そのものを指して用いられる。平均的アイルランド人ミックの役割は事の成行きにつれて重要性を増してくる、と少なくとも彼は思う――「ミックは彼自身の職能および身分がこのところ瞠目するにたるほど重要性を増してきたことに着目した。なにしろ、正気のほどは明らかに疑わしい不確定的才能の持主を二人も監督している身分なのだから。明らかに、疑う余地なく、この仕事は全能の神によって彼に委託されたのである。そうなると彼は司祭の身分を与えられたことになり、その点に関してはコブル神父と同格なのだ」（本書第十四章）。ド・セルビィが聖アウグスティーヌスをこの世に呼び戻すように、ミックはスケリーズに隠棲するジョイス人を現世的領域に甦らせようとする。最後の審判の時に当って甦った死者の魂を秤にかける天使長ミカエルのように、ミックはド・セルビィとジョイスの両者を秤にかけはするものの、彼自身もまた秤にかけられているのに気づく――「彼は自分の立場がどっちつかずの曖昧さに包みこまれているのを感じていたのである。たしかに時折は自分が神に似た権威を以て事の成行きを左右しているかに思えることもある。しかし時には自分が冷酷非情な力にもてあそばれているかのように思える場合もあるのだ」（第十八章）

この狂想的喜劇作品にはカトリック教義および広義のキリスト教徒精神が滲みわたっている、と指摘するのはイギリスの小説家ジョン・ウェインである。全編いたるところで神学的論議がかわされているし、その背後にはキリスト教にかかわる象徴的意義が組みこまれている。ド・セルビィが教会を激しく糾弾し、全人類の絶滅をもくろむのも、恣意的な人間の愚かしさによって神の言葉が歪曲されるのを防ぐにはその方法しかないと考えるがゆえなのである。そしてジェイムズ・ジョイスが修道士になろうと一念発起した主要な動機は、イエズス会の改革を通じて教会全体の刷新をはかろうという点にあった。さらに『ユリシーズ』のバック・マリガンを思わせるハケットでさえも、酒が入ってはずみがついたとはいえ、イスカリオテのユダの復権について語る――「彼に向けられた悪評はすべて単なる推論の積み重ねにすぎないのだ。あたしは聖書の部分的書き直しを期待している……あたしはイスカリオテ福音書を復原し、その典拠の確証につとめたいと思っているのだ」(第七章)。そのハケットの巣であり、主要登場人物が落ち合う場所でもあるコルザ・ホテルにもキリスト教のにおいがしみついている。そこの篤信のおかみミセス・ラヴァティーは教会の祭壇に吊された紅灯に用いられるのはコルザ油であると話に聞いて、「これこそ殉教の聖処女コルザが奇跡を行うために用いた聖なる油にほかならぬと思いこみ、それをもってわが表象とするにしくはなしと思い定めたのである」(第三章)

守護聖人への献辞を冒頭にすえ、「聖なる景観に通ずる玄関先」を主要な舞台とするこの小説は、処女メアリの呟(つぶや)きで終る。「あたし赤ちゃんが生まれるの」――キリスト教はマリアの処女懐胎に発するのである。

ブライアン――律義な道化師

ジョン・ウェインが指摘する神学的脈絡に組み込まれると、ジョイスは「アイルランド・カトリック真理協会」なるものの小冊子作者として登場させられて、「あの曲芸じみた作品(『ユリシーズ』)については話したくないのです。あの頃は一種の悪ふざけだとばかり思っていて実のところあれについてはあまりよく知らなかったものですから、わたくしの名前をひどく傷つけることになるかもしれないなどとは思ってもみませんでした」（第十八章）と語る仕組みになる。宗教関係の小冊子作者としてのジョイスというのは実のところオブライエンの創案ではなく、「カトリック世界」一九三一年三月号にマイケル・レノンなる人物が発表したエッセイ「ジェイムズ・ジョイス」に拠っていると推定される。『ユリシーズ』はうだつのあがらぬ気取り屋の作品であり、むしろカトリック教の小冊子でも書いていれば何とかものになるかもしれない、というのがレノンのエッセイの要旨である。すでにヨーロッパ文壇の巨匠と目されて久しいジョイスではあるが、犬の遠吠えにも似たレノンのいやみたっぷりの文章にひどく傷つけられた。パリに身を置きながら、彼はダブリンにおける世評をたえず気にしていたのである。『スウィム・トゥー・バーズにて』に一見殊勝な献辞を添えてジョイスに贈ったオブライエンは、彼に与えたジョイスの影響を声高に論ずる批評が現われはじめた頃から態度を変化させはじめる。小説家フラン・オブライエンが皮肉をこめてジョイスを組み入れた『ドーキー古文書』が刊行されたのと同じ年の暮れにマイルズ・ナ・ゴパリーンは「ジ・アイリッシュ・タイムズ」紙（一九六四年十二月二十二日）の「クリュシュキーン・ローン」にこう書いている――「言語とイメージの点で『フィネガンズ・ウェイク』は文学の大海にいわばウェイク島なる小島をとどめた。しかし現今それは屹立する大傑作と看做されるにいたり、祈禱書のごとくに崇める連中もいる――驚いたことに、その作者が聖ジェイムズと奉られているという話も聞いたくらいである」。ジョイスに対するオブライエンの態度にこのような変化をもたらした原因は何であったのか。一つには、先に述べた下宿屋としてのダブリンの閉鎖的な仲間意識が考えられる。おおかたのダブリン人にとって『ユリシーズ』にしろ『フィネガンズ・ウェイク』にしろ、国外に飛び立った野鴨の一羽ジミィ・ジョイスが演ずる悪ふざけにすぎないのであって、しかつめらしく深遠難解な象徴主義的解釈をもって彼を二十世紀文学の巨匠に祭りあげる学者、批評家はわれらのジミィにまんまと一杯食わされているのだ、ということになる。オブライエンのジョイス観の変化にこの種の意識がまったくなかったとは言い切れないであろうが、しかし問題の本質はさらに深いところに由来していると思われる。

ダブリンの中流階級の出身で、学生時代を通じていわゆる優等生意識の残滓が認められるジョイスに比較すると、八方破れのオブライエンの生い立ちはより深くアイルランド本来の土壌に根ざしている。一九一一年十月五日アイルランド北部のストラバンに生まれたオブライエンは一九二三年ダブリンへ転居するまで正規の学校教育を受けていない。家が貧しかったからというわけではない。税務官吏だった父親が各地を転勤して留守がちだったこともあって、十二人の子供たちは自由奔放な日々を送っていた。しかもこの時代にはかなり珍しいことだが、家庭内ではアイルランド語が用いられていたのである。弟ケヴィンの回想によると、ダブリンで通学しはじめた頃、数学ではやや遅れていたが、アイルランド語および英語では同級生よりも秀れていたし、一般的な判断力の点では遥かに成熟していたという。ストラバンやタラモアの田園で過した少年期を語るケヴィンの筆は生気にあふれた日常をいきいきと写し出している。旺盛な知識欲に駆り立てられて手当り次第の本を乱読し、「お話」を創り合って興じ、時計でも何でも分解してみなければ気がすまず、活動写真を観てくると早速手製の映写機をこしらえあげ、妖精の存在に怯えるのびやかな彼らの日々は、たとえば『若い芸術家の肖像』のスティーヴンが送った戒律と貧困に身動きもならない少年期とみごとな対照をなしている。

アイルランド語の環境のなかで育った作家は二十世紀のアイルランドでは少数派に属する。しかもアイルランド語と英語を同等に自己の言語とし、大陸の作家プルースト、カフカ、思想家キェルケゴールに傾倒し、同国の先達にジョイスを持つオブライエンはアイルランド作家としても特異な存在である。アイルランド語と英語との二重言語に生きたオブライエンにとって、そのいずれの言語もいわば借り物としてしか意識されなかった。彼は言う、「アイルランド語を三百年前のように正確に書き、話すことは現代に生きる者としてはほとんど望み得ないのである」。一方、「慣れ親しんではいるものの所詮は異邦の彼の国語（英語）はぼくにとっていつまでたっても習得した言語というわけか」という『若い芸術家の肖像』のスティーヴンの歎きは、そのままオブライエンの苦い思いだった。「自発的亡命者」としての芸術家の途を選んだジョイスは大陸に脱出したのちに多重言語の所産たる『フィネガンズ・ウェイク』を生み出した。しかし、厳密な意味で生来的な二重言語生活者であるオブライエンにとってはダブリンに留まること自体が言語上のデラシネたることを意味していたのである。今、ここに身を置くアイルランドが、今、ここに口にするアイルランド語が、本来のそれの影としか映らないオブライエンにとって、現実はそのままの形で幻想と化す。「オブライエンの生い立ちはより深くアイルランド本来の土壌に根ざしている」と先程述べた。しかしそのことは彼が今そのなかで生きているこの現実と自分との間に介在する距離をことさら明確に浮きあがらせ、そこからの隔絶感をきわだたせるという皮肉な結果をもたらしたのである。

『ドーキー古文書』でオブライエンの分身ミックはジェイムズ・ジョイスに『フィネガンズ・ウェイク』について質問する。ジョイスは答える——「忘れてもらっては困りますが、わたくしは長いことこの国を留守にしていたのです。誰かが古い曲をもとにしてオペラでも作ったというのでしたらそれは歓ばしいことだし、その成功を祈りたいと思う」。しかし「長いことこの国を留守にしていた」のはジョイスをはじめとする自発的亡命者たちだけではない。たとえば、「ダブリンはむさくるしいイングランドなのです」と言うイェイツはロンドンとダブリンとを往復しながらそのいずれにおいても亡命者の感をぬぐえなかったのだし、故郷ストラバンを思うオブライエンにとってロンドンの縮小版ダブリンはあくまでも仮の宿であり「下宿屋」にほかならなかったのだ。アイルランド人は北辺の地に流寓（りゅうぐう）の身をかこつ南欧人と言われ、長年にわたるイギリス支配に苦しんできた。しかもかつての母国語の記憶を民族の精神の深い辺りに刻みつけている彼らは国外に去ろうと国内に留まろうと、すべて「長いことこの国を留守にしていた」のである。亡命の形がいかようなものであれ、彼らはすべて故郷への回帰をめざす。北アイルランド出身のルイス・マクニースは歌う——「ともに追われしわが友よ、帰りなん、いざ、われらが帰属するかの地へ」。しかし、帰属する「この地」ダブリンに身を留めながら、しかも帰属すべきアイルランド本来の姿を手の届かぬ「かの地」として求めるほかにない「国内残留型亡命者」オブライエンは、「トンネルで酒浸り」の酔っぱらいよろしく、その焦躁（しょうそう）を優雅なアイリッシュ・ダンスに、言語の華麗な舞踏に託すのである。

たしかに『ドーキー古文書』は何よりもまず「フォトレル巡査部長の語林から遁走（とんそう）をはかった言の葉たち」（第一章）が乱舞する狂想的音楽劇（エクストラヴァガンザ）である。われわれは頬を赤く染めた言の葉たちの意表を衝（つ）く動きに吹き出しながら、こちらもクリュシュキーン・ローン片手に千鳥足で彼らのあとを追えばよいのである。なにしろ「ダブリンにおいて誰かと何かについて話し合おうとすれば、その話題が重要であろうとなかろうと、とにかく必然的に居酒屋が会合の場所となる」（第十四章）のだから。「彼以外にアイルランドをこれほどまで完璧に描ききった例がほかにあるだろうか?」というジョン・ウェインの意見はまったく正しい。「酒中真あり（イン・ヴィーノ・ヴェリタス）」、しかり、そして、「笑中真あり（イン・リス・ヴェリタス）」――「キリスト紀元における最大の道化師聖アウグスティーヌス」の住む辺りを目指すに当って、この律義な道化師は常と変らぬおどけた身振りで幕を下ろした――一九六六年四月一日、まさにエイプリル・フールの当日に、フランにしてマイルズなるブライアン・オノーランはあっけなくこの世を去ったのである。

本書は『集英社世界の文学』第十六巻（集英社、一九七七年）／『集英社ギャラリー「世界の文学」』第五巻（集英社、一九九〇年）に収録された、フラン・オブライエン『ドーキー古文書』（大澤正佳訳）の再刊です。『集英社ギャラリー「世界の文学」』版を底本とし、適宜一九七七年版を参照しました。

著者紹介

フラン・オブライエン　Flann O'Brien

1911年、アイルランドのディロウン州で生まれる。本名ブライアン・オノーラン。ダブリンのユニヴァーシティ・カレッジを卒業後、公務員として働きながら完成した長篇『スウィム・トゥー・バーズにて』（1939）は、ベケット、ジョイスらに高く評価された。しかし、第二作『第三の警官』は出版社に拒否され公表を断念。マイルズ・ナ・ゴパリーン名義の新聞コラムで長年にわたって人気を博す。1960年代に『ハードライフ』（61）、『ドーキー古文書』（64）を発表し、1966年のエイプリル・フールに死去。翌年、『第三の警官』が出版されると、20世紀小説の前衛的方法とアイルランド的奇想が結びついた傑作として絶賛を浴びた。

訳者略歴

大澤正佳（おおさわ・まさよし）

1928年生まれ。中央大学名誉教授。英文学・アイルランド文学者。著書に、『ジョイスのための長い通夜』（青土社）、訳書に、フラン・オブライエン『スウィム・トゥー・バーズにて』『第三の警官』（白水社）、『ハードライフ』（国書刊行会）、ジェイムズ・ジョイス『若い芸術家の肖像』（岩波書店）、アントニイ・バージェス『ナポレオン交響曲』（早川書房）、リチャード・エルマン『ダブリンの4人』（岩波書店）などがある。

編集＝藤原編集室

本書は 1977/1990 年に集英社より刊行された。

白水*u*ブックス　221

ドーキー古文書

著　者　フラン・オブライエン
訳者©　大澤正佳
発行者　及川直志
発行所　株式会社 白水社

2019 年 1 月 15 日　印刷
2019 年 2 月 5 日　発行
本文印刷　株式会社精興社
表紙印刷　クリエイティブ弥那
製　　本　加瀬製本
Printed in Japan

東京都千代田区神田小川町 3-24
振替　00190-5-33228　〒 101-0052
電話（03）3291-7811（営業部）
　　（03）3291-7821（編集部）
www.hakusuisha.co.jp

ISBN978-4-560-07221-9

白水uブックス

海外小説 永遠の本棚

スウィム・トゥー・バーズにて

フラン・オブライエン著　大澤正佳 訳

のらくら者の主人公が執筆中の小説の主人公もまた作家であり、彼が作中で創造した人物たちはやがて作者の意思に逆らって勝手に動き始める。実験小説と奇想が交錯する豊饒な文学空間。

第三の警官

フラン・オブライエン著　大澤正佳 訳

出版資金ほしさに金持の老人を殺害した主人公は、いつしか三人の警官が管轄し自転車人間の住む奇妙な世界に迷い込んでしまう。文学実験とアイルランド的奇想が結びついた奇跡の傑作。

白水*u*ブックス

白水uブックス